Ronso Kaigai
MYSTERY
271

黒き瞳の肖像画《ポートレート》

Doris Miles Disney

Who Rides a Tiger

ドリス・マイルズ・ディズニー
友田葉子［訳］

論創社

Who Rides a Tiger

1946

by Doris Miles Disney

目次

主要登場人物

ハリエット・ローデン……………………資産家
クライド・ローデン………………………ハリエットの兄。弁護士
ソフィー・ローデン………………………クライドの妻
ドワイト・ウォレン・ローデン…………クライドの息子
スーザン・ローデン………………………ドワイトの娘
デイヴィッド（デイヴ）・オリヴァー……スーザンの名づけ親。弁護士
ローズ・ローデン…………………………ハリエット・ローデンの又従姉《またいとこ》
ハリエット・デヴィット…………………ハリエット・ローデンの伯母
ロジャー・デヴィット……………………ハリエット・デヴィットの義理の甥
アサヘル・スピア…………………………肖像画家
フィリップ・スピア………………………アサヘルの息子

黒き瞳の肖像画《ポートレート》

第一章

「小さくて可愛い帽子だね」と、フィリップが言った。

「ボンネットよ」と、彼女は訂正した。

「そうか、ごめん。顎の下でリボンを結ぶのがボンネットで、リボンがないのは帽子って呼ぶのかと思ってた」

「もう少し、流行のファッションに気を配ったらどう？　今シーズンのボンネットは、こういうタイプなの。なんか――おしゃれな感じがしない？」

「うん、とってもおしゃれだし、よく似合ってるよ。もっとも、君に似合わないものなんてないけどね」

「まあ、ありがとう」

　片方の目の上にせり出すように斜めにかぶった、ワインカラーのフェルト生地で作られた小さくて浅いボンネットは、縁の部分にいくつもの花飾りがあしらわれていた。千年後に墓の中で目覚めたとしても、ハリエットは細部まではっきり描写できるだろうと思う。初めてかぶったこの日が、忘れられない一日になったからだ。

　二人はメイン・ストリートからリトル・バック・レーンに曲がった。木々の緑に赤や黄色が交じり始めている。幸福の絶頂と言えた夏は、終わりを告げようとしていた。

彼らは、野原にあるいつもの岩に座っていた……。

「僕が言いたいのは、君を心から愛しているってことだ。君なしでは、どうしていいかわからない。だから、僕と結婚して残りの人生を一緒に歩んでほしいんだ！」と、フィリップが言う……。

ハリエット・ローデンは、まだ明けきらない薄暗がりの中で目を開けた。そこは、彼女の寝室だった。長い年月を過ごしてきた部屋に備わっている家具は、どれも見慣れたものだ。

ため息をつき、東側の窓に目を向けた。ひどく鮮明な夢だった。しかも、現実のことのように胸が熱くなった……。実は夢ではなかったのでは、という思いが込み上げてくるほどだ。時空が歪んだかなにかして、本当にフィリップとリトル・バック・レーンを歩いたのではないだろうか。最後の最後に運命が情け心を出して、つかの間の幸せを味わわせてくれたのかもしれない。

横になったまま、しだいに明るんでいく景色を見つめる。屋敷のすぐそばに立つ柳の木の上で小鳥が起床ラッパのように鳴き声を上げ、丘の上に太陽の赤い縁が姿を現した。

この家の別の部屋で日の出を見た朝を思い出す。幸福感と興奮で眠れずに一晩中起きていたのだった。フィリップと婚約した日のことだ。あんなに美しい日の出は、あのとき以来見たことがない……。

シーツの皺《しわ》の上を両手が落ち着きなく動く。フィリップが、夢に出てきてくれた。だが、彼の顔立ちはもう一つはっきりしなかった。それだけでも、夢だったのは明らかだ。潜在意識によっても、フィリップの顔を完璧に再現できなかったのだ。やや吊り上がった目、瞳の色、高い鼻梁といったパーツは思い浮かぶものの、それを統合することができない。きっと、これからも一つにまとめられることはないだろう。

シーツを握り締めたあと、それを伸ばし、すぐにまた握った。甘やかな夢の余韻は遠のき、フィリップに対して残った感情は、取り返しようのない深い後悔と、もしかしたら叶《かな》っていたかもしれない願望への儚《はかな》い切なさだけだった。長いあいだ繰り返し思い出してきたせいで、とうに悲しみは最後の一滴まで絞り出されてしまっている。

太陽の赤い光が東の窓に射し込んできた。とりとめのないハリエットの思考は、過去のいくつかの日の出の経験のあいだを行ったり来たりしていた……。フェアヴューのハリエット伯母さんの家で床に就き、日が昇ってほどなくロジャーの母親から手紙が届いた、あの朝……。それよりも前、日の出とともに目覚め、ロジャーを愛しているがゆえにとうとう決心を固めた朝……。母の死を予感させる、不吉で波乱に満ちた日の夜明け……。

すべて、終わってしまった過去の出来事だ。フィリップの夢を見たせいで、こんなふうに昔のことを振り返ってしまう羽目になった。ハリエットはもどかしそうに寝返りを打って窓から顔を背け、目を閉じた。

再び目を開けたとき、サイドテーブルの上の時計の針は七時を指していた。この間《かん》、彼女は眠っていたのではなく、自分の人生をずっと思い返していたのだった。

体を起こし、両脚をゆっくり掛け布団から出そうとしたとたん、昨日から極端に体力が衰えているのを思い知った。部屋の中がぐるぐる回り、息がうまくできない。再びベッドに横になる。

それは、敗北を受け入れた瞬間と言えた。彼女の体が、起き上がっていつもどおりのことをするのを拒絶したのだ。

突然というわけではない。ここ数週間、ハリエットは窓際の椅子に座るのがやっとだった。だが今朝は、その椅子にさえ行けそうにない。彼女の世界は、今やベッドの上だけになってしまった。恐怖に襲われ、両手で顔を覆う。「私、死ぬのね」と、取り乱して喘ぐように口に出した。「私、死ぬんだわ！……」

少しすると気持ちが落ち着き、顔から手を離して自嘲した。「ばかね、生にしがみつく理由がどこにあるっていうの。もう一度、この人生を生きてみたいと思う？」

ようやく冷静さを取り戻した彼女は掛け布団を静かに握って、陽射しを受けて金色に輝く窓外の景色に目をやり、柳の緑の葉を見つめた。

今年は、春の訪れが早い。例年なら、四月はまだ薄ら寒く、葉が芽吹いて花が咲くのは五月になってからだ。だが、四月中旬だというのに木々には緑の葉が生え揃い、そのみずみずしい色合いが、心に痛切に突き刺さる。

植物が生気を取り戻し、まさにこれから成長しようというときに、自分は死んでいくのか。死を迎えるには適さない季節だが、死神は確実に迫りつつある……。もうすぐ（すぐって、いったい、いつなの？）彼女は丘の上の墓地に埋葬されているローデン家の人々の仲間入りをするのだ。

「生えたての緑の草が私の上を覆うのね。まるでヴェルヴェットのように」

強がりだと自分でもわかっている。しょせん、暗闇で吹く口笛のようなものだ……。暗闇……。

数週間前から、ベッドで朝食を摂るのが当たり前になっていた。家政婦のリーパーは慣れたもので、いつものように水の入った洗面器、石鹼、布巾とタオルを用意し、朝食とともに寝室に運んだ。だが、ほとんど手つかずのトレイを下げようとしたとき、ハリエットが言った。「今日は起き上がれそうにないの。ベッドに横になっているわね」リーパーは、はっとした。四十年、彼女の世話をしてきたが、ベッドから出ない日など一度もなかった。

彼女はずっと、ハリエットのことがなんとなく怖かった。主人と雇い人という関係を保ちながらも親切に接してくれていたし、一つ屋根の下でともに年を重ねてきたのだが、面と向かって本音を言うのははばかられる、というのが正直なところだった。

そうはいっても、事には限界というものがある、と、主人に着替えのネグリジェを持ってきてシーツを替えながら思った。「背中をさすってさしあげたら、ご気分がよくなるんじゃないですか」と言ってみた。

「いいえ、いいわ、ありがとう」

どうにかしなければ。「このままでは責任が重すぎるわ」一階へ下りながら、リーパーは不安を声に出した。「病状のことや、医者を拒絶していることを家族の誰にも知らせずに、奥様と二人きりでここにいるなんて」

時間が経つにつれ、ハリエットは、夢と現《うつつ》の境がわからなくなってきていた。再びフィリップが現れて正装姿で玄関に立ち、ピンクのサテンのドレスを着て階段を下りる彼女を見上げて微笑みかけている。ところが、いつの間にかその姿がなくなり、彼女は心細く不安に満ちて、死の床に就いている母のそばにいた。神様を信じなさいと母は言うが、自分を取り巻く恐ろしい境遇を思うと、神はとても遠い存在に思える……。

そこから、急にハリエットの頭ははっきりしてきた。窓から射し込む陽光が、毛布の上にぼんやりと柳の木の影を落としている。今日は、やたらと過去の出来事がよみがえってくる。「いくらでもやってくればいいわ」と、苦笑した。「どうせ、すぐにすべてが無になるんだから」

近所の犬の鳴き声さえも、過去を思い出させる。果樹園の端にいたゲインズ未亡人の薄汚い大型犬に哀れっぽく泣きつかれて神経を逆撫でされた夜以来、彼女は犬が嫌いだった……。

ハリエットの思考はその日の記憶を離れ、あっという間に、数年後のハリエット伯母さんの家の二階にあった自室へと飛んだ。雪が窓に降り積もり、フィリップが去っていった……。

追憶と夢の合間にリーパーが心配そうに顔を出し、何かできることはないかと彼女に尋ねる……。

リーパーからの電話が鳴ったとき、町の反対側に住むドワイト・ローデンは、家の外に座って日光浴をしていた。電話を受けたスーザンは、父のドワイトに、そのことを告げなかった。自分の健康状態にしか興味のない父にとって、ハリエット・ローデンの病状などどうでもいいことだった。子供の頃は叔母のことを慕っていたものの、とうに愛情は薄れ、今では嫌悪感さえ抱いていたのだ。

昼食の支度をし、食後に父が昼寝に就くのを見届けたスーザンは、一人で行ってみることにした。ひとえにリーパーさんのためだ。ガレージから車を出し、ハリエットの家へ向かった。

ハリエット大叔母さんの家は、白塗りの杭垣の奥に立っていた。レンガの壁を伝うツタが陽射しを受けてきらめいている。広く立派な屋敷はスーザンのくたびれた小さな家とは両極にあると言えたが、スーザンは比べたりはしなかった。彼女にとって、あくまでハリエットは、わずかに縁があるというだけの町の金持ちにすぎないのだった。

玄関ドアのノッカーを扉に打ちつけたとき、真っ先にスーザンの頭に浮かんだのは、大叔母に忠誠を尽くしてくれている家政婦のためにひと肌脱ごうという思いではなかった。これはちょっとした冒険だ。屋敷の中に入ることを許され、あの女主人と言葉を交わすのだ。話の中身次第では……いや、どう転ぶかはまだわからない。

六十代後半の小柄で気弱そうなリーパーがドアを開け、スーザンを見て不安と安堵が入り混じったような顔をした。

「お電話でお話ししたローデンです」と、スーザンは自己紹介した。「父は体調が優れないので、代わりに参りました」

二十六歳という実年齢より若く見えるスーザンは親族の代表者としては少々頼りないが、誰もいないよりはましだと、家政婦の表情が物語っていた。とりあえず、責任を肩代わりしてもらえる。「どうぞ、お入りください」リーパーはスーザンを家の中に迎え入れた。

玄関に入ったスーザンに、リーパーはすがるような視線を向けた。「私がお電話したことは、奥様には内緒にしてくださいますよね。お加減が悪いというのを小耳に挟んだので、様子を見に来たということにしてくださいます？」

「ええ」と、スーザンは微笑んだ。「でも、大叔母様はそんなこと、気になさらないと思いますけど」

二人は階段へ向かった。リーパーは両手を握り締め、声をひそめて動揺ぎみに言った。「奥様は、もう長くないと思います。お医者様を呼ぶのを頑《かたく》なに拒否されていて、二人きりでいるのが本当に不安で仕方なくて。今日はいちだんとお加減が悪いんです。ベッドから起き上がることもできないんですよ」

スーザンは優しく彼女の腕を叩いた。「ご連絡くださってよかったですわ。少し座ってお休みになってはいかがです？　私が上に行って様子を見てきますから」心とは裏腹に安心させる言葉を口にしたが、実のところ、階段を上るスーザンは嫌な予感に襲われていた。

「左側の最初のドアです」と、リーパーが小声で言った。

ドアは開いていた。スーザンが二階に達すると、ハリエットが鋭い口調で呼びかけた。「誰がいるの、リーパーさん。話し声がするけど、どういうこと?」

「私です、ハリエット大叔母様――スーザン・ローデンです」と言って、スーザンは部屋に入った。ベッドに横たわる老婆は入り口に顔を向け、興味なさそうに彼女を見た。「そう……どうして、あなたがここに?」

「お加減が悪いと伺ったので、お目にかかりたいと思って」

「だったら、しっかり見るのね」そして、さっさと帰れ、と言いたいのがはっきり伝わってくる。

スーザンはベッドに歩み寄った。「そうします」と答えながら、ハリエットをじっくり観察した。大叔母に会うのは二、三年ぶりだった。痩せ細って皺だらけの顔は、以前とすっかり変わっていた。ローデン家の特徴である黒い瞳は落ち込み、体重が減ったせいで、形の整った顔の骨格がより際立っている。信じがたいほど老けて見えた。それでも昔の面影はある、とスーザンは思った。若い頃はさぞ美しかったに違いない。

彼女は、確かに死にかけていた。その兆候は明らかだ。死のプロセスはすでに始まっている。生気がなくなり、崩壊が始まっているのだ。

リーパーが戸口でおずおずと様子をうかがっていた。スーザンは何か話しかけたほうがいいかと思い、表情のない黒い瞳から目を逸らして戸口を振り向いた。「大叔母様の食欲はどうですか」

「少しも召し上がりません。ひと口もです」と、リーパーはベッドで動かない女主人に抗議するかのように答えた。

「お医者様に診ていただいたほうがいいわ」

「どうしても嫌だとおっしゃるんです」

「そうはいきません」スーザンは冷静に言った。「このままにしておくわけにはいかないわ」

ハリエットが語気を強めた。「この家に医者を呼ぶことは許しません。たとえ呼んでも、私は会いませんからね。いいこと……あなたは、さっさとお節介をやめてお帰りなさい。あなたたちの顔は見たくもないの！」

澄んだ若いグレーの瞳と、黒い瞳がぶつかり合う。スーザンは怯まなかった。「相当お加減が悪いことを自覚なさるべきです」

「加減が悪いっていうのは違うわね。私は、死ぬの。長い年月生きてきて、ついに終焉《しゅうえん》を迎えようとしているのよ」

スーザンは同情のこもった目をハリエットに向けたが、慰めは口にしなかった。そういうものを求めていない、冷静に事実を述べた言葉だったからだ。ひと呼吸おいてスーザンは言った。「大叔母様が亡くなったら、長年尽くしてくれたリーパーさんを面倒に巻き込むことになるんですよ。死亡証明書を発行するにあたって、なぜ適切な診療を受けさせなかったか問い詰められます。このままでは、彼女は困った状況に陥るかもしれないんです」

リーパーは思わず息をのんだが、ハリエットはこの手厳しい言葉を静かに受け止めた。スーザンから窓のほうに顔を背けたものの、それだけでも体力的には精いっぱいだった。「もう帰ってちょうだい」と、小さく呟いた。「医者なんて役に立たないわ」

さすがに気が咎《とが》めたが、スーザンは、あえてたたみかけた。「リーパーさんはどうなるんです？誰に電話をすればいいいですか」

ベッドから、疲れたため息が聞こえた。「誰でもいいわ。いえ、待って。町に新しく来たあの若い医者を呼んで。年寄りのガウディはごめんよ」

スーザンは電話機に向かい、指示された医師に連絡した。若いといっても、ヘインズ医師はもう四十代で、町で開業してからすでに十一年経っている。夕方には来ると承諾してもらえた。

帰宅して父のために簡単な夕食を用意したスーザンは、ハリエットのことを話した。「すぐに戻るって、リーパーさんに約束したの」

父は眉を上げた。「なぜ、わざわざそんなことをするんだ」

「わからないわ」と、スーザンは答えた。「どうしてかしら」

車に向かいながら、死を迎えようとしている大叔母のこの状況が、なぜ自分をこれほどまでに引きつけるのかを考えた。どういうわけか、スーザンはハリエット・ローデンにもう一度会いたいと思っていた。

静寂に包まれた、あの古い家に戻りたかった。説明できない何かが、彼女を屋敷へと駆り立てた。閉鎖的な建物の内側できわめて特異な人生を送った一つの命が、今まさにあそこで尽きようとしているのだ。「でも、あなたには関係ないじゃないの」と、自らを諭す。「それで、あなた自身の人生が変わるわけじゃないんだから」

そうは思いつつも、胸の奥にわずかな期待がないとは言い切れなかった。

屋敷の私道には、すでにヘインズ医師の車が停まっていた。医師は診察中で、リーパーが一階の廊下に待機していた。

スーザンもそこに加わって一緒に二階の様子をうかがっていると、数分してヘインズ医師が下りてきた。スーザンとは知り合いなので、すぐに診察結果を教えてくれた。「ローデンさんの病状は、かなり悪いですね」と、彼は言った。「脈が弱く、ひどく衰弱しています。それに、年齢のこともあります。彼女はおいくつなんですか。どうしても教えてくださらないんですよ。死んでもおかしくない年だとおっしゃるだけで」

「八十三歳です」と、リーパーが補足した。

ヘインズ医師は、禿げかけた頭を重々しく振った。「そうだろうと思いました。こうなると、残念ですが、私にできることは限られています」と言って処方箋を書くと、スーザンに手渡した。「急変するようなことがあれば連絡してください。明日、また寄ってみます」

そそくさと上着を着込んでいる医師に、「すぐに看護婦さんをよこしていただけませんか」と、スーザンは頼んでみた。

「しかし、もう、こんな時間ですよ！」

「リーパーさんを大叔母と二人きりで残すわけにはいきませんし、私は、父のいる自宅に帰らなければなりません」

ヘインズ医師は家政婦を振り向いた。「ほかに来てくれる身内の方かご友人が、どなたかいらっしゃるでしょう」

「それが、誰もいないんです」と、リーパーは申し訳なさそうに答えた。「ここ数年で知り合いがずいぶん亡くなってしまって。年を取るにつれて、家に引きこもるようになっていましたし」

医師は階段の親柱を人差し指でトントンと叩いていたが、表情からは何を考えているか測りかねた。サムナーで生まれ育ち、裕福で、若い頃は組合教会の有力メンバーとして活躍したハリエット・ローデンのような人物が、どうして、これほど孤独な最期を迎えることになったのか訝《いぶか》っているのかもしれない。だが、ほんのひと時でもハリエットと接したなら、その答えはわかったはずだ。

「ハートフォードに、付き添いの仕事を時々やってくれる、ブルーワーさんという看護婦がいます」ようやく医師が口を開いた。「少し体が弱いのですが、連絡を取ってみましょう」

「先生、ここからお電話してください」と、スーザンが提案した。

目つきから、しつこい娘だと感じているのが伝わってきたが、ヘインズ医師は電話をかけに行ってくれた。自分がどう思われようが、スーザンは気にならなかった。気弱で怯えきっているリーパーを、死にかけている人間とこの大きな屋敷に二人だけにしておくわけにはいかないと、心に決めていたのだ。

看護婦は十一時までに来てくれることになった。医師が帰ったあと、スーザンとリーパーはキッチンへ行き、リーパーが食事を用意してくれた。

上の階では、ハリエット・ローデンが眠っていた。しばらくすると、リーパーがハリエットの様子を見に上がり、スーザンは食器を洗った。

広くて古いキッチンには、黄昏時の影が垂れ込めていた。スーザンはシンクの上の窓枠に両肘をつき、ひんやりと澄んだ夕方の空を夢見心地で眺めた。ハリエットのことをぼんやり考えながら、死という終局に想いを巡らせているうち、思考は横道へ逸れていった。いつかはその時が来るという事実を、誰もが若いときから本当の意味で受け入れているとは言えないのではないだろうか。そんな気になっているだけで、実は他人事で現実味を感じてはいない。窓辺に寄りかかって、黄昏の中で色褪《あ》せていく庭の花々を眺めているのと同じなのだ。

だが、ハリエットにとっては紛れもない現実だ……。

ハリエット大叔母さんの話は、よく祖母から聞かされていた。彼女を愛した男性が二人いて、確かその二人と婚約をしたと言っていた……。

リーパーが戻ってきて、戸口で明かりのスイッチを押した。キッチンに光があふれ、スーザンの回想は遠のいていった。「あなたがお帰りになったかと、奥様に訊かれました」と、リーパーが言った。「今は意識がはっきりなさっていて、お会いになりたいそうです」

寝室にはシェードランプが灯っていて、ハリエットはドアのほうを向いて横たわっていた。スーザンがベッドの傍らに近づくと、声をかけてきた。「どうして、あなたがまだここにいるのかしら。私たち、関係ないでしょう」

「ええ、確かに」と、スーザンはやんわり微笑んだ。「ずいぶんお節介だとお思いでしょうね」

「そのとおりだわ」ハリエットの息は荒くなっていた。「時間の無駄よ。遺言はもう書いてあるんだから。リーパーさんに遺すお金以外は、すべて組合教会に寄付することになっているの。たいして必要でもない教区会館を建てるためにね」

「本当に身内に厳しいんですね」淡々と言ったあと、「私は――」と、口ごもった。なぜここにいるのか、自分でもうまく説明できなかったのだ。「リーパーさんがとても困っていらして気の毒だったのもありますし、大叔母様が、大好きだったお祖父《じい》様の妹だからかもしれません。とにかく、義務感に駆られているのは確かです――大叔母様がお祖父様をどう思っていらっしゃるかは別として」

ハリエットの痩せ細った長い指が苛立たしげに動いた。スーザンの大仰な説明を鼻で笑う。「義務感ですって！　ばかばかしい！」薄暗い明かりの中で、スーザンをじっと見上げた。「あなた、ローデン家らしくない顔立ちね。黒髪じゃないわ。髪の色も目の色も、母親譲りなのね。年はいくつ？」

「二十六です」

「若いわね。まだ、これから長い道のりが待ってるわ……」一度、声が消えかかったが、やっとのことで力を振り絞って付け加えた。「それでも、この世の中は素晴らしいところだと思っているんでしょうね」

「いいえ、大叔母様。現実はわきまえているつもりです」

「その年で？　珍しいわね」

「そんなことはありません。大叔母様の若い頃より、今は現実的な時代ですもの」

血色の悪いハリエットの唇に、茶化すような笑みが微かに浮かんだ。「そう思う？　じゃあ、そうなのかしらね……若い頃なんて、私にあった気はしないけど」

「あったに決まってるじゃありませんか」まるでハリエットの若い頃を見たことがあるかのように、スーザンは大きく頷いた。

「今一つだけ確かなのは、私が年老いてしまって、自分のベッドでひっそりと死にかけているってことよ」

ハリエットを見下ろしていたスーザンは、そのくぼんだ目に一瞬、恐怖を見たような気がした。すぐに瞼《まぶた》が落ちかけたので、本当にそうだったのか自信はなかった。だが、怖くて当然だと思う。心中を測ることはできないが、きっと一人きりになりたくなくて、自分とのどうでもいい会話を引き延ばしているのだろう。

ベッドに屈み込んで優しく言った。「椅子を持ってきて付き添います。お話しなさらなくて大丈夫ですよ」

ハリエットの瞼が上がった。「死ぬ間際に私が気を変えて、遺言を書き換えるのを期待しているのね」

「違います」と、きっぱり答えたが、自分でも嘘だとわかっていた。心のどこかで微かな期待を抱いているのは否定できない。「おそばにいたいだけです。ローデン家の一員だからというだけで私につらく当たるなんて、無意味ですよ。一族に対する感情は忘れてください。そのほうが、大叔母様のためですわ」スーザンは、椅子を運んできてベッド脇に腰かけた。

ハリエットは目を閉じた。「なぜ、それが私のためなの?」

「だって、大叔母様のやり方は、よくないと思うんですもの」

「このやり方が性に合っているのよ。私がしたいようにしているだけ」

少し会話が途切れ、スーザンはこの時を逃したら答えが聞けないかもしれない質問を切りだしてみることにした。「大叔母様は、どうしてそんなに身内を嫌うんですか。例えば私の祖父母とか。毛嫌いする理由は、何なんです?」

「それはね、彼らが私の人生を台無しにしたからよ」もう答えてはくれないのかと諦めかけるほど長い沈黙のあと、ハリエットはそう呟いた。

「あの二人がそんなことをしたって言うんですか。しかも、本人たちも知らないうちに?」

答えはなかった。ハリエットは目を閉じたままだ。しばらくして、スーザンは大叔母が眠りに落ちたことに気づいた。

こうして、二人の会話は終わった。看護婦が到着したときも、彼女はまだ眠っていた。そして翌朝、ハリエットは息を引き取ったのだった。

第二章

女主人の生存中には歓迎されなかった家に、彼女の今は亡き三人の兄の子供や孫が葬儀のために集まった。エドマンドの子供と孫たちがスプリングフィールドから駆けつけ、ウォレンの娘のハリエット・ローデン・ウェッシングは、冴えない一張羅を着てそこにいた。クライドの代わりに来たのはスーザンと、クライドの息子である父のドワイト。ドワイトは退屈しきった様子で、杖を握った両手の上に顎を乗せ、部屋でいちばん居心地のいい椅子に腰を据えていた。

四月の穏やかな陽気の中を、町の住民たちが続々と門を抜けて薄暗い屋敷内に入ってきた。庭の紫、白、黄金色のアヤメは満開で、谷に咲き乱れるユリの香りが辺りに漂い、早咲きのサクラソウが太陽に向かって鮮やかな色を放っている。

ハリエットは、リビングの奥に据えられた立派な棺《ひつぎ》に横たわっていた。いつもそうだったように、無地の黒っぽいスーツ姿だ。生気が奪われた体は萎《しぼ》んでひとまわり縮んだように見え、死者らしい無防備な表情をたたえた老婆以外の何者でもなかった。

棺の傍らに立ったスーザンのそばに近所の住民の一人が寄り添い、「長生きなさいましたね」と呟いた。「お若い頃には、町のためによく尽くしてくださったんですよ」

「ええ、そうでしたね」午後、そうした言葉に礼儀正しく何度も耳を傾けてきたスーザンは軽く頷いた。参列者はみな、何か言わないわけにはいかないのだ……。

住民の女性が立ち去り、スーザンはハリエットの年老いた指に目を注いだ。それは否応なく、時の残酷さを思い起こさせた。何気ない時間が日々となり、一週間、一カ月、一年と重なって、何年も月日が過ぎてゆくあいだに若さが徐々に蝕《むしば》まれて変化し、やがて手から若さはすっかり失われて、ついには、その人の哀れな象徴として残される。

小枝から一輪、クチナシを手折り、遺体の握られた手のあいだに置いた。

ブレイク牧師が姿を現すと、室内に広がっていたささやき声が静まった。真っ先に彼に挨拶したのはドワイトではなく、スプリングフィールドから来た、一族の名ばかりの長と目されている最年長の甥だった。父ドワイトは、町の有力者に敬意を表するためだけに集《つど》ったサムナーの住民と同じくらいに淡々としていた。無関心なその態度が決して見せかけでないことは、娘であるスーザンにはよくわかった。ハリエット・ローデンとの血縁関係は、どうやら父にはどうでもいいことらしい。

スーザンは部屋の向こうにいたブレイク牧師に歩み寄って握手をしたあと、ずっと祖父の法律関係の面倒を見てくれ、ハリエットが遺産を相続してからは彼女の財産に関しても担当してきた、自分の名づけ親であるデイヴィッド・オリヴァーと握手を交わした。

周囲の人々の視線が、一斉に牧師から弁護士に移ったのを感じた。ブレイク牧師が、誰をも墓地で待ち構えている死の象徴であるのに対し、長身で細身のデイヴィッド・オリヴァーは、遺産贈与者の人間性を受け継ぐ者に伝え、命の持続を信じさせてくれる、死者には名誉を、生きている者には喜びを与える存在なのだった。

ハリエット・ローデンは、かなりの額の財産を遺していた。一族に対する彼女の態度は、誰もが知るところだ。葬儀への参列という重たい食事は、財産分与に関する憶測というスパイスで味つけされているると言っても過言ではなかった。

そのことに気づいて握手の直後に名づけ親から離れようとしたスーザンの手を、彼は腕に抱えるようにして棺へといざない、困ったような目をスーザンから遺体へ移した。「お父さんが今回の件で高望みしていないといいんだが」

「それはないわ」と、スーザンは即答した。「だって、大叔母様が亡くなる前の晩、遺産贈与についてはっきり聞かされたもの」

オリヴァーは首を振ってハリエットを見下ろした。「彼女はとても難しい人だった。長年の付き合いだが、理解しているふりすら、私にはできなかった。意見するのはもちろんのこと、説得など不可能だったんだよ」

スーザンは彼の腕をぽんぽんと叩いた。「大丈夫よ、デイヴィッド小父《おじ》様。心配しないで」と言ってから、すぐに付け加えた。「小父様もよくご存じのように、大叔母様は私たち一族を嫌っていたんですもの。それこそ毛嫌いしていたわ。私の祖父母のことは特に」

その言葉に、オリヴァーは肩をすくめた。「理由がわかるなら金を払いたいくらいだ。君のお祖父さんには信頼してもらっていたつもりだが、彼女がなぜそれほど彼を嫌うのかは教えてもらえなかった。自分にもわからないと言っていたよ」

ひょっとしたら、死という絶対的な乖離《かいり》が現実となった今なら答えが得られるかもしれないと期待するかのように、二人はハリエットの遺体を見つめ続けた。

気を利かせたスプリングフィールドの従叔母《いとこおば》が、スーザンの肩に手を置いた。「そろそろ葬儀を始めましょう」

親族はそそくさと書斎に集合し、隣人や知人はリビングに陣取った。

引き下げたブラインドのあいだから入り込むほのかな光の中、棺の傍らに立ったブレイク牧師が、本日は『コリント人への第一の手紙』第十五章十七節と十九節についてお話しします、と朗々とした声で告げた……。

父の隣に座ったスーザンは、従叔母のハリエット・ローデン・ウェッシングに目を留めた。先の綻《ほころ》んだ手袋に、着古して、てかりを放った紺色の上着を身にまとい、不安そうに眉根に皺を寄せている。彼女の結婚式のとき、青いロングドレスを着てフラワーガールを務めたスーザンは、式の雰囲気にわくわくしたものだ。ハリエットはとても若くて艶やかな肌をした、美しい花嫁だった。未亡人となり、三人の子供を女手一つで育てなければならなかった十年の歳月で彼女が失ったものを思い、スーザンの心は重くなった。もっと前に何かしてあげられたかもしれないのに、自分は彼女が抱えた重荷から目を背けていた……。

ブレイク牧師の話は、教会と町に対して故人が果たした功績を列挙することに移っていた。

ハリエット・ローデン・ウェッシングは、話を少しも聞いていなかった。葬儀のおかげで、誰にも文句を言われずに何もしないで座っていられる贅沢なひと時を、ひたすら味わっていたのだった。慌ただしく日々の生活に追われているのに加え、もともと優しい性格なので、叔母に特別なわだかまりは抱いていなかった。淡々とした気持ちで椅子に背を預け、このまま昼寝ができたらどんなにいいだろうと思うのだが、死者への敬意が欠如したそんな自分に少なからず罪悪感も覚えた。親類たちの隣に座っている家政婦のリーパーの姿に目を凝らしながらも、頭は半ば夢の中に入りかけていた。ハリエット叔母様は、命の終わりに際して身内への態度を和らげたのだ。「……それと、私の姪で同名のハリエット・ローデン・ウェッシングに五千ドルを相続させるものとする……」まあ！ それだけのお金をもらえたら、とても助かるわ！ 子供たちに服を買ってやれるし、パトリックの歯の矯正をして、家の屋根を直して……。

ドワイトの悪いほうの脚は、全神経が疼《うず》いているのではないかと思うほど痛み始めていて、目立たないようにたびたび姿勢を変えるのだが一向に治まる気配がなかった。彼にとって棺に横たわる老女は、彼女の死によって一つの時代が終わったという感慨をもたらすものでしかない。彼が自分の力で生きているという事実を明白にしただけであって、ずっと昔に期待していたようには、結局、彼の人生になんの関わりもなかった。ドワイトは深いため息をついた。物心ついたときから、少年時代の彼の記憶の中で、ハリエット叔母さんは不可欠な存在だった。まだ幼かった頃、彼女は両親のもとへ身を寄せて一緒に暮らしていたからだ。とうに理解するのを諦めた、変人で冷たい女性だった叔母も、昔の思い出の中にはこんなふうに生きている。彼にとっても、当然、スーザンにとっても生活が苦しくなる一方の昨今、ドワイトは過去の思い出を頻繁に振り返るようになっていたのだった……。

「父と子と精霊に栄光あれ」ブレイク牧師が歌うような声で言った。

墓地に移動し、スーザンは痛む足を引きずる父を支えて歩調を合わせながら歩いた。雲一つない青空から、ローデン家の墓地に燦々《さんさん》と陽が降りそそいでいる。そこには、何人もの遺体が埋葬されていた。スーザンの曽祖父母、一八六一年に幼くして亡くなった彼らの娘、夫が海で死んで未亡人になったハリエット・ローデン・デヴィット、スーザンの祖父であるクライドとその妻。みんな同じ場所に埋葬され、一族の埋葬場所の中央に建てられた背の高い墓石に名が刻まれていた。その隣には、ウォレンとエドマンドが妻とともに眠っている。死んだことで、いま一度全員が一つになったのだ。そして今日、ハリエットがそこに加わり、子供の頃のような関係が再構築されることになる。

ブレイク牧師の声に耳を傾けた。「私たちの住んでいる地上の幕屋が壊れると、神からいただく建物、すなわち天にある、人の手によらない永遠の家が備えてあることを、私たちは知っています……」

人の手……スーザンはハリエットの両手を思い出した。節くれだって、太い血管が浮き出た醜いその手のイメージが、彼女の心の中にある目の網膜に貼りついたまま離れようとしなかった。両手のあいだにスーザンが置いた、緑の葉に映える真っ白なクチナシの湿り気を帯びた花が、優雅な香りを放っている。それを足元の箱の中に閉じ込め、甘やかな美しさを台無しにしたのは自分だ。二度と太陽の光を浴びることも、新たな日の到来を望むこともできない。ただただ、土に押し潰されていくのだ……。

「全能の神に御霊《みたま》を召された今……」

父の腕をつかむスーザンの手に力が入った。涙がにじんでくる。クチナシの運命はあまりに静かに尽きていく……。

「土は土に、灰は灰に、塵《ちり》は塵に……」

ハリエットの屋敷に戻ると、埋葬に立ち会わなかったリーパーが身内の人たちのためにワインとケーキを用意してくれていた。葬儀屋がリビングをいつものように戻して、ブラインドが上げられており、葬儀の余韻を残しているのは花の香りだけだった。

身内が一堂に会し、ワインを飲んでケーキを食べた。みんな、遺言書が読み上げられるのを待っているのだった。

スーザンは、立派な身なりをした、自己主張の強いスプリングフィールドの親戚から少し離れた場所で、ハリエット・ウェッシングと隣り合わせて座っていた。ブレイク牧師と長椅子に腰かけているドワイトは、デイヴィッド・オリヴァーが書類鞄から遺言書を取り出すのを見て、あからさまに不愉快な顔をした。

室内が静まり返った。老齢の弁護士、オリヴァーは、ゆっくりと全員の顔を見まわした。「みなさんの前でローデン女史の遺言書を読むのは、形式的な手続きにすぎません」と切りだした。「関係があるのは、ブレイク牧師とリーパーさんだけです。ほかの方々には遺産は一切渡りません。ブレイク牧師と私は共同遺言執行人です。公正を期して言わせていただきますが、彼は私同様、思い直すようローデンさんを懸命に説得しました。しかし、彼女は聞く耳を持たなかったのです」

話しながらオリヴァー弁護士は、遺言書について最後にハリエットと話したときのことを思い出していた。もう二年以上前のことだ。彼女のもとを訪ね、フェアヴューの家を買いたいという申し出がまたあったことを告げたのだった。

「だめよ」と、ハリエットは言下にはねつけた。「絶対に売らないわ」

「どうしても売却したくないなら、賃貸でもいいと言っているんだが」

「いいえ。私の目の黒いうちは、あの家は現状のまま保存します。窓板一枚外すことも、ドアの鍵を開けることも許しません。私が死んで埋葬されるまで、誰も家に足を踏み込ませないわ。私の死後、あなたやブレイク牧師がどうしようと、それは任せるから、ご自由にどうぞ」

その際、遺言書の話に触れ、内容に本当に満足しているかを再度確認した。

「ええ」と、ハリエットはきっぱり答えた。「心から満足しているわ。遠回しに変更をほのめかしているつもりでしょうけど、無駄よ、デイヴィッド。一族の人間には一ペニーだって遺さない。私は本気なの。自分の気持ちに正直に従っているだけ。この話は二度としないでちょうだい」

彼女はいつもそうだった。一度こうと決めたら、決して揺るがなかった。

オリヴァーは咳《せき》払いをして、遺言書を読み上げた。リーパーへの遺産を除き、ハリエット・ローデンの財産のすべてはサムナー組合教会に寄贈され、彼女の名を冠した教区会館が建てられることになっている。

スーザンは父と顔を見合わせた。オリヴァー弁護士が遺言書をたたんで鞄に戻すのを見て、父は面白がっているような笑みをスーザンに向けた。

ほかの面々は、遺言書の内容を予想していなかったようだった。ハリエット・ウェッシングのため息が聞こえ、期待から来る緊張が抜けて力なくクッションに背を預けたのがわかった。スーザンはすかさず彼女に向き直って、慰めるように手を握った。

ハリエットは寂しそうに微笑んだ。「期待してはいけなかったんでしょうけど、やっぱり何かもらえるんじゃないかと思ってたの——少しくらいは、ね」

「わかるわ」

「だって、亡くなったハリエット・デヴィット伯母様の名前をハリエット叔母様が受け継いだように、私もハリエットという名を継いだんだし……」

「歴史は繰り返されるべきですものね」相手が涙ぐんだのを見て、スーザンが言葉を補った。

「そこまでは期待していなかったわ。遺産を全部くれるとは思っていなかった。でも、ほんの少し、二千ドルか三千ドルでも……子供たちにとてもお金がかかるの」

「わかるわ」と、スーザンは繰り返した。

「どうしてなのかしら」と、ハリエットが呟いた。

スプリングフィールドの従叔父《いとこおじ》が急に声を上げたので、スーザンはそちらに気を取られた。オリヴァーに噛みついたのだ。「何も知らないって言うんじゃないだろうな。何年も叔母さんの弁護士をやってきたんだろう？　眠っていたって財産の一銭残らず言えるはずだ！」

離れぎみのオリヴァーの白い眉が真っすぐな線になり、一本につながったように見えた。険しい視線を相手に向ける。「これ以上お話しすることはありません。時間がありませんので」

「でも、そうは言っても」と、別の人間が切りだした。「オリヴァー先生、大まかなことはおわかりになるんじゃありませんか？」

割って入ったのは女性だった。確か、喧嘩腰の従叔父の妻だ、とスーザンはぼんやりと思い出した。オリヴァーは彼女に軽く頭を下げた。「ええ、もちろんです。礼儀をもって質問していただければお答えする用意はあります。ローデンさんの財産は、二十五万ドルほどになるでしょう」

この情報が一種の起爆剤の役割を果たした。スプリングフィールドの七人の親戚が一斉に話しだしたように思えたが、やがてスーザンは、若い男女だけは無言でいることに気づいた――たぶんエドマンドの孫だが、よくは知らない――二人は黙りこくったまま、できればこの場から逃れたいという顔をしている。

父のドワイトは杖を握り、明らかに面白がっている表情で座っていた。ブレイク牧師は亀のように首をすくめ、困惑顔で両手を見つめた――いや、見つめていたのは爪だったのかもしれない。

「けしからん……正気の沙汰とは思えない……とうてい我慢ならない内容だ……『不当威圧』ってことで取り消せるんじゃないのか……なにしろ、頭がおかしかったんだから……血を分けた肉親をないがしろにして……」

憤慨し、身振り手振りを交えて食ってかかる面々を相手に、オリヴァー弁護士は言葉を挟むことはせず、嵐が通り過ぎるのを辛抱強く待っていた。

ハリエット大叔母様は、この状況を楽しんでいるんじゃないかしら、とスーザンは思った。

エドマンドの娘の一人でドワイトとたいして年が変わらない女性が、ひときわ甲高い声で詰め寄った。「彼女は、それだけのお金をどこから得たの？　ハリエット・デヴィット伯母様が亡くなったとき受け取った遺産は、その三分の一くらいだったはずよ」

「ローデン女史は優れた実業家でした。ご自分で賢く投資して成功なさったのです」

女性は両手を突き出して言い放った。「きっとそうなんでしょうね！　私は――私たちの誰も――あの人がそんなに多額のお金を持ってたなんて、これっぽっちも知らなかったわ！　そのお金が身内以外の人間に渡って、兄弟の子供たちに一セントも遺されないなんて、どういうことなの！　言っときますけど、これは犯罪よ。許されることじゃないわ」

「絶対に許さないぞ」最初にオリヴァーを詰問した従叔父がきっぱり言った。「正気の人間が、自分からそんな遺書を書くわけがない……」いったん言葉を切って、哀れなブレイク牧師に疑いの目を向けた。「誰かに説得されでもしなければな」

「そういう態度はおやめになることですね」と、オリヴァーは突き放した。「この遺言書は、間違いなく故人の指示で作成したものです。ローデンさんがご自分でブレイク牧師に内容をお知らせになったのは、遺言書が完成したあとのことです。むしろブレイクさんは、ご家族のために内容を書き換えるよう説得を試みました」オリヴァーがいったん言葉を切って、ブレイク牧師に同情するようなまなざしを向けると、牧師はきまり悪そうに頷き、何度か脚を組み替えてから再び両手に視線を落とした。「それが事実なのです」と、オリヴァーは話に戻った。「ローデンさんは考えを変えようとせず、頑として遺言書の書き換えには応じませんでした。それに、申し上げておきますが」――いっそう冷ややかな口調で言った――「遺言書が取り消されることはありません。私の言葉を信じて、無駄な労力と出費を控えられることをお勧めします」

「何言ってるんだ」相手は声を荒らげた。「こんなに多額の財産が奪われようとしてるんだぞ！　そんなばかなことがあってたまるか！」止めようとする妻の手を振り払い、礼儀をわきまえた親族がざわついているのも無視して続けた。「ハリエット叔母さんは親父の実の妹なんだ。それなのに、血のつながった親族をさしおいて他人にすべてが渡るのを黙って見てろって言うのか。おかしいじゃないか！　ほかの身内はどうするか知らないが、俺は断固として戦うからな！」

劇的な展開で終わった葬儀から帰る道すがら、スーザンは気になっていたことを口にしてみた。「ねえ、お父さん、本当に遺言書はどうにもならないのかしら」

「ならんな」と、ドワイトは答えた。「何をやっても無駄だよ。デイヴが作成した遺言書なら、つけ入る隙などないさ」

スーザンは恨めしそうにため息をついた。「どっちにしても、抵抗する側にはつけないわよね。デイヴィッド小父様は大切なお友達ですもの。でも、そうなると私たちは難しい立場に立たされるわ。もしも遺言書が無効になったときには――」

「そんなことにはならんよ」と、ドワイトが遮った。

スーザンは気にせず続けた。「何もしないで、ほかの人たちと同じ額をもらうんですものね」

「遺言書が無効になるとは思うな」ドワイトは、もどかしそうに言った。「私が覚えているかぎり、ハリエット叔母さんはわが道を行く人だったし、死んだ今でもなお、それを貫いているんだ」

スーザンは応えなかった。無言のまま車で自宅の私道にたどり着いたときになって、ようやく口を開いた。「あの人たちの言うとおりだわ——おかしいわよ。どうして大叔母様はそこまで身内を毛嫌いしていたのかしら」

ドワイトはもう何年も前から、ハリエットと身内の不和についての話には無関心だった。口ぶりからわかる。「そりゃあ、それなりに理由はあったんだろうが、今となってはそれも墓の中だ。いくら考えたって答えはわからんぞ」

だが、諦めるというのはスーザンの性に合わなかった。まだ望みが途絶えたわけではない。夕食後、リビングに父と座っていたときにスーザンは切りだした。「ねえ、お父さん、もう少し大叔母様の話をしてもいい？」

「嫌だね」

「でも聞きたいの」と、膝の上で手を握って身を乗り出し、熱心に粘った。「だって——」一度言葉を切ったあと続けた。「きっと何かあるはずよ。お祖母様《ばあ》が話してくれたことはあったけど、ずいぶん前のことだし、全部教えてくれたわけじゃないわ」いったん口をつぐんでから、また繰り返した。「何かあるはずよ。きっと、何か——大叔母様がどうしてあんな態度を貫いたのか説明できる理由が。それがわかれば、ひょっとして私たちの状況が変わるかもしれない。遺言書を無効にできる可能性も出てくるんじゃないかしら」

ドワイトは首を振ってうっすら笑みを浮かべた。「おいおい、スーザン、ずいぶん楽天的だな」

「お父さんこそ、ちょっと無関心すぎるんじゃない？　お金なんかどうでもいいなんて言うつもりじゃないでしょうね」思わず口調が強くなった。

「そんなわけないだろう！　私にとって金は大事だ。体を治すにも、お前に幸せな生活をさせてやるためにもな。だが」――そこで、声から力が抜けた――「不確かなものにすがってほしくないんだよ。結局、落胆するのが関の山だからな」

スーザンは椅子の背もたれに体を預けた。「やってみなくちゃ、わからないじゃないの。ハリエット大叔母様のことを教えて。とにかく、そこから始めましょう」と言って煙草に火をつけた。「大叔母様との最初の思い出を話してくれない？――いいえ、それ以前のことでお祖母様から聞かされた話もお願い」

スーザンの熱意に押されて、さすがのドワイトも昔の話をする気になった。遅くまで語らい、二人であらゆる方向から記憶を吟味したが、スーザンの望むような手がかりは見つからなかった。それでも、スーザンは諦めようとしなかった。「そうなると、今日みんなが言ってたとおりってことよね。大叔母様は正気じゃなかったって。審問でそれが明らかになるかもしれないわ」

ドワイトは何も言わなかった。彼の表情は、午後の状態に戻っていた。何かが変わるとは少しも思っていないようで、これ以上話す余地はなさそうだ。

ここから先、ハリエット・ローデンに関することは、スーザン一人で当たるしかないということだ。

第三章

　ハリエット・ローデンが亡くなって二週間が経った頃、昼食の皿洗いをしていたスーザンのもとにデイヴィッド・オリヴァーから電話がかかってきた。スーザンが受話器を取るとオリヴァーの声が言った。「やあ、スーザンかい？」

「ええ、デイヴィッド小父様ね？」

「君の大叔母さんの屋根裏に、もう二時間近くいるんだが、まいったよ。ここに上がったことはあるかい？」

　疲れ果てたようなオリヴァーの口調に苦笑いしてスーザンは「いいえ」と答え、赤褐色の髪をいじりながら言った。「ご存じでしょう？　私たち、屋根裏に通してもらえるほど親しくなかったのよ」

「頼むからこっちへ来て手伝ってくれないか。どこから手をつけていいかわからないんだ。ハリエット大叔母さんは何でもため込んでいたみたいでね。自分の物はもちろん、先代から受け継いだ物も全部山積みになったままなんだよ。このがらくたをどうしたものか、途方に暮れてしまってね」

「食器を洗い終えたら、すぐに行くわ」と、スーザンは請け合った。

　ハリエットが死んだ晩と同じような期待感が胸に湧き上がり、スーザンは急いで片付けを切り上げた。前回は期待に反して何も起きなかった。だが、まくっていたセーターの袖を下ろし、髪に櫛を入れながら、今日はきっと違う、と思えてならなかった。何一つ捨てなかった女性の持ち物が詰まっている屋根裏が、自分の窮屈な日常を変えるきっかけをくれるかもしれない。経済的な不安と父の健康問題という重荷が、ひょっとすると、これで下ろせるかも……。

ツイードのコートに腕を通し、車のキーをつかんでガレージに向かった。

石畳の通りの両側に並ぶヒマラヤスギが、霧雨に濡れて銀色に輝いていた。冷たい風が木々を激しく揺らしている。スーザンはコートの襟を手繰り寄せて駆けだした。

車のエンジンがかかるには、いつものようにだいぶ時間がかかった。古い車は、こういう天気の日には調子が悪い。暖かな陽射しがないと、なかなか動いてくれないのだ。

ようやく車を庭から出した彼女は、自宅にちらりと目をやった。切妻屋根の家は、グレーのペンキが剝げかけた、小さくて古びた建物だ。部屋は狭いし、階段は急勾配の梯子《はしご》のようで、地下室に下りるには階段の天井にどうしても頭をぶつけてしまう。だが、そんな家でも愛着はある。わずかに開いている父の寝室の窓を見上げると、急に父が哀れに思えてきた。父のドワイトは、少し昼寝をし、目覚めて読書をするとまた眠るのだろう。なんとも退屈な午後の過ごし方だが、娘の日常もどうせ似たり寄ったりだと考えているに違いない。日々の出来事に刺激を見いだす力を、とうに失ってしまったのだ。

「私は、ああはなりたくはないわ」通りに出ながら、スーザンは思った。「あんなむなしい人生なんて、まっぴらよ……」

私道の出口にあるマロニエの木に、いくつもの円錐《えんすい》形の白い花が突き出ていた。濃密な香りを辺りに漂わせてメイン・ストリートを覆う、みずみずしい緑のアーチの下を車で走る。重苦しい空だったが、美しい四月が終わりを告げ、青葉の茂る五月の訪れを予感させる空気だった。

組合教会の前を通り過ぎた。白い尖塔がそびえ立つ歴史ある教会のヴェルヴェットのように滑らかな芝生の所どころに、くっきりと黄色いタンポポが咲いている。ハリエットの遺産のことを思うと、教会を見る目にも、つい邪《よこしま》な気持ちが入ってしまう……。

落ち着くまで大叔母の屋敷に残ることになった家政婦のリーパーが、スーザンを招き入れた。顔が汚れ、エプロンは埃まみれだ。

「どうぞお入りください」と、彼女は言った。「こんな格好ですみません。屋根裏でオリヴァー先生をお手伝いしていたものですから。おいでになったら、真っすぐ屋根裏にお連れしてくれとおっしゃいましてね――」と、そこで含み笑いをした。「お嬢様が手伝ってくださったら、先生はどんなにほっとなさることか。とにかく物が多くて。奥様は」リーパーは階段を見上げて言った。「いろいろと保管しておきたがる方だったんです」

数分後、先代からため込まれた物であふれた、予想より遥かに広くて薄暗い屋根裏に立ったスーザンは、それがかなり控えめな表現だったことを思い知った。ハリエット・ローデンは、何でも取っておかなくては気が済まない質《たち》だったようだ。人と分け合おうという観念がなく、持っている物をすべて独り占めにしたかったらしい。物質的財産が孤独を埋めてくれていたのだろうか。

入り口にあるスーツケースをまさぐっていたオリヴァー弁護士が振り返った。「おお、来てくれたか！」と、うれしげな声を上げ、周囲を指し示した。「見てくれよ。嫌になるだろう？」

「そうね」スーザンは笑って同意した。「でも」――いくつもの箱やトランク、包み、布にくるまれた家具、積み重なった絵画に目を輝かせる――「私はぜひ、中身を点検したいわ」と、正直な気持ちを口にした。

オリヴァーが驚いて言った。「そいつは、幸運な偶然だ！　君は中身を点検したい。そして、ここには点検するものが山ほどある。見てごらん！　大昔からの支払済み小切手や領収書が詰まったスーツケースがいくつも残っているよ」

スーザンはオリヴァーのそばにひざまずき、輪ゴムで括《くく》られた小切手の束を一つ手に取った。古くて干からびた輪ゴムは、あっという間にぼろぼろになってしまった。いちばん上にあった小切手には、一九〇九年一月二日と書かれていた。ジュリアス・ホジキンズに宛てた二十二ドル十七セントの小切手だ。

「ジュリアス・ホジキンズですって。デイヴィッド小父様、誰だかご存じ？　サムナーの住人かしら。こんな中途半端な金額って、大叔母様は、いったいその人から何を買ったのかしらね」

「そんなところから始める気かい？」

「いえ、そうじゃないけど」スーザンは、笑いながら小切手の束をスーツケースに戻した。

オリヴァーが、階段の上に控えていた家政婦に声をかけた。「リーパーさん、私が来たとき、ちょうど昼食を摂るところでしたよね。どうぞお食事を済ませてください。あとはスーザンに手伝ってもらいますから」

「では、ご用があったら呼んでください」食事に戻れるというので、リーパーはうれしそうだった。

家政婦が屋根裏のドアを閉めて立ち去ると、オリヴァーは片手でつかんだ領収書にざっと目を通し、その日付を見て首を振った。「一九一一年だぞ。ハリエットさんは、いったい何を考えていたんだか」

「小父様ったら、のんびりしてる場合じゃないわ。たった今、私をたしなめたばかりじゃないの。出訴期限が迫っているのと同じなのよ。とにかく、スーツケースを空にして暖炉に突っ込んで燃やさなくちゃ」

「石油ストーブだよ」目尻に皺を寄せて微笑みながら、オリヴァーが屁理屈をこねた。

「それだって、暖炉の仲間でしょ」

「まあ、そうだな」微笑みが笑いに変わった。「だが正直言って、こういうものを燃やすのは性に合わんのだよ」

「それじゃあ、ハリエット大叔母様と一緒じゃないの。きっと、小父様の屋根裏もここと似たり寄ったりね」

「ここまでひどくはないさ」オリヴァーは勢いよくスーツケースを閉めると意を決したように立ち上がり、古い小切手と領収書の入ったケースをさらに二つ抱えて階段に向かった。「ハリエットさんの寝室の暖炉で燃やすよ」

「私は何をすればいい?」と、スーザンは後ろから声をかけた。

オリヴァーは肩越しに振り向いて、にこっと笑った。「何でもいいから、好きなところから始めてくれ」

屋根裏に一人残されたスーザンは、どんな物があるかをゆっくり見てまわった。こっちにある椅子のカバーをめくり、あっちに積まれた絵画のタイトルを確認し、一つ二つ帽子の箱を開けていると、『ナショナル・ジオグラフィック』誌が目に留まり、パレスチナの未来に関する興味深い記事を見つけた。窓際に立ってしばらく読んでいたが、ふとわれに返って、自分がいかに時間を無駄にしているかに気がついた。そこでようやく雑誌を戻し、元気よく声に出した。「まずは、捨てる物を選別することからね」

そして、さっそく作業に取りかかった。三十分後、空になったスーツケースを手に上がってきたオリヴァーが目にしたのは、階段の上をふさぐ、スーザンの精力的な働きの成果だった。雑誌が肩の高さまで積まれていたのだ――すでに廃刊になったものもある――『フォーラム』、『アトランティック・マンスリー』、『レビュー・オブ・レビューズ』、『ゴールデン・ブック』、『ハーパーズ』、『ジオグラフィック』、『サタデー・レビュー・オブ・リテラチャー』。

「ハリエット大叔母様は、趣味のいい雑誌を読んでいたみたいね」と感想を漏らしながら、スーザンは時代遅れの形をしたマネキンをゴミの山に加え、ガラスケースに入った記念品のリースを横に置いた。

オリヴァーはスーツケースを下ろし、帽子の箱を重ねて持ってきたスーザンに目をやった。

「見て」スーザンが箱の一つを開けて、半世紀経っても型崩れしていないシルクハットを取り出した。

「それに、これ」別の箱から、花と鳥があしらわれた飾りの重みで前が垂れ下がった、つば広の女性用帽子を出す。「こんなのをかぶってる人なんて、想像できる?」

オリヴァーは笑った。「ああ、できるよ。そういうのが流行《はや》っていた時代を覚えているからね」窓の下枠に積もった埃をハンカチで拭って腰かけた。「そいつをどうする?」

「ゴミ捨て場行きね」内側に色褪《あ》せた赤い絹が張られた枝編み細工の裁縫道具かごを手に、スーザンは室内を突っ切った。「とにかく、処分する物をはっきりさせるのが最初の作業だわ。小父様は絵をお願いね」

彼女は、しだいに命令口調になりつつあった。オリヴァーは苦笑いして、おとなしく腰を上げた。

大型のトランクまでは、とうとう手がまわらなかった。リーパーにも手伝ってもらって、午後中かけて不要な品々を裏口の外にあるゴミ集積場まで運んだ。スーザンは、壁際に並ぶトランクをそっと数えてみた。全部で十一個ある。まだ見ぬ中身を思うと、あれこれ想像が膨らむ。鍵の掛かったトランクほど謎めいた、好奇心を掻き立てるものはない……。

午後五時、最後の絵を運び出したスーザンは屋根裏部屋に戻った。メアリー・スチュアートがスコットランドに降り立った場面が描かれた、重苦しい雰囲気の鋼板画だ。すると、オリヴァーがまた窓枠に腰を下ろしていた。ひどく疲れた様子だった。「私は、こういう作業には向いていないようだ」

まだまだ元気そうなスーザンを見て首を振る。「若さだな。うらやましいよ……」

「お茶を飲んで休んでちょうだい。リーパーさんが淹れてくれるわ」

「君も一緒に飲むかい?」

「無理だわ。帰って夕飯の支度をしなくちゃ……その前に手を洗わなきゃね」埃で真っ黒になった両手を上げて見せた。「なんだか、楽しかったわね」

オリヴァーはにこりともせずに「いいや、私は、ちっとも楽しくなんかなかった」と言った。

「あのトランクや箱はどうなさるの? いつ中身を調べるつもり?」

スーザンの口調に、はやる気持ちを察したらしく、オリヴァーは微笑んだ。「たいしたものは入っていないと思うよ。せいぜい古い衣服くらいさ。まあ、時間があったら開けてみてくれないか。私はできないんでね。朝いちばんにハートフォードへ行って、列車でフィラデルフィアに向かわなければならないんだ。三日ほどあっちに滞在する。そして来週は、損害賠償請求訴訟の裁判で弁護することになっている。だから、屋根裏を引っ掻きまわす暇はないんだ。今日は本当に助かったよ。片付けを続けてくれと頼んだら、厚かましいかな」

いかにも懇願するかのような表情だが、目が可笑しそうに輝いている。

「小父様ったら！」スーザンは笑いながら口を尖らせた。「私がトランクの中身を見たくて仕方がないのを、ご存じのくせに」

オリヴァーは立ち上がると、いくつもの鍵がぶら下がったキーホルダーをポケットから取り出してスーザンに手渡した。「ほら、これ。リーパーさんには、あとを君に任せたと伝えておくから。快く手伝ってくれると思うよ」

キーホルダーを揺らしながら、スーザンはオリヴァーとともに屋根裏部屋を後にした。二階のバスルームで手を洗い、踊り場の窓下にあるクッション付きの椅子に置いておいた上着をつかむと、オリヴァーの待つ一階の廊下に駆け下りた。

「あそこにある時代がかった服を全部、ハイスクールの演劇部にあげたら喜ぶんじゃないかしら」上着を着るのに手を貸してもらいながら、彼女は言った。「うまく衣装に活用して、十九世紀後半の設定でお芝居を作るかもしれないわ」

「名案だね。いずれ考えてみよう」

スーザンは、頬がほんの少し火照るのを感じた。スプリングフィールドのエドマンド大叔父さんの家族が遺言書無効の申し立てをするつもりかどうか訊きたいのだが、それによって父が利益を得るかもしれないことを考えると切りだしにくかったのだ。

「今はまだ何も処分できないんだ」オリヴァーは、隠し立てする話題ではないといった調子で、すらすら続けた。「今日捨てたようながらくたは別としてね。スプリングフィールドの親戚たちには、三十日間、検認裁判所に遺言書の無効を申し立てる権利があるんだよ。だから、彼らがどうするか待たなければ」

名づけ親のオリヴァーの前でこれほど居心地の悪さを感じたことのなかったスーザンは、慌てて言った。「とにかく私は、物を整理するわね。そのあとのことは小父様が決めてちょうだい」

玄関に行くと、オリヴァーがドアを開けてくれた。「いい品と、演劇部でも欲しがらないがらくたを選り分ける件は、君のセンスに任せるよ」と、微笑んだ。「それが済んだら、一緒に次の作業に取りかかることにしよう。できるだけ早く片付けを終わらせたいんだ。リーパーさんが一人きりでこの家にいるのは、気の毒だからね。手助けの必要がなくなり次第、カリフォルニアの妹さんのところに身を寄せるつもりだそうだ」

スーザンはそれには応えず、「じゃあ、さようなら小父様。明日の午後また来るって、リーパーさんに伝えておいて。フィラデルフィアへ気をつけて行ってらしてね」と言った。

何事もなく遺言書が認められて屋敷の処分が完了し、一日も早くリーパーさんがカリフォルニアに行けるといいわね、と言っていたなら、嘘をついたことになっただろうと、車に向かいながら思っていた。正直、そうは望んでいない。

自宅へ車を走らせる途中、楽しい空想が膨らんだ。もしも遺言書が無効になって、ハリエットの遺産の三分の一を父が相続するとしたら。それだけのお金があったなら……。

翌日の午後、一人で屋根裏部屋に上がったスーザンは、トランクの一つに入っていたサテン製のピンクのイブニングドレスを見つけて、想像力を掻き立てられた。スカートをサテンと紗が縞になったオーバースカートが覆い、繊細な黄色のレースの胴部と肘までの袖がついている。ほの暗く埃っぽい屋根裏に、長いあいだ沈黙を守っていた楽器から遥か昔の音楽が流れているような気がする。ハリエット・ローデンの美しい黒い瞳が、象牙製のペルシャ扇の上から男性の気をそそる視線を投げかけている。それとも、このドレスからすると、トランクから出てきた白鳥の綿毛の扇だろうか。ダンスのお相手は誰なのだろう。白手袋をはめたハリエットの手が黒い上着の袖に軽く触れているのを想像してみるが、それを着ている男性の顔も、二人が交わしている会話も思い描くことができない。

オーケストラが演奏している……たぶん、時々、父が口笛で吹くオペラの「ボヘミアの少女《ボヘミアン・ガール》」だ。顎髭をたくわえ、夜会服に身を包んだ紳士たちが、きらびやかな舞踏室《ボールルーム》のフロアにお相手の女性たちを連れ出す。その中に、顔のわからない男性に導かれたハリエットもいる。テンポの速い曲に変わって、二人は軽やかに踊り始め、手に持ったハリエットの扇が揺れる。その晩の彼女は若くて美しく、人々の注目を集めている。孤独な未来が待っていることなど知る由もなく……。

ドレスを薄紙に包み直し、扇、ペティコート、ドレスと同じピンクのサテンが裏地に使われた白い夜会マント、黄ばんでしまった白い仔山羊革の長手袋と一緒に戻すと、トランクを閉めて蓋の上に腰を下ろした。

小さなトランクだが、夜会服一式だけでは余裕がある。ハリエットは、あえて、ほかの服とは別に保管していたようだ——何着かの夜会服、街着、スーツ、ジャケット、ウールの下着、スーザンの祖父のものと思われる法律書、飾り付き枕カバー、ベッドカバー、マフ、手袋、リボン、ボンネット、クッションなどは別のトランクに入っていた。大切な思い出があって、これだけ別にしておいたのだろうと、スーザンは思った。この夜会服は、ハリエット・ローデンの人生において、特別な意味を持つものだったに違いない。ハリエットは、この屋根裏に上ったのだろうか。トランクを開け、年老いて曲がった指でピンクのサテンを撫でたのだろうか。遠い過去を思い出して、滑らかな布の上に涙を落としながら。いいえ、泣いたりはしないわ、と思い直した。大叔母様が涙を流すなんて、あり得ないわ！　少々、空想が過ぎたようだ。

屋根裏部屋は静寂に包まれていた。外の音は届かず、階下の気配もない。きっと、リーパーさんは宣言どおり昼寝をしているのだろう。片膝を両手で握り締め、スーザンは、今は亡きローデン家の人々に想いを馳せた。百年以上前、高祖父の代に建てられてから、梁がむき出しの傾斜したこの天井の下に何人もの人が出入りしたはずで、この部屋に思い出を残しているのはハリエット一人というわけではない。ハリエットの母親、つまりスーザンの曽祖母が縫ったパッチワークのキルトだってトランクに入っているし、シートがかぶせられた家具のいくつかはその曽祖母のものだった。雨が屋根を叩く日には、子供たちが笑い声を上げて室内を走りまわっていたことだろう。壁際には祖父の古い法律書も積まれている……。

だとしたら――もし本当に、この広い部屋に過去の埋もれた出来事の数々が脈打っているのだとしたら、スーザンの耳はその鼓動の周波数に合っていないことになる。あるいは、ハリエットの面影が強すぎて、遠い昔の残響が耳に届かないのかもしれない。死んでもなお、ハリエットは屋敷全体を支配している。過去しか詰まっていない屋根裏部屋でさえ、彼女の影響下にあるのだ。斜めに突き出した庇《ひさし》の裏側に当たる三角になった暗い隅から、彼女の目が見つめている――ピンクのサテンのイブニングドレスを着て踊っていた少女のハリエットではなく、憤りのこもった老婆の目。死にかけていた彼女にスーザンが「どうして、そんなに私の祖父母を嫌うんですか」と尋ねたときと同じ目だ。部屋の隅から、ひそやかに答えが返ってくる。「それはね、彼らが私の人生を台無しにしたからよ」

色褪せたクレトン更紗がかぶせられた木製チェストの鍵穴にどの鍵が合うかと試しながら、スーザンはそのときのことを思い出していた。真実味を感じさせる言い方だったが、本当にそんなことがあり得るだろうか。人生を台無しにするほどの大事が起きたのなら、後々までその余波はあったはずだ。何年経っても語り草になっていておかしくない……ところが、そういう話は一度も聞いたことがなかった。

ぴったり合う鍵が見つかり、鍵穴に差し込んで回した。辺りを取り囲むハリエットの存在感は、ますます強くなっていた。自分の持ち物を探るスーザンを意地悪く見張っている気がする。背筋を冷たいものが走った。ハリエットの気配を振り払うかのように、チェストの蓋を開けるスーザンの肩に力が入った。

中に入っていたのはノートだけだった。固まっていた筋肉を緩め、しゃがんで一冊手に取った。一ページ目をめくると、読みやすい美しい文字が目に飛び込んできた。どうやら日記のようだ。

最初の記載は一九三一年二月一日だった。

「ひどく雲の重たい一日だった。空は灰色一色で、陽射しはまったくない。融け始めた雪がまた凍ったので、とても歩きにくくて、車はなおさら走りにくい。レナード夫妻がご親切に車で拾って教会に連れていってくれなかったら、とても出かけられなかった。もしかしたら、家にいたほうがよかったかもしれない。ブレイク牧師のお説教は、神に対する態度が人に対する態度に反映されるといった話だった。愛、慈悲、思いやり、寛容、謙虚――聞こえのよい日曜の言葉が並べ立てられていた。礼拝に来た人の中で、あの話に感銘を受けた人はほとんどいないだろう。

午後、屋敷はどんよりとした空気に包まれていた。こんな日は、一人きりだと滅入ってくる。庭の小道はだいぶ乾いていたので、歩きまわりながらいろいろ考えた。でも、それを書いたところで何になるだろう。つまらない午後を過ごしたというだけだ。

今日のリーパーさんは、とてもつらそうだった。昔と違って、風邪の治りが悪いようだ。実際、二人とも年を取った」

これはハリエット・ローデンの日記だ。ざっと見るかぎり、チェストの中にあるノートはどれも日記だった。

手紙か何かあればと思っていたのだが、そういうものはなかった。震える手で煙草に火をつける。立ち上がって窓辺に近寄った。弱い陽射しの中で虻《あぶ》が窓ガラスにぶつかっていた。混乱と興奮が交じり合い、集中して考えることができない。せかせかと煙草を吹かし、窓枠に押しつけて消すと、スーザンはチェストに戻った。

日記は十四冊あった。全部取り出してそれぞれ最初のページの日付をチェックしてみる。いちばん早い日付は一八七七年一月一日で、青い革表紙の分厚いノートだった。表紙には、すっかり色褪せた金色の文字で「私の日記」と書かれていた。金色のバラを並べた飾り模様で囲われている。スーザンは本文を読んでみた。

「一八七七年一月一日。これは、私の人生において重要な瞬間だ。これから一生の習慣にするつもりの日記を、いよいよ書き始めるのだ。ハリエット伯母様は、クライドが私に鍵付きのノートをくれなくてほっとしたと言う。若い娘の考えていることや振る舞いは、みんなに知っておいてもらったほうがいいのだそうだ。（でも、それはどうかと思う。人にはプライバシーだって必要だ！）

日記を毎日欠かさず書こうと思うな、とも言われた。学校の勉強が大事なので、書きそびれる日が徐々に増え、そのうちに完全にやめてしまうことになるから、と。一週間の出来事をまとめて書くといいと勧められた。伯母様は若い頃、きちんと日記をつけていたそうだ。ジェレミー伯父様と結婚するまで書き続けて、結婚後に伯父様に見せたらしい。見られて恥ずかしいことなど何もなかったと言っていた。伯父様に読んでほしくないことが日記に書かれていなかったということは、結婚前にお遊びもなければ、ボーイフレンドもいなかったのかしら。でも、若いときはとてもきれいだったという。稀に見る美人だったとか。今では信じられないけれど、もう七十五になるのだから仕方がない。私だって、その年になったら、きっとひどい姿になっていることだろう。

ここに年頭所感を書いておこうと思う。部屋をもっともっときれいにして、エクスペリエンスに片付けてもらわなくてもいいようにすること。彼女はもう年なのだから、できるだけ手を煩わせないようにしなさい、と伯母様から釘を刺されている。年頃の娘になりつつあることを常に意識して、絶対に前屈みにならないこと。大嫌いな科目だけれど、歴史の成績をもう少し上げて、すてきなロウ先生に喜んでもらうこと。そして、定期的にこの日記をつけて、本当のことを書くこと。一年後に日記を読み返したとき、天国から見守ってくれているパパとママに恥ずかしくない行動を取っていたと自信が持てるようにしたい。これからは、毎年この日記を読み直して反省することにする。

今日はこのくらいにしておこう。下のキッチンからいい匂いがして、お腹がすいてきた。デミング夫妻を夕食に招いているので、エクスペリエンスが腕によりをかけて美味しい料理を作っているのだ！　たぶん、まったく私のタイプじゃない息子も来るだろう。昨日、一緒にスケートに行ったけれど、彼は本当に間抜けだ！　私の瞳について、歯の浮くようなことをさかんに言っていた」

スーザンは日記を閉じて微笑んだ。十五歳のハリエットは、なんと純真でチャーミングなのだろうか……。

再び窓辺へ行った。ガラスに虻がしがみついている。しばらく見つめていたが、サッシを開けて逃がしてやると、虻は虹色に羽をきらめかせて飛び去っていった。ひんやりした甘い香りの風が窓から吹き込んで、過去の亡霊と、悪意に満ちたその支配力を拭い去ってくれた。屋根裏部屋は再び本来の姿を取り戻した。単に、役に立たず不要になった物を保管してある場所だ。

窓辺に立ったまま町を眺めたが、実際には目に入っていなかった。もう一本煙草を吸って吸いさしを窓から庭に投げ捨てたときには、スーザンはハリエットの日記を持ち帰ろうと心に決めていた。自己弁護をするつもりはなかった。持って帰る、ただそれだけだ。

日記をすべて車の助手席に乗せるには、二往復しなければならなかった。屋敷に戻って二階に上がり、家政婦の部屋をノックした。もともと、どちらかというと四角い顔のスーザンだったが、決意を固めた顔はさらに角ばって見えた。ベッドが軋む音がして、部屋を歩いてくるリーパーの足音が聞こえた。歯がきれいに生え揃っているスーザンの大きな口が引き締まった。

「大叔母様の書類をチェックしたいので、持って帰ります」と、ドアを開けたリーパーに告げた。

「もし、私がお会いするより先にオリヴァー先生がこちらにいらしたら、そう伝えていただけますか」

「わかりました」リーパーの物言いに、いささか疑念がこもっているようだったが、スーザンは無視した。日記を持ち帰ると正直に言えば良心の呵責《かしゃく》が少しは薄らぐのだろうが、異議を唱えられると面倒だ。

「でも、先生がフィラデルフィアからお帰りになる前に戻してくださるんですよね？」

「ええ、一両日中にお返しします」スーザンは小さなメモ帳を渡した。「トランクの中身をリストアップして、番号をつけておきました。番号順にたどれば、それぞれのトランクに何が入っているかわかるようになっています」

「まあ、それは助かります」

「夕飯の時間になってしまうので、もう帰らなくては」

「あの、その書類を持って、また来てくださるんですよね？」

「もちろんです。屋根裏部屋の片付けがまだ終わっていませんもの。では失礼します」つい、事務的な口調になる。そそくさと頷いて回れ右をし、困惑とためらいの表情を浮かべて彼女の後ろ姿を見つめるリーパーを残して一階に下り、車に向かった。

家に帰ると、父のドワイトがリビングで夕刊を読んでいた。スーザンは十四冊の日記を裏階段を使って自室の机に運んでから、夕食の支度をしに下りた。

家事を終えて部屋に戻れたのは午後九時だった。服を脱ぎ、ベッド脇の電気スタンドを灯して煙草とマッチを用意し、窓を開けて布団にもぐり込む……。

日記のページをめくるごとに、ハリエット・デヴィット伯母さんの金言、女学生ならではの情熱、ありきたりな気取った言葉、出席したパーティーの説明、人から受けた賛辞、スカートの長さへの不満、髪のセットの仕方、ちょっとした騒ぎ、いろいろな男子への興味などが書き連ねられていた。どんな話題にも、分け隔てなくアンダーラインや感嘆符がふんだんにちりばめられている。

最初のうちは一文一文読んでいたのだが、そのうちにざっと斜め読みするようになった。というのも、一八七〇年代後半のフェアヴューでのハリエットの生活は、かなり単調だったからだ。ハリエット伯母さんが言ったとおり、結婚相手に日記を見せても、なんの問題もないように思える。少女時代のハリエットの行動はとても真面目で、秘密の行き場所もなければ過ちもない。

一八七九年の半ばまでは……。

第四章

再び日記から。

「一八七九年六月十九日
とっくに十時を過ぎているから寝なくてはいけないけれど、今夜は眠れそうにない。ああ、なんてわくわくするのだろう！　私は机の前に座って、どうしてほかの人は眠れるのかしらと、不思議に思っている。でも、ロジャーはまだ寝ていないはずだ。部屋の明かりをつける前、門のところで彼の葉巻の火が光るのが見えて、私は窓辺に立ち、あの人は今、何を思っているのだろうと想像したのだもの。こんな美しい夏の夜なのだから、できれば外へ出て、彼が葉巻を吸うあいだ、一緒にそぞろ歩きたい。伯母様は、喫煙は悪習だと言う。ジェレミー伯父様は煙草なんて一度も吸わなかったのだそうだ。だけど、煙草の香りってとってもいい匂いだと思う――ロジャーが吸っている上等な葉巻は、特にそうだ。私の部屋の窓辺からでも、その香りが感じられた。ランプを灯す前に窓を閉めてしまったから、今は匂わないけど。閉める直前に入り込んできた蛾が部屋を飛んでいる。でも今日の午後、デイジーの家から帰ったあと、ずっと私が夢を見ているような気分でいるとは、蛾にもわからないだろう。

あのときまでは、いつもの帰宅と変わらなかった。そうしたら……」

その日の午後、フェアヴューに帰ってきたハリエット・ローデンは、体格のいい中年の男性に手を貸してもらって列車から降りた。男性はデッキからスーツケース二つをホームに下ろしてくれた。ハリエットが手袋をはめた手を差し出して握手をすると、彼は会釈をしてステップを上がり、車両に戻っていった。

車掌と軽い冗談を交わしながら郵便物の入った袋を受け取った駅員は、列車が出発するまで忙しそうに動きまわっていた。「出発進行！」と、車掌が大声で叫び、列車はガタガタと動き出して回転を上げると、けたたましい音とともに走りだした。ハリエットは、駅員と二人でホームに残された。駅員が彼女に近寄ってきた。「こんにちは、ローデンさん。遊びにお出かけとは知りませんでしたな」

「神学校の同級生を訪ねてスタンフォードへ行っていたんです」

「たった今ご一緒だったのは、若い娘さんには見えませんでしたがね」と、冗談めかした口調で責めるような言い方をした。

「まあ」ハリエットは笑った。「ブリトンさんのことをおっしゃっているんですね。あの方は、私が訪ねた同級生の叔父様ですの。ボストンへ行かれるので、ご親切に列車の旅に同行してくださったんです」

「なるほど。そうだったんですか……」駅員は納得した。これで、夕食のテーブルで妻に向かってハリエットの帰宅について語って聞かせることができる。

「メイさんは、どちら？」ホームを横切って、半マイル先の町のほうへ向かって広がる、砂に覆われた荒れ地を見渡した。

「もうすぐ来ますよ」駅員は地平線で動く黒い点を指さした。「こっちに向かっているのが、そうじゃないですかね」

ハリエットは駅員の隣に立ち、しだいに大きくなる点を見つめた。小さな点はやがて馬と馬車と御者の形になってきて、御者の男が品定めするかのようにハリエットに視線を注いでいるのがわかった。

彼は可愛い女の子を見るのが好きで、十七歳のハリエットはかなりの美人だったのだ。大きくて少しあいだの離れた、きらめく黒い瞳、きめの細かい透きとおる肌、美しく並んだ歯、口角の上がった、どこか色っぽい口、生まれつきの巻き毛が額に垂れた艶やかな黒髪。グレーと黄色の上質なギンガムチェックのワンピースはプリンセススタイルで、上にはいたオーバースカートの丈は、茶と黄色のリボンで縁取られた裾近くまである。長くぴったりしたラインが、すらりとしたスタイルのいい彼女の体つきを強調している。靴と手袋、パラソル、ハンドバッグは茶で統一され、黄色いパンジーの飾りが前面にあしらわれた麦わらのボンネットをかぶっている。見るからに、おしゃれに着飾ったエレガントな娘という雰囲気だ。

メイは大げさに鞭《むち》を振り下ろして、二人のそばに馬車を停めた。天蓋付きで黒塗りの、赤い車輪の馬車に座る彼は、この馬車と鼻筋の白い栗毛の馬は、そこらの貸馬車屋のとは違うのだと言わんばかりの態度だった。

後部座席に乗り込むハリエットに駅員が手を貸してくれ、彼が担ぎ上げたスーツケースをメイが受け取った。ハリエットは最近になって裾丈を伸ばしたスカートを座席に押し込むように座り、振り向いた貸馬車屋の経営者につつましやかに微笑みかけた。メイがヒューと口笛を吹き、口髭の先端が揺れた。「こんな美しい娘さんを乗せるなんて、ついてるよ」と、駅員のタトルに言った。「なあ、そうだろう、ウォルト。ずいぶん大人になったと思わないか?」

駅員はしたり顔に首を振った。「そういうもんさ。涎掛《よだれか》けをつけて、おさげを垂らしていたかと思うと、あっという間に結婚して、そして……」と、そこで言葉を濁した。ハリエットの前で出産の話をするのは不適切だと考えたのだ。「まあ、そういうもんだ」と、話を締めくくった。

ハリエットは楽しんでいた。電車の旅では、デイジーの叔父さんが、まるで大人の女性に対するように接してくれた。そして今、二人の男性――既婚者で、中年ではあるが――それでも二人の男が自分を褒めそやしている。これから彼女は一人で馬車に揺られ、どんなに洗練された娘に成長したかをフェアヴューの町に知らしめるのだ。

メイが馬の背に優しく鞭を入れ、舌を鳴らして合図を送ると、馬車が動きだした。

駅から遠く離れると、砂地は固まった泥の道に変わってきた。ハックルベリーの茂みが両脇に並び、その先には岩が点在する牧草地が広がっている。しばらくすると家屋が現れ、道幅が広がって、馬車はフェアヴューの町に入った。

ハリエットは背筋を伸ばした。芝生や庭、大きな日除けの木々に囲まれた住み心地のよさそうな木造家屋のあいだを抜けていく。古いレンガ造りの神学校の事務所と、周囲の棟が見えてきた。

フェアヴュー商店街に差しかかったときにはそろそろ夕食時で、ほとんど人影はなかった。道の両側にある杭につながれているのは、ほんの数頭の馬と二、三台の馬車だけだ。奥行きのあるだだっ広い穀物と飼料の倉庫前の階段に腰かけた二人の農夫が、ハエを鞭で追い払っている。メイの経営する貸馬車屋が倉庫の向かいにあり、手伝いの人間がせっせと掃き掃除をしていた。メイは手伝いの男と二人の農夫に大きな声で挨拶をした。辺りに充満するアンモニアと穀物と干し草が入り混じった鼻を刺すような臭いに、ハリエットは顔をしかめた。
彼女を乗せた馬車は鍛冶屋、町役場、馬具屋、よろず屋、銀行、ドラッグストア、床屋、郵便局を通り過ぎ、商店街を後にした。
空腹になってきたメイは、早く夕飯にありつきたかった。舌打ちで馬に合図し、軽く脇腹に鞭を入れると、馬は速足になった。
道路と同じ高さに立っている小さな家の前を通った。正面の窓に「婦人服仕立てと帽子」という看板が掲げられていた。怠け者で頭の鈍い息子と二人、その仕事で食べているゲインズ未亡人の住まいだ。その向こうには、切り立ったラウンドローフの丘の岩肌から流れ落ちる小川のせいで二つに分かれた牧草地が広がっている。牧草地を越えたところにあるハリエット・デヴィット伯母さんの邸宅が、木々のあいだから見え始めた。ハリエットは思わず少し前のめりになった。やはり、わが家はいい。果樹園を守るかのように背後にそそり立つラウンドローフの黒い影を望む、あのきれいな自分の部屋で眠れるし、ハリエット伯母さんとローズとともに、エクスペリエンスが作る美味しい食事を楽しめるのだ。
メイが歌い始めた。
「そんな褒美が待っているなら
誰が行く手を恐れるだろう
けれど死刑執行人《ハングマン》のオーク林でカラスがしわがれ声で鳴き
前途には嵐が待っている……」

そうこうするうちに、馬車は杭垣で囲われた白くて古い屋敷に到着した。遅い午後の明るい陽射しが降りそそいでいる。メイは手綱を丸めて入れ物にしまうと、座席から飛び降りてハリエットが馬車から降りるのに手を貸した。彼が荷物を下ろすあいだ、ハリエットはつくづく自宅の周りを眺めた。

彼女が門を開け、両手にスーツケースを提げたメイが後ろに続いて、玄関へ向かう小道を歩いた。その平穏でありふれて思える瞬間にも、彼女の運命は大きく変わろうとしていた。

客間の窓が開いていて、ハリエット伯母さんが例の高い声で早口に話す声が聞こえた。高齢で声が震えるのも、いつもどおりだ。どうやら来客があったようだ。そうでなければ客間を使うはずがない。だが、毎日予定の詰まったスタンフォードへの旅で疲れていたハリエットは、心の内では誰も来ていないことを願っていた。

小さな正方形の玄関で伯母に呼びかけた。「ただいま、ハリエット伯母様!」

「おや、まあ! 帰るのは明日だと思っていたよ」杖をつきながら伯母さんが姿を現した。若いほうのハリエットは勢い込んで説明をし始め、こう締めくくった。「……それでね、デイジーの叔父様が一日早くボストンにいらっしゃるというんで、明日、一人ぼっちで列車に乗るより、ご一緒していただいたほうがいいと思ったの。そうでしょう?」

彼女は声のトーンを上げた。伯母さんは白内障でほとんど目が見えないだけでなく、耳も遠いのだった。スーツケースを置いたあと裏庭で辛抱強く待っていたメイが、しびれを切らして大きく咳払いをした。

ハリエットは驚いて振り向いた。「まあ、ごめんなさい!」バッグを開け、二十五セント硬貨を二枚出してメイに渡した。「どうもありがとうございました」

「こちらこそ、お嬢さん」と応えて、メイは帰っていった。

あらためて見ると、伯母さんは、紫のリボンがあしらわれた高級な黒いレースの帽子をかぶり、一張羅のポプリンのワンピースを着ている。怪訝に思って客間のほうにちらりと目をやると、ハリエット伯母さんが言った。「今週は、驚かされることばかりだね。それも、すてきなサプライズときてるんだから！　さあ、早く入って自分の目で確かめてごらん」

客間にいたのは、ロジャーだった。すらりと背が高く軍人らしい物腰で、ダークブラウンの髪と琥珀色から茶色に変化する瞳をした青年が、彼女に微笑みかけていた――「驚嘆するほど、ハンサムだ」と、ハリエットはあとで日記に記している。ダークブルーの上着、黄色のストライプが入ったライトブルーのズボンに、黒いブーツを履き、高い襟の上の顎はがっしりしていて、きれいに髭が剃られている。

「こちらはロジャー」杖を持っていないほうの手でハリエットを前に押し出して、伯母さんが紹介した。「デヴィットさんの甥っ子の。知ってるよね？」

もちろん知っていた。リビングに、今は亡きジェレミー伯父さんが可愛がっていた甥の写真が飾ってある。だが、瞳に宿る琥珀色の光や、ユーモアを秘めた形の整った口元は、写真からはわからなかった。

「姪のハリエット・ローデンだよ」

「お会いできて光栄です、ミス・ローデン」

「なんて深くて男らしい声なのかしら！」と、ハリエットは思った。

自分でも気づかないうちに、こちらこそ光栄です、と口が勝手に動いていた。儀礼的に旅について訊くロジャーに、「いいえ、全然疲れてはいませんわ」と答える自分の声が、どこか遠くに感じられた。それから伯母さんに向かって、スタンフォードへの旅がとても楽しかったことを話し始めた。そのあいだずっと若い将校を直視できず、声が妙にうわずって、まるで他人のものみたいに聞こえた。

伯母さんが二人の顔を交互に覗き込みながら会話を主導し、ハリエットに経緯をいろいろと説明してくれた。ロジャーの休暇許可が思っていたより二カ月早く下りたので、はるばるワイオミングからバッファローに帰省してみると、母親がまだヨーロッパから帰国していないことがわかり、この不運な状況をうまく活用できないかと考えて……。

奇跡のような出来事は、それだけではなかった。伯母さんは暖炉脇の馬巣《ばす》織りの肘掛け椅子に座り、ハリエットは低いロッキングチェアに、ロジャーは彼女の向かいの、豪華な額縁に納まったジェレミー・デヴィットの肖像画の下にあるソファーに腰かけていた。額縁の下には小麦が一房飾られている。彼は辛抱強く丁重にハリエット伯母さんの話に耳を傾けていたが、その視線はハリエットに釘づけで、微笑みは終始、彼女に向けられていた。

ハリエットは手袋を一指ずつゆっくりと外しながら、伏せた睫毛《まつげ》の下からそっとロジャーを見つめた。時が経つほどに熱い想いが込み上げてくる。世間の誰もが思春期に経験する激しく深い恋心を、彼女は初めて抱いたのだった。だが、子供の頃からの教えと少女の直感が、ハリエットの振る舞いを押しとどめた。感情が表れやすい瞳を睫毛で隠し、頬の火照りは別として、その丸顔は無表情で、あくまで何気なさを装っていた。目の前の青年に若いエネルギーのすべてを集中させ、わずかに体勢を左右に動かす。

だが、有頂天の時間は長くは続かなかった。急に頭が痛み始め、重労働をしたあとのようなひどい疲労感に襲われたのだ。伯母さんの長広舌が、ジェレミー伯父さんが極西部地方にいた頃のシカゴでの冒険話に及ぼうとして少しだけ切れ目が生じたのを機に、ハリエットは相変わらず別人のような息切れした声で言った。「伯母様、ちょっと失礼させていただいてもいい？　夕飯の前に荷物を片付けておきたいの」

伯母さんは、帽子の紫リボンを彼女に向けるように頭を傾けた。「なんだって？　ぼそぼそ言わないで、もっと大きな声で話しなさい！」と、たしなめてからロジャーにこぼした。「まったく、近頃の若い子ときたらどうなっているんだか。はっきり喋らないんだものね」

不意にハリエットとロジャーの目と目が合い、互いに通じ合った微笑みを交わした。二人が、親しくなるまでの長い距離を一気に縮めた瞬間だった。

ハリエットは、先ほどの言葉を言い直した。すると伯母さんは、「ああ、いいよ。ローズとエクスペリエンスにも挨拶なさい。スーツケースはロジャーに持って上がってもらうから」と言った。

ロジャーが部屋に入る！　ハリエットは動揺した。「ええ、喜んで」と、ロジャーが即座に立ち上がったのを見て、逃げだすように部屋を出た。

キッチンは、薪《まき》小屋に続く屋敷の裏側にあるL字形の狭い廊下の先にあった。きれい好きな雇い主のもとで長年勤めてきたエクスペリエンス・ブラッズワースは、七十歳になっても、太い板目のキッチンの床を毎日きれいにこすり洗いし、マツ材のテーブルと椅子も汚れ一つないように拭いて、大きな黒いコンロを輝くばかりに磨いていた。

ハリエットが入ると、キッチンは薄暗かった。南と西に面する窓のブラインドが下り、外からの陽射しを遮っていたからだ。けれど、中はとても暖かく、石炭の燃えるコンロから、美味しそうな匂いが立ち上っていた。

鍋の蓋を閉めて目を上げたエクスペリエンスが、ハリエットに気づいた。「まあ、一日早く帰ってきたのね。あ、このコンロには近づかないで！　今、茹《ゆ》でだんごに蓋をしたばかりだから。ちゃんと膨らむまで待たなくちゃいけないのよ」たしなめる口調に温かみがこもっている。ハリエットはエクスペリエンスのお気に入りなのだった。エプロンで顔の汗を拭い、頭頂にまとめた鉄灰色のまげに湿ったほつれ毛を押し戻して尋ねた。「楽しかった？」

「とっても」ハリエットは、うっとりした目で答えた。

「ちょうど、美味しい夕食に間に合ったわね」エクスペリエンスはオーブンの扉を開けて素早く中を確かめてから、そっと閉めた。「チキンの茹でだんご添え、新豆、マッシュポテト、あなたの好きな、砂糖とビネガーで味つけしたレタス、スポンジケーキ、イチゴのクリームがけにスモモソース……」

いつもならエクスペリエンスの料理に興味津々のハリエットだったが、今日は心ここにあらずだった。彼女の様子を確認したエクスペリエンスは、年を取って皺の寄った褐色の顔に考え深げな表情を浮かべた。「彼に会ったのね？」客間のほうを顎で指して訊いた。

「会った？　ええ……まあ」

「気に入った？」

ハリエットは、はっとわれに返り、油断ない目でエクスペリエンスを見返した。「そうね……感じはよかったわ」

「すごくハンサムでしょ」

エクスペリエンスは、何食わぬ顔をして実は自分をからかっているのだと、ハリエットは思った。

「私は気がつかなかったけど」と、つっけんどんに言って踵《きびす》を返し、キッチンを出ていこうとしたところへ、薪小屋のドアが開いて、氷冷蔵庫《アイスボックス》から取り出したイチゴを載せた皿を手に、ローズ・ローデンが現れた。

「ローズ！」ハリエットは大声を上げ、一週間どころか一カ月も会っていなかったかのような勢いで駆け寄ってキスをした。「どうして、すぐに顔を見せに来てくれなかったの？」

ローズはイチゴを調理台に置いてキスを返したが、ハリエットほどうれしそうには見えなかった。普段から愛情表現があまり得意ではないのだった。「馬車は見えたんだけど、夕食の準備があったものだから」

三年前からハリエット伯母さんの恩情で同居させてもらっているローズは、以前はもっとのびのびした社交的な娘だった。だがそれは、母親が亡くなる前、母がニューヨークで営む劇団員専用の下宿屋に住んでいた頃の話だ。演劇界の末端に位置する人たちが暮らす、みすぼらしい場所ではあったが、それでも華やかな舞台の匂いが感じられた。有名俳優や役柄の名が飛び交い、名声が身近にあって、輝かしい明日への希望があふれていた。ローズの父は俳優だった。今どうしているのかは誰も知らない。役者としてはそこそこだったが情熱だけは人一倍で、その結果、巡業でニューヨークを離れる間際の劇団に所属する、同じようにぱっとしない女優と知り合った。その劇団がニューヨークを去ったとき、彼も一緒にいなくなった。というより、一目惚れしたその女優と駆け落ちしたというのが正確だろう。ローズが四歳のときだった。母は父を捜そうともせず、父はとうとう戻ってこなかった。当時、下宿屋に住んでいた母娘はそのままそこにとどまって気の合う年老いた大家を手伝っていたのだが、大家が亡くなり、下宿屋の管理を引き継いだのだった。そういう環境で育ったローズは、役になりきって衣装を身に着けることもあれば、住人に観劇に連れていってもらって嬉々として帰宅し、観てきた劇の真似をすることもあった。いずれ女優になるだろうと周囲から言われていたし、彼女自身もそう思っていた。

しかし、その夢は実現しなかった。死期を悟ったローズの母はハリエット伯母さんに手紙をしたため、十六歳の娘を引き取ってくれるよう懇願した。ハリエット伯母さんには断ることができなかった。ローズの父親は従弟《いとこ》であり、ほかに身寄りがいなかったのだ。だが、母の葬儀には出席しなかった。父の生き方も、ローズが生まれるまで女優をしていた母のことも認めていなかったからだった。家の管理をするという約束のもと、たった一人でフェアヴューに来たローズが携えていた所持品は、わずかな衣服、古い舞台衣装と芝居のビラを詰めたトランク、そして母親が遺してくれた二百四十ドルの現金だけだった。

彼女の前途は暗雲に満ちていた。すでに大人に近い年齢に達していたし、ハリエット伯母さんは彼女の両親を嫌っていた。一方、先にこの家にいたハリエットは八歳のときから伯母さんに可愛がられていたうえに、彼女より血筋が近かった。母を亡くし、唯一知っていた世界を失って無気力になっていたローズは、伯母さんの注目を一身に集めるハリエットと張り合おうとはしなかった。これまで眠っていた内気な性格が目覚めたのは、馴染みのない環境に放り込まれた彼女なりの防御だった。時が経つにつれ、ハリエットの人懐こさが徐々にローズの気持ちをほぐし、彼女も心を開くようになっていった。

伯母さんはローズが相続した遺産をフェアヴュー銀行に預け、ローズに言わせれば、一応の義務は果たしてくれていた。

今日のローズは、ブルーのパーケール地の新しいサマードレスを着て念入りに髪を整え、いつもは青白い頬が、キッチンの熱でほんのり赤く染まっていた。

知らない人間が見たら、ローズとハリエットを姉妹だと思っただろう。二人ともローデン家特有の黒い瞳と黒髪で、小柄な背丈もほぼ同じなら、目鼻立ちがくっきりしているところもよく似ていた。強いて言えば、二歳年上のローズが一インチほど長身で、ハリエットよりやや細身かもしれない。ただ、表情は対照的だった。ローズの顔はしかつめらしく、気難しそうな口元なのに対し、ハリエットは陽気でいつも微笑みをたたえ、瞳を輝かせた愛想のいい少女だった。ハリエットの額の上でふわふわとカールした前髪が、二人の性格の違いを象徴していた。ローズのほうは、ストレートの髪をきっちりと後ろに流して、首の辺りでシニョンにまとめていた。

「デイジーのところは楽しかった？」と、ローズが訊いた。

「ええ、とっても」

シンクでカットグラスのピッチャーに水を注ぎながらローズが振り向いて言った。「デヴィットさんとは、もう会ったわよね」

「ええ」二人はじっと視線を交わし合った。

エクスペリエンスがオーブンからビスケットを取り出して、ハリエットに声をかけた。「二階へ行って荷物を置いてらっしゃい。あと五分で夕食が出来上がるわよ」

ダイニングは、ゴールドの装飾が施された濃いオリーブ色の壁、羽目板と同じクルミ材の家具、暗い色調のペルシャ絨毯《じゅうたん》、深紅のカーテンが相まって、屋敷内で最も陰気な雰囲気の漂う部屋だった。だが今日は、カーテンがしっかり束ねられて、西日が射し込んでいた。ロジャーはハリエットの向かいに座った。陽焼けした肌に白い歯がよく映えて、先ほどにも増してその瞳はたびたびハリエットに向けられた。なによりも彼の存在が、かつてないほど部屋を明るく、魅力的なものにしていた。

数時間後、ハリエットは寝室の窓を開けて窓枠の上で両腕を組み、顎を乗せた。満月が部屋を照らし、月の魔力に刺激されたのか、コオロギがひっきりなしに鳴いている。バラの花と刈ったばかりの芝生の匂いが辺りを包み、微かにロジャーの葉巻の香りがした。葉巻の火が明るくなったり暗くなったりしている。門にもたれかかる彼の姿が、カエデの木の傍らに薄く影を落としていた。ロジャーは今、何を考えているのだろう――自分のことを考えてくれていると期待するのは望みすぎだろうか。

ハリエットはおもむろに立ち上がり、角部屋のもう一方の窓際にある机に歩み寄って、机の上のランプの火屋《ほや》を外すと、窓にもたれて、空に黒々とそびえ立つラウンドローフの白く輝く鉱脈をうっとりと眺めた。こんな夜には、ラウンドローフは、やけに謎めいて見える。あの丘をロジャーと一緒に登って、満月とバラの香りを楽しめたなら……。

ハリエットはランプを灯し、日記帳に向かった。

第五章

「一八七九年七月六日
二週間がこんなにも早く過ぎるなんて！　ロジャーの出発までもう四日しかない。彼がここからいなくなって、ずっと会えないと思うだけで耐えられない気持ちになる。ああ、ロジャー、愛しのロジャー。こんなに短期間に、彼は私のすべてになってしまった！　ロジャーのいない未来なんて、砂漠そのものだ。彼がいなくなったら、なんの楽しみもなくなってしまう。今日、二人でラウンドローフに登ったとき……」

ロジャーは上着を羽織って黒いネクタイをつけ、開いたシャツの襟から見える首筋が陽焼けしていた。まくり上げた袖の下から褐色に焼けた筋肉質の腕が覗いている。伸びた背筋、たくましい体。幅の広い肩から細い腰にかけての筋肉が、動くたびにはっきりわかる。手が長く、すらりとした指だ。陽射しから目を遮るように、高い鼻梁にくっつきそうなほど略帽を傾けている。

ラウンドローフの頂上にある丸太の上にロジャーと並んで座ったハリエットは、彼の存在をすぐそばに感じ、その容姿を隅々まで意識していた。

彼は開拓前線とインディアン討伐作戦の話をしていた。ハリエットは話の内容に耳を傾けるよりも、彼を見つめることに集中していた。パウダー、タン、ローズバッド、ワシタといった川の名をロジャーは努めて明るく口にし、輝かしい軍功を挙げたカスター将軍の権威が数マイル先で歴史の中に埋もれようとしているさなか、その部下だったリノの指揮のもと、撤退を余儀なくされた際の惨状は割愛した。

それでも、ハリエットは身震いした。「インディアンって、なんて残虐なんでしょう」

ロジャーは無言で彼女を見つめた。額から喉元まで、彼女の横顔は息をのむほど若い美しさをたたえていた。こんな女の子に、白人が行った仕返しの話はできない。騎兵隊が寝込みを襲ってインディアンの女子供を一人残らず惨殺した話など、できるはずもない。あれはあくまで報復であり、ただインディアンにされたことをやり返して、居留地を西へ西へと押しやるためのものだったのだ。そう思えば、白人の裏切り行為もどうにか受け入れられた。とはいえ、目にした残虐な犯罪や、肌の色という理由では説明できないようなレイプや拷問、殺害の数々は、とても口にできる類いのものではなかった。酒を飲んで暗闇で横になったときや、山中をパトロールしているときなど、そうした場面が頭によみがえって悩まされることもある。

だが、開拓前線の駐屯地での日課、閲兵場や訓練のこと、将校たちの諍《いさか》い、遠征の緊迫感、単調な日々の慰めに嗜《たしな》むカードゲームや酒のことはハリエットに話すことができた。そして寂しさも――ロジャーの話の端々には、そこはかとなく寂しさがにじみ出ていた。

「それでも、今の生活が好きなのね」

「うん」ロジャーはハリエットの顔をしっかり見て、何か含みがあるような目つきと口調で言った。

「でも、女性にはきつい暮らしかもしれないな。ニューイングランドみたいな文明的な快適さは全然ないからね」

「東部みたいな……」と言ってもいいところを、わざと彼女に所縁《ゆかり》のある地名にすることで、個人的な話に持っていこうとしたのだった。すると、ハリエットは小さく早口で応えた。「暮らしの質っていうのは、いろいろなことに左右されるんじゃない？」

「彼女をそこに連れていく男に対する想いとか？」

「ええ……そう」ハリエットは目を上げられなかった。顔が火照り、スカートを撫でる手が少し震えているのがわかる。顔を背けて谷を見渡した。この高さから見下ろすと、フェアヴューの町はちっぽけな農場に向かうにしたがってまばらになるドールハウスの集まりで、シーダー湖はいびつな形をしたブルーの鏡のようだ。さらに遠くの地平線の上に煙が見えた。機関車がやってくるのだ。曲がりくねる二本の針のような線路に姿を現したオモチャみたいな列車を見つめる。全身に神経を集中させ、聞きたい言葉をロジャーが言ってくれるのを心から待ち望んだ。沈黙が流れ、次に互いが口にすることを予感して、張りつめた空気が二人を包み込んだ。

するると、尾根の下で物音がしてローズがやってきた。ボンネットのてっぺん、頭、肩、全身が順に現れ、ラウンドローフの頂上に続く小道の最後の数フィートをふさいだ。ローズは、ハリエットに呼びかけた。「デミング夫人が明日の晩の相談をしにいらしてるの。ハリエット伯母様が、戻って直接お話ししなさい、ですって」彼女はロジャーに目もくれなかった。まるで彼がそこにいないかのような態度だ。

ローズが近づいてくるのを見て立ち上がったロジャーが、手を差し出してハリエットを立たせた。ハリエットは、バラの蕾《つぼみ》の柄があしらわれた膝掛けを振って広げた。甘美な時は、陶磁器が落ちて粉々に割れるように打ち砕かれてしまった。

「初めて舞踏会に行ったのが昨日のことのように思えるけど、もう六十年近く前なんだね。私も白いドレスを着たんだよ。肩は出して、小さな提灯袖《ちょうちん》だったけど。それが当時の流行だったからね。自分で言うのもなんだけど、誰に見せても恥ずかしくないくらい首と肩はきれいだった」

ハリエットもローズも黙って聞き流した。彼女たちはハリエットの寝室にいて、ハリエットが頭にかぶった白いチュールのヴェールをローズが下ろしているところだった。ぴったりした七分袖にそっと腕を通したハリエットの晴れやかな顔が、四角い襟ぐりから覗いていた。

机の前に腰かけている伯母さんは、なおも続けた。「顔の周りに巻き毛を垂らしたもんだよ。今どきの髪形より、ずっとすてきで可愛かった。当時は濡れ羽色の黒髪で、肌が抜けるように白くてね。デヴィットさんが、桃色とクリーム色の混ざった肌だって言ってくれたっけ」ため息をつきながら、たるんで皺の寄った頰に指を這わせる。白くなった髪をマルメロの種から作られたペーストで固めて、いまだに巻き毛を顔の周囲に垂らしていた。

ハリエットの体のラインに沿った細身のドレスは、首元と袖口がレースで縁取られていた。バラの蕾を中央に配した淡いピンクとブルーのサテンの蝶々がついた、レースの縁飾りのあるオーバースカートが、腰から裾にかけてひらひらと揺らめいている。なんてすてきなドレスなんでしょう、と、鏡に映った自分の姿を見ながらハリエットは思った。これなら、どこに出ても恥ずかしくない。ハリエットの服の仕立てをいつも頼んでいるゲインズ未亡人の腕は確かで、フェアヴューのような小さな町で埋もれさせるにはもったいないくらいだった。ハリエットがスタンフォードに出かける前にスーエル夫人から舞踏会の招待状が届き、ドレスの仮縫いまで済ませてあったのだ。ハリエット伯母さんとローズも招待されていた。最初はローズも行くつもりで、この年で舞踏会に出かけるのはつらいと感じた伯母さんが、デミング夫人に頼んで自分の代わりに二人を連れていってもらうことになっていた。ゲインズ未亡人に週二日裁縫を習っていたローズは、自分用に白いモスリンのドレスを縫い、ハリエットト伯母さんが山ほど持っているレース生地をカットして、〈ゴーディーズ〉で売られている服を真似たデザインのドレスをかなりの出来栄えで作り上げていた。だがそれは、ロジャーがやってくる前のことだった。彼が来たあと、ローズは舞踏会に行くのをやめたと言いだし、ハリエットがいくら説得しても首を縦に振らなかった。

そんなローズは今、ストライプのギンガムの服を着て床にひざまずき、ハリエットのドレスの裾の蝶飾りを整えて、階下で待っているロジャーのためにできるだけ美しく見せる手伝いをしているのだ……。

「私と同じように、初めての舞踏会を楽しめるといいね」と、伯母さんが言った。「あのときの舞踏会で、私はまさに花形だったんだよ」

ローズは、細い金のチェーンにかご形のヘッドがついたネックレスをハリエットの首に巻いた。ヘッドの中にはブドウをかたどったパールが入っていて、耳に下げるイヤリングとマッチしていた。伯母さんの話を聞きながら鏡越しに二人の目が合い、疑わしげな笑みを愉快そうに交わした。伯母さんが結婚したのは四十歳のときで、ジェレミー伯父さんは十歳年下だった。そんな花形が、どうしてその年まで結婚しなかったのかしらね、と、二人の笑みは語っていた。

ハリエットの支度が調った。最後に軽く髪に触れると、くるりと回って顔を紅潮させ、期待を込めて訊いた。「どう？」

ローズは無言だった。一歩後ろに下がっただけで、答えたのは伯母さんだった。「きれいだよ！とってもきれい！」ゆっくり立ち上がって、年々白い霞がかかって見えにくくなっている目でしっかり見ようとハリエットに歩み寄った。

「本当にダンス用の靴を家から履いていっていいの？」ハリエットは、履いている軽いサテンの靴に目をやって尋ねた。

「いいよ。今夜は晴れているし、馬車を乗り降りするだけだものね。手袋とハンカチは持ったかい？」

「ええ」と答えながら手袋をはめた。

「ほかにも持っていくものがあるよ。今日、トランクに入っているのを思い出してね……」ベルトに下げた小さなハンドバッグから、象牙でできた小さなペルシャ扇を取り出した。シルク製で、繊細な色合いに古風な鳥と花の柄が映えている。

「まあ！」ハリエットは嬉々とした声を上げた。「なんてすてきなの！　ありがとう、伯母様！　ローズ、見て！」

ハリエットが掲げてみせた扇子を目にしても、ローズは両手を下ろしたまま手に取ろうとはしなかった。急に青ざめた顔になり、感情のこもらない口調で「すてきね」と言った。

「あら、ローズはずいぶんこの扇が気になってるみたいだわ」と、ハリエットは驚いた。「そんなに気に入ったのなら、彼女にあげようかしら――舞踏会が終わってから」

伯母さんは杖に体をもたせかけた。「暗くなってきたね。ローズ、明かりをつけておくれ」

気がつくと、長くなった夏の昼間の光が急激に夕闇に吸い込まれ始めていた。ハリエットが姿見に映る灰色を背景にした白い蛾のような自分の姿に見入っていると、背後にローズの青白い顔がぼんやりと現れた。黒い服を着ているので顔だけが浮いているように見えて、一瞬ぞっとした。そのあと、鏡の中からローズの姿が消え、彼女が擦ったマッチの炎によって幻想の呪文が解かれた。

ロジャーは客間にいた。ハリエットはドレスの裾を引きずって階段を下り、歩調を落として、しとやかな歩き方で客間に足を踏み入れた。それを見てロジャーは立ち上がり、目を輝かせて、「ハリエット……ハリエット」と呟いた。その口調には、まだ言葉にしていない彼女への愛が込められていた。それは、まさしく間違いようのない告白だった。ハリエットは戸口で硬直し、顔を赤らめた。

「どうだい？」伯母さんが後ろから声をかけた。「軍服姿のロジャーは立派だろう？　きっと舞踏会でいちばんのハンサムさんだよ。女の子たちがみんなイチコロだわ！」

ロジャーは、金ボタンと肩章があしらわれたダークブルーのフロックコートに身を包んでいた。顎紐と黄色い羽根飾り付きの礼装用の兜《かぶと》がテーブルに置かれ、金色の鞘に納まった礼装用佩刀《はいとう》が腰に下がっている。伯母さんの言うとおりだった。色黒の整った顔立ち、長身、軍服姿のどれを取っても、女の子が憧れる要素だらけだ。

ロジャーは笑って頭を振った。「そんな歯の浮くようなお世辞は聞いたことがありませんよ、ハリエット伯母さん」

「お世辞なもんですか。事実を言ったまでだよ。ローズだって、そう思うよね？」歯が抜けて鼻と顎が寄った、皺だらけの顔に茶目っ気のある表情を浮かべて、そばにいたローズを見た。

「ええ」意外にもはっきりした声でローズは答えた。「本当に」

ほんの一瞬の出来事だったが、ハリエットにはピンとくるものがあり、素早くローズの顔をうかがった。ローズの黒い瞳は真っすぐロジャーに向けられていた。ロジャーは恥ずかしそうに軽く会釈をした。「ありがとうございます」ハリエットと出会ってから、ロジャーがローズを意識したのは初めてだった。ハリエット伯母さんは、今度は何も言わなかった。

ローズは伯母さんとハリエットの傍らを通って客間の中に入っていき、「ランプをつけるわね」と言って、部屋の中央にあるテーブルに歩み寄ると、明かりを灯してランプの芯の位置を調整し、隅の椅子に腰を下ろした。膝の上で手を組み、表情を和らげる。微笑んだときにしか緩むことのないむっつりした口元が、わずかに綻《ほころ》んでいた。

みんなの話を聞きながら、ローズはおとなしく黙っていたにもかかわらず、デミング家の人たちが来るまでのあいだ、ロジャーの視線が何度も彼女に注がれるのにハリエットは気づいていた。そこで、できるだけ陽気に振る舞い、隅に座った静かなローズからようやくロジャーの視線を引き剝がすことに成功した。

そのうちに、デミング一家がやってきた。夫妻は太った体を夜会服に包み、ひょろりと背の高い十八歳のエベンは、血色の悪い長い顔をどこかふしだらそうに歪めていた。今日は爪を念入りに磨き、プリーツの入ったシャツには染み一つない。「初めまして……中尉」と、わざとらしく敬意を込めた言い方をし、ハリエットと以前から知り合いであることをロジャーに誇示するかのように、いち早くハリエットのショールを手に取った。二、三日虫干ししたのに、わずかに樟脳《しょうのう》の臭いが残る、伯母さんのインド更紗のショールだった。ハリエットの肩にゆっくりとショールを掛けるエベンの動作を見逃すまいとでもいうかのようにロジャーは鋭く見やり、すかさず肘を差し出して、先にハリエットに腕組みを促した。これでおあいこだ。一同は揃って馬車に向かった。

紫色の宵闇の中に、馬車のライトの明るい光が丸く浮かんでいた。伯母さんとローズは門まで見送りに来て、デミングさんが奥さんとハリエットに手を貸して馬車に乗せてから窮屈そうに後部座席に乗り込む様子を見守った。ロジャーとエベンは、真鍮のボタン付きの上着に布張りシルクハットという御者の格好をしたデミング家の使用人とともに、比較的ゆったりした前の席に座った。

出発する側と見送る側のあいだで、別れの挨拶が交わされた。「あなたが行かないのは残念だわ」と、デミング夫人がローズに言うと、男性陣も社交辞令として同じ言葉を口にした。薄暮の中、馬車を凝視しているローズの白い卵形の顔を見下ろすハリエットは、その仲間に入りそびれた。客間での出来事の前はローズに一緒に来てほしいと思っていたハリエットだったが、今は彼女が家に残ってくれることをうれしく思う自分がいて、そんな気持ちが不意に表に出ないよう、不用意なことを口にしないほうがいいと感じていたのだ。だが、ローズは一心にこちらを見つめ、ハリエットの言葉を待っているように見える。馬車が走りだし、馬が速足になって、「みんな、楽しんでおいで！」という伯母さんの声が背後に聞こえたときには、正直ほっとした。

もしローズが、いつもの冴えないギンガムの服を着て門のそばに寂しげに佇《たたず》んでいたとしても、それは本人の責任だと自分に言い聞かせた。その気になれば、一緒に舞踏会に行けたのだから……。

アルバート・スーエルは、町いちばんの豪邸と財産で、フェアヴューの重鎮と目される人物だった。舞踏会を開くには申し分ない広さの邸宅だ。あまりぱっとしない娘が五人いて、そのうち三人は、すでに豊富な財力のおかげで嫁いでいた。

舞踏会のために、敷地内には色とりどりの提灯が吊り下げられ、正面と裏側にある広々とした客間を一つにつなげて絨毯《じゅうたん》と家具が取り払われ、床はワックスで磨き上げられた。フルート、ヴァイオリン、オーボエ、ヴィオラから成る管弦楽団が大きなスクエアピアノを囲み、ウォーターベリーからケータリングサービスが呼ばれていた。
ハリエットの舞踏会デビューを飾る最初のお相手となったのは、ロジャーだった。ワルツが四曲続き――スーエル夫人は現代的な感覚の人だった――そのすべてをロジャーが相手した。エベンがロジャーにちょっとした口論を持ちかけ、冗談交じりにかわされて声を尖らせたのを見て、ハリエットは場慣れした舞踏会の花形のようにその場をうまくとりなして、エベンと男女四人で踊るランサーズを踊ったあと、休憩を挟んで、同じく四人一組のカドリールを踊った。

音楽といい、この高揚感といい、こんなに楽しい晩は初めてだ。ハリエットの顔は喜びで輝いていた。ダンスを次々に申し込まれ、フェアヴューと近隣の若者たちが彼女を取り囲んで、その中にはもちろんロジャーもいた。長身の体格、軍服姿、凛《りん》とした立ち居振る舞いは会場にいる男性の誰よりも目を惹き、彼に振り向いてもらいたがっているほかの可愛い女の子たちには目もくれず、その瞳は常にハリエットを見つめている。相手を変えながらカドリールを踊ったあとフロアにワルツの音楽が流れ始めると、二人はお互いを意識して、周囲の人々も、照明や賑《にぎ》やかさや花々も霞んでしまい、二人だけの世界に入っていった。

休憩後に二曲続いたワルツの一曲目の演奏中にロジャーが再びハリエットをダンスに誘い、ポーチへ続く開いたドアのそばで立ち止まって訊いた。「少し外の空気を吸わないかい?」

「ええ、そうしましょう」ハリエットは、できるだけさりげなく聞こえるように答えた。「ここは暑いですものね」

「ショールを取ってこようか?」

「まさか！　要らないわ」

ロジャーがハリエットに肘を貸し、二人はポーチの階段を下りて、談笑する人々や静かに語らうカップルの脇を通り抜けて芝生に出た。スーエル夫人ご自慢の牡丹《ぼたん》の花壇を通り過ぎ、誰もいない庭の隅にあった丸太作りのベンチに腰を下ろした。頭上に並ぶ日本提灯もそこが最後で、いちばん端の提灯の黄色い明かりがハリエットの顔をほのかに浮かび上がらせているが、ロジャーの顔までは届いていない。管弦楽団の演奏する「ローレライ」が遠くからぼんやり聞こえ、その場の雰囲気に花を添えていた。

ハリエットは扇を広げた。「煙草を吸ってもいいのよ、ロジャー」

「いや、今はやめとくよ」ロジャーはハリエットを見つめ、距離を詰めた。

「ハリエット……」彼の口が、わずか数インチのところにあった。手袋をはめた手首を握られ、扇が地面に落ちた。「ハリエット……」生まれて初めて感じる、心を掻き乱されるような、男の欲求にかすれた声だった。彼の手がハリエットの腕を伝い、肩の後ろに回って、彼女を強く抱き締め、唇を重ねてきた。

それは簡単に抗《あらが》えるような、若い男の子にありがちなぎこちないキスではなかった。彼の血の騒ぎがハリエットにも伝わり、その荒々しさにどんどん巻き込まれていって、脱け出せそうになかった。ロジャーは激しく脈打つ彼女の喉に口づけし、彼女の名を呼んで「愛してる、愛してる」と繰り返した。そのうちに、若い淑女になるべく育てられたハリエットの理性が徐々に本能を抑え始めた。飲み込まれそうな淵は、なんとか飛び越えた。たしなみをわきまえた、肉体的な愛の意味を知らない安全な向こう岸に戻らなければ……。

「やめて！」ハリエットは声を上げた。「お願い、ロジャー！　放して。こんなこと、よくないわ！」泣きだしそうだった。「私をなんだと思ってるの？」

ロジャーは手を離した。体を引いたので、再び顔が陰に隠れた。探るようなきらめく瞳はハリエットに注がれたままだ。ハリエットは何かしないといられない気持ちになって、体を屈めて手袋をぎくしゃくと外した。

ロジャーが言った。「君をどう思っているか伝えたかったんだ。君は、僕が知る中で最高にすてきな女性だ。君と結婚したい。こんな気持ちになったのは、人生で初めてだ……」

第六章

「一八七九年七月七日

私は今夜、ほぼ世界一幸せだ！　完璧とは言えないけれど。ロジャーは私を愛してくれている。彼のような人が、私みたいな、なんの取り柄もない小娘と結婚したいと言ってくれるなんて、光栄で申し訳ないくらい。彼は世の中のことをたくさん知っていて、私が名前しか知らない場所にもいっぱい行っているし、本だってたくさん読んでいて、どんな問題についても鋭い視点を持っている。気高くて、勇ましくて、すてきなロジャー！　あなたの妻にふさわしい女になれるくらい勉強して賢くなっていれば、どんなによかったかと思うけれど、今からでも頑張れるかしら！　卒業年の今年、学校でしっかり勉強して、家事も学んで、立ち居振る舞いを洗練して、立派な妻になれるよう精いっぱい努力しよう。

明後日《あさって》ロジャーが出立してしまうと思うと、心が沈む。一年間なんて長すぎる！　どう耐えればいいのだろう。私は彼を心から愛している！　今すぐ結婚できたなら完璧に幸せになれるのに。でも、きっとハリエット伯母様は、卒業するまではだめだと言うだろう。そのあと家事を学んで、二年後、ロジャーが新たに赴任するときに、きちんとした結婚式をすべきだと。その頃になれば、抵抗している残りのインディアンも居留地に移住して平和が訪れているはずだから、と伯母さんは言うに違いない。けれど、二年は長い。果てしない年月に思える。

彼のいい奥さんになれるよう、毎日祈ろう……そして、事情が変わって思ったより早く結婚できることも。

もったいぶるのはやめて、正直に書こう。私は婚約した。ロジャーは今日、私の指のサイズを測って、ニューヨークから指輪を送ると言ってくれた！　今から楽しみで仕方がない。

ローズは喜んでくれない気がするけど……」


舞踏会の翌朝、ハリエットはいちばん遅く起きてきた。夜更かししたわりには、首と手首に白いルーシュ飾りをし、淡い黄緑色のローン生地の服を着て生き生きとして見えた。

ハリエット伯母さんとロジャーはまだダイニングテーブルにいて、二人の目つきから、ロジャーが婚約のことを告げたのは明白だった。

伯母さんは分厚い眼鏡のレンズ越しに、にこやかにハリエットを見上げた。「まあ、ハリエット！たった今、ロジャーから聞いて喜んでいたところだよ！　こんなうれしいことはない！　さあ、お祝いのキスをさせてちょうだいな。私とデヴィットさんと同じように幸福な結婚生活を送れますように」

「そんな！」腰を屈めてキスを交わし、伯母をハグしながら、ハリエットは客間に飾られた肖像画のジェレミー伯父さんの、髭を生やし、顎が張った、しかつめらしい顔を思い出した。「ロジャーと私は、伯母さんたちとは全然違うわ。いろいろなところへ旅をして、ロマンチックに暮らして、フェアヴューみたいな退屈な町に住んだりはしない。それに私は絶対に、絶対に夫を苗字でなんて呼ぶもんですか！」伯母から体を離してロジャーを見上げたハリエットは、彼のように立派な若者は、あっという間に昇進するかもしれないと思った。かのグラント将軍よりも有名な肩章や勲章を着けて立ち、行進する騎兵隊の長い列を不動で見つめるロジャーの姿が浮かんだ。その背後には、白い服に身を包み、腕いっぱいに花を抱えて真面目な顔で礼儀正しく振る舞いながら、「ご主人の輝かしいご出世は奥様の内助の功の賜物です」と口々に言う高官たちに、小声で謙遜している自分が見える……。

未来の将軍がハリエットのために椅子を引き、「おはよう」と言って、彼女の肩をしっかり抱いてキスをした。戸惑うハリエットを、「婚約した男の特権だよ」と、ロジャーは一笑した。

シンクの洗い桶《おけ》に水を張っていたエクスペリエンスが、エプロンで手を拭きながら入ってきた。

「まあまあ、ハリエットお嬢さん。デヴィットさんと素晴らしい人生を歩んで、どんな困難も乗り越えられるよう願ってますよ」年老いた褐色の顔が笑みで皺くちゃになった。ロジャーに向けて屈託なくウインクをしたエクスペリエンスに彼もウインクを返し、にっこり笑った。

エクスペリエンスはハリエット伯母さんのために大きな声で話したので、それを聞いて笑った伯母さんが、飲んでいたコーヒーでむせ返った。ひと騒動が収まり、エクスペリエンスはハリエットにキスをして、こうなるだろうとずっと思っていたわ、と言った。

ローズだけが無関心だった。彼女はハリエットが下りてくる前にすでに朝食を済ませ、キッチンに腰かけて、いちばんいい銀食器を磨いていた。その晩は普段五時に摂る軽い夕食ではなく、六時にデミング夫妻とトゥーシル夫妻をきちんとした夕食会に招いてあったのだった。「ローズ！　どこにいるんだい？」と、伯母さんに呼ばれるまで、ローズは顔を見せなかった。

ダイニングに入る前にエプロンを外し、ハリエットに片手を差し出した。頰を紅潮させ、目を輝かせているハリエットとは対照的に、今朝のローズは青ざめて疲れた顔で、十九歳の若さには見えなかった。「どうかお幸せに……二人とも」と、いつもの落ち着いた静かな口調で言う。どこか曇った黒い瞳をちらっとハリエットに向けたかと思うと、その視線はすぐにロジャーに移った。

「あら、ローズ、キスしてくれるんじゃないの?」ハリエットが口を尖らせてみせた。「ロジャーにもでしょう?」今日は、多少のことは水に流せる気分だ……。

「ええ、もちろん」ローズはハリエットの頬に軽く唇を当て、ロジャーにも同じことをした。温かみのないキスで、ひどく冷たい感触だった。


「ティルデン（一八七六年の米大統領選で共和党のヘイズに一票差で敗れた民主党候補）に争う気さえあったら……」ロジャーは最後まで言わずに言葉を濁した。

「その点については見方が二通りある」クライドが、抑揚のない声で素っ気なく言った。

「当然、あなたは逆の見解なんでしょうね」

「『当然』というのはやめてほしいな。それは先入観にとらわれた、党派心に縛られた考え方だ。弁護士には、物事を両面から見る癖がついているということをわかってもらわなきゃ」

ロジャーは微笑んで、二人のあいだに漂ったささやかな緊張感を和らげた。「軍隊では全然違います。政治的な意見もどんな疑問も、抱いてはいけないんです」

クライドは頷いた。「実に理にかなった方針だが、個人レベルでは少々難しそうだね。ところで、ヘイズの話だが……」

政治の話題だわ。ハリエットは懸命に耳を澄まし、ロジャーとクライドを見比べた。二人は好対照だった。騎兵隊の将校らしい体格と広い視野を備え、人との距離感をわきまえているように見えるロジャーに対し、インドア派のクライドは青白い顔をし、黒のフロックコートと長い顎に生やした黒い頬髭が、いっそうそれを際立たせている。むっとした表情で、去年からかけ始めたモノクル越しに、ローデン家特有の黒い瞳を油断なく光らせていた。

しっかりした昼食が終わったあと、彼らはハリエットが生まれたサムナーの邸宅のダイニングに座っていた。クライドの妻のソフィーは、昼寝をするハリエット伯母さんに付き添って二階に上がっていた。昼寝は伯母さんの日課だった。四時の駅馬車でフェアヴューへ戻るまで、二時間ほど眠るのだろう。

また気が逸れてしまった！　集中して耳を傾けて、ロジャーの幅広い関心についていかなくては。

「……ルイジアナ州の結果は、今後もあとを引くに違いありません」と、ロジャーが話していた。

まあ、まるで民主党員みたいなことを言ってるわ！　ハリエットは心配そうに兄の顔色をうかがった。兄のクライドは、ロジャーの言葉に表情を変えることなく、黙り込んでいる。「どうしましょう」と、彼女は焦った。「政治についての意見のせいで、クライドの心証を悪くしないといいけど。ロジャーは身内の一人のつもりで打ち解けて話しているんだってこと、クライドがわかってくれますように」

クライドには、どうしてもいい印象を持ってほしかった。彼は三人いる兄の中でいちばん年上で、ハリエットにとっては兄というより父親のような存在だった。クライドがロジャーとの結婚に反対したら、とても面倒なことになる。もし、ロジャーが少々屈託なさすぎて、政治面では急進的だと思われてしまったら……。

ソフィーがダイニングに戻ってきて、ハリエットの不安は一時中断された。クライドと結婚して三年になるソフィーは、見た目も振る舞いも夫ほど保守的ではなかった。小柄で丸々と太った、ブロンドの髪をした快活な彼女は、夫への崇拝の念を周囲に隠さなかった。浪費家で、家事や管理の苦手なタイプで、大きな青い目でよく困ったように夫を見つめ、悲しそうに言うのだった。「でも、あなた、私、数字にとっても弱いの」サムナーの町は、彼女を大目に見てくれる土地柄だった。ソフィーはメリーランド出身だから、クライドが結婚していたかもしれない地元の女性たちのような倹約と管理能力が期待できないのは当然だ、と……。

ソフィーが言った。「あら、あなたたち、まだここにいたの？　クライド、どうしたっていうの？　客間のほうがずっと居心地がいいじゃない。デヴィットさん、本当にごめんなさいね」

彼女はロジャーを気に入っている、とハリエットは思った。目つきや話し方からわかる。まあ、女なら誰だって、彼の魅力に取り込まれてもおかしくはない。

ロジャーはソフィーに微笑みかけた。「政治の話で、つい盛り上がってしまったんです」

ソフィーは大げさに両手を投げ出した。「かわいそうに、ハリエットはさぞ退屈だったでしょう！」

「いいえ、全然」と、ハリエットはすかさず応えた。「しっかり耳を傾けていたわ」

ソフィーが入ってきたのをきっかけに、クライドとロジャーはすでに立ち上がっていた。ロジャーはテーブルを回り込んでハリエットの椅子を引いてくれた。「愛してるよ」と、彼女の髪に唇を当ててささやいてから、普通の会話口調で言った。「で、君はどっちの意見に賛成だった？」

ハリエットが遠慮がちに、「私は、あなたの味方でいたいわ」と呟くと、みんなが笑った。

客間に移動してから、ロジャーが言った。「僕らが、お仕事の邪魔をしているんじゃありませんか？」

クライドは首を振った。「今日の午後は、差し迫った仕事はないんでね。先月、僕が買った二頭の馬車馬を見ないか。騎兵としての君の感想を聞かせてほしい」

「ぜひ拝見したいですね」と言って、ロジャーはクライドと連れだって出ていった。

馬はロジャーと二人きりになるための口実だと、ハリエットにはわかっていた。きっとクライドは、彼の経済状況や、辺境の駐屯地で新妻をどんな家に住まわせるのかを問いただすつもりだろう。たとえ正しくて必要なことだとしても、やめてほしかった。ロジャーと夢見心地な幸せの絶頂にいるときに、そんなに慌てて現実的な心配をしなくたっていいのに。

男たちが外に出ているあいだ、屋敷内では、客間に敷かれた新品のアクスミンスター絨毯《じゅうたん》をめぐる話題が持ち上がっていた。「あなたのお母さんの古いカーペットは見事だったわ」と、ソフィーが言った。「ただ、クライドの立場を考えると……」

ハリエットは頷いて、母のカーペットはまだ充分に使えたのに、という言葉をのみ込んだ。

「……だから、少しカットして空き部屋に敷いたの。捨てるよりいいですものね」と、ソフィーは続けた。「それでクライドに言ったのよ。『クリスマスプレゼントに、どうしても客間のカーペットが欲しいわ』って」

「クリスマスプレゼント？　私、それほど長くここに来てなかった？」

ソフィーは笑って義妹《いもうと》の腕を振った。「そうよ！　感謝祭のときにハリエット伯母様と一緒に食事をして以来、あなた、サムナーに来ていないのよ」

確かにそうだ、とハリエットは驚いていた。生まれ故郷のこの町に、彼女はあまり思い入れがなかった。母が死んで、ハリエット伯母さんのもとで暮らすようになって十年近くになる。伯母さんが生まれ育ち、神学校の友人たちがいるフェアヴューが、今や彼女の居場所だった。めったにサムナーを訪れることはなく、来ても短期間しか滞在しない。ローデン家は町の創設時から住んでいるが、ハリエットがその仲間に加わってこの静かな場所で暮らすことは二度とないだろう。彼女はロジャーに自分の未来を託したのだ……。

　ソフィーはハリエットを連れて家の中を歩きまわり、リビングの新しいカーテン、クライドのために作った革製のシガーケース、黒っぽいヴェルヴェットを背景に銀白の葉脈だけの葉が数枚飾られた額などを見せてくれた。よく見ると、あちこちの隅や窓枠に埃がたまっていた。義姉《あね》が雇う使用人の女の子たちは、ことごとく女主人のだらしないところを受け継いでいるようだ。

　ハリエットは、ロジャーと長い時間離れ離れになっているような気がしていた。ソフィーのお喋りを聞いているふりをしながら、心は部屋を離れ、彼のもとへと飛んだ。ロジャーのそばに立ってそっと手をつなぎ、彼の瞳の中に自分への愛を感じて心が熱くなる。「彼は明日、旅立ってしまうんだわ。数分間目の前にいないだけでもこんなに恋しいのに、二年も会えないなんて耐えられるのかしら」

　すると、激しい感情が込み上げてきた。「いいえ、だめ！　とても耐えられないわ！　一緒に連れていってほしいって、今夜頼んでみましょう。ロジャーだって、そう望んでるはず。私を愛してくれているなら、きっと同じ気持ちに違いないわ……」

　やけっぱちとも言える激しい想いが過ぎ去ると、憂うつな気分だけが残った。ロジャーに連れていってくれと頼むのは、たやすいことではない。その晩、二人は起伏のある果樹園の小道をゆっくり歩いた。すでに十一時近く、フェアヴューの基準ではかなり遅い時間だったので、少し落としたキッチンの明かり以外は真っ暗だった。降るような明るい星空の下、地平線にそそり立つラウンドローフから、そよ風が樅《もみ》と松の木の香りを運んでくる。ロジャーは将来の話をした。駐屯地の将校の妻たちは感じがよくて、きっとハリエットに優しく接してくれる。彼女のいる家に帰れると思うとわくわくするし、二人で山を馬で走ったら、さぞ楽しいことだろう……。「こういう丘はほとんどないけどね」と、ラウンドローフのほうを指して言った。「でも、とても高い本物の山だから、初めて見たら息をのむよ」

「私、乗馬はしたことがないの」惨めさに声がうわずった。

「じゃあ、僕が教えてあげる」

「そんなこと、できっこないわ」

「ハリエット！　何を言ってるんだい？」彼らは果樹園の麓にいた。そこから、牧草地を抜けてラウンドローフへと続く小道が延びている。ロジャーはハリエットの肩をつかんで振り向かせた。「いったい、どうしたんだ」

「何一つ実現しやしないんだわ」と呟くように言って、ハリエットは彼の手を振り払った。「あなたが明日旅立ったら、もう二度と会えないのよ。私――」ごくりと唾をのみ込んでから続けた。「私、何かをこんなに確信したことはないわ」

「なんてことを！」ロジャーは首を振り、星明かりにぼんやりと浮かぶハリエットの顔を真剣に見つめた。「君は、僕らの関係が『去る者日々に疎し』ってことになると思っているのかい？」

「どうなるかなんて、私にはわからない」ハリエットは、速足で屋敷のほうへ歩き始めた。すかさずそばに寄り添ったロジャーを、彼女はちらりと見上げて、すぐに目を逸らした。「でも、これだけはわかるわ」――胸に手を当てた――「もし、明日私を置いていったら、私たちは一生会えなくなる」

「そんなことはない！」ロジャーはハリエットを引き寄せようとしたが、彼女は泣きながら駆けだし、屋敷の裏階段まで一気に走って階段の下に倒れ込むと両手で顔を覆った。ロジャーはひざまずいて彼女を抱き締め、泣きやむのを待った。「愛してるよ」という言葉だけを、なだめるように何度も口にした。やがてハリエットは頭を上げて、袖口からハンカチを取り出した。「ごめんなさい」

「いいんだ」ロジャーは両腕に力を込めた。「離れ離れになることで君を不安にさせた僕が悪い」と、ハリエットの顔や髪に優しく唇を当てた。「君を置いていくわけがないじゃないか」という言葉を、ハリエットは彼の腕の中で待った。「君と離れるなんて考えられない！ 明日、一緒についてきてくれ！」そう言ってくれるはずだ、きっと！

だが、彼女の耳元でそっとささやいた彼の言葉は違った。「そんなに悲観的に考えるもんじゃない。明日が永遠の別れじゃないんだ。予定どおり、ちゃんと戻ってくるから。僕らの未来は安泰だよ」

「いいえ」ハリエットは顔を背けた。「私は、ヒステリックになっているわけじゃないの。直感がそう言ってるのよ！」

「いいかげんにしてくれ！」ロジャーの口調がきつくなった。

「僕が望んでいると思うのか？」ハリエットから手を離して立ち上がった。「明日、君と数千マイルも離れた地へ赴いて、次に戻ってくる日を指折り数えるのを楽しみにしているとでも？ こんなに人を好きになったことはない！ だけど、急なことで、僕の出発は迫っているし、手配を調える時間がないんだ。それに、君はまだ学生だ。卒業しなくちゃならない。昨日、伯母さんからもそう言われた……」

早口にまくしたてていたが、それでもハリエットはうれしくて、悲しさが少しだけ和らいだ。ロジャーは、簡単に彼女を置いていくわけではないのだ。数分前に泣いていたときには、彼が自分を愛してくれていないのだと思っていた。彼と恋に落ちた経緯は消え去って、心の痛みとむなしさだけが全身を支配していた。だが、目の前に立つ長身の姿と、感情をあらわにした切羽詰まった口調に、彼女は二人の関係をあらためて考え直し、急に大人の分別に目覚めた。自分が女主人公で、ロジャーが相手役のハンサムな若い将校というオペレッタではないのだ。あまりにも彼を美化していて、真実の姿が見えにくくなっていた。いつもの屈託のない落ち着いた優雅さを失い、彼女と離れ離れになるという孤独を前に慰めと安堵を求めている今の様子を目にして、ようやくわかった。彼は、私を愛してくれている。

「ロジャー、ああ、ロジャー、私ったら最低だったわね！」両手を伸ばしたハリエットをロジャーが立たせると、彼女は寄り添って顔を撫でた。「きっと大丈夫。ありもしないことを心配しすぎた私がばかだったわ。あなたはちゃんと戻ってきて、私たちはフェアヴューとサムナーの町じゅうの人を呼んで結婚式をする。沼のほとりに住む変わり者のマイクだって招待するの！　卒業したら、あなたが話してくれた殺風景な壁を飾るきれいなものを作るわ。そのうちにすぐ時が経って、次にあなたが長期の赴任をするときには、二人一緒に幸せになれるのよ！」

ロジャーの力が抜けるのがわかった。彼女の髪の上で笑いを嚙み殺している。「君がすてきだから笑ってるんだよ。君って、変わった子だよね。まだ女学生だから婚約で縛りつけてはいけないのかと思わされた次の瞬間には――こうだもんな――まるで、何もかも知り尽くした大人のような物言いをする」――体を少し離し、ハリエットの顔を見つめて微笑んだ――「君が心変わりをせずに、その約束を後悔しないことを信じて出発するよ」

「あなたへの気持ちは、絶対に変わらないわ」と、ハリエットは力強く頷いた。

ハリエット伯母さんは、列車という乗り物を信用していなかった。「あんなものに乗りたいとは思わないし、絶対に乗らないよ」その言葉どおり、フェアヴューの『ウィークリー・ガゼット』紙が発行している時刻表は、伯母さんの家には置かれていなかった。牛乳配達の少年に言付けた貸馬車屋のメイに宛てたメモは、ロジャーの出立の日、出かける予定時刻の一時間半も前に来てくれというものだった。「私は、ああいうものは信用していないからね」抗議したハリエットに、伯母さんは言った。「何時に来るか、わかったもんじゃない」

「それだけ早く彼が旅立ってしまうじゃないの」前夜、勇敢な決意を固めてから泣かないように気を張っているハリエットは、懸命に主張した。

伯母さんは思案顔で彼女の顔を覗き込んでいたが、支度を調えたロジャーが下りてくると、若い二人に気を利かせた。ボンネットを脱いで言ったのだ。「私が駅まで送らなくてもいいね。天気もいいし、メイさんが、ちゃんとあんたたちを送り届けてくれるだろうから。もし、とやかく言う人がいたって、知ったことじゃない！」

「ハリエット伯母さん、なんて気遣いのある優しい判断でしょう！」と、ロジャーは伯母さんにキスをした。

とうとう出発の時が来た。ロジャーは伯母さんに礼を言い、エクスペリエンスと握手を交わして紙幣を握らせた。次にローズと握手して、知り合えて楽しかったと言ったが、年配の家政婦に対しての口調と変わらないようにローズには思えた。

ローズは玄関口で伯母さんの少し前に立ち、ロジャーが馬車に乗り込むハリエットに手を貸して隣に飛び乗り、振り向いて手を振るのを見守った。メイが手綱を握り、馬車は動き始めた。目の悪いハリエット伯母さんは、すぐにぼやけて視界からいなくなってしまった馬車を見送って「本当に立派な若者だよね、ローズ。あの二人を心から祝福するわ」と言い、ため息をついて家の中に戻っていった。

ローズは、馬車が見えなくなるまで戸口で立ち尽くしていた。大きく見開かれた目は、行き場のない苦悩で引きつっていた。

メイの存在は、ハリエットたちにとってありがたくないものだった。兵役に就いていた戦時中の思い出を延々と話し続けている。ロジャーの手を握るハリエットの傍らを見慣れた景色が過ぎ去っていき、行く手には駅が待ち構えていた。

「今、何時？」商店街まで来ると、ロジャーに尋ねた。

彼は懐中時計を取り出した。「三時十分だよ」

「まだ、ずいぶん時間があるわ。メイさんに荷物だけ運んでもらって、駅まで歩かない？」

そうして二人は馬車を降り、埃っぽい田舎道を歩きだした。道沿いの石壁に這うブラックベリーが熟れ始めていて、両側に広がるトウモロコシ畑の上をカラスが群れを成して飛んでいる。ハリエットは、ロジャーの列車の乗り継ぎや西部への旅の話をした。長いあいだ会えなくなる恋人に別れを告げる毅然とした娘、という自分に課した役割をまっとうするには、無難な話題だった。

最後の角を曲がって駅前の広場に出たとき、ロジャーが足を止めた。「まだ、君にもう一度キスをする時間はある」

パラソルが地面に落ち、ボンネットが曲がった。通りがかりの人に見られたとしても、関係ない。感じるのは抱き締めてくれる彼の腕と、「出会って間もないのに、世界を丸ごと置いていくような気分だ……」という、少しかすれた戸惑い交じりの声だけだった。

列車は時間どおりに到着し、少しでも長く一緒にいたいと思う二人の願いは叶《かな》わなかった。握手をするとロジャーがハリエットを抱き寄せ、最後のキスを交わした。忘れられない口づけだった。「体を大事にね」と、お互いに言い合った。「毎日手紙を書いて……」

彼女の体を放してロジャーが列車に乗り込むと、車掌が「出発進行！」と、声を上げた。微笑んで手を振ったハリエットの目に涙はなかった。ホームに佇《たたず》んで列車を見送る。列車はしだいに小さくなって、やがて見えなくなった。ロジャーと彼を乗せた列車がここにいた事実を示すのは、空に溶けていく煙だけだった。

第七章

スーザンの瞼《まぶた》が眠気で重くなり、文字がぼやけて読めなくなり始めた頃には、時計の針は夜中の一時を回っていた。一八七九年の日記を閉じ、明かりを消してベッドにもぐり込んだものの、ハリエットとロジャーをはじめ、日記に登場する人々に想像力を掻き立てられて、なかなか寝つけなかった。横になったまま、静かな雨音に耳を澄ます。四月後半同様、五月も寒くて憂うつな日々になりそうだと思いながら、頭の中は七十年近く前に起きた数々の出来事のことでいっぱいだった。日記の中の情熱的な少女と、数週間前に死の床にいた気難しい老婆を結びつけようとしてみるが、どこにも共通点を見いだせなかった。人生における出来事がどれだけ人を変えてしまうのかと思うと空恐ろしくさえなる。それとも、単に年月の経過による変化なのだろうか……。

スーザンは枕をひっくり返した。「みんな死んでしまってるわ。一人残らず」と、声に出して言った。「ただ、ローズ・ローデンだけは、まだどこかで生きているかも。ハリエット大叔母様より年上だけど……とにかく、朝になったらいつもの家事が待ってるし、コスキーさんのお店に卵も買いに行かなくちゃ。日記のことは、明日考えましょう」

そして、ようやく眠りに落ちた。少女のハリエットが階下のリビングにいる夢を見た。ロジャーも一緒だ。出窓のほうを向いて立ち、身じろぎせず口も開かない。スーザンは部屋の中を行ったり来たりしているのだが、二人とも気づかないらしく、こちらを見向きもしない。夢の中では彼女は存在せず、彼らだけがその場にいるようだった。無言で動かない二人の姿にしだいに恐怖が募ったスーザンは叫んだ。「どうしたの？　なぜ喋らないの？」だが、それでも彼らは振り向かず、返事もしない。「外に出れば、窓から顔が見えるわ」と思い、玄関から芝生に走り出た。ところが、窓に近づくと誰もいない。窓から離れたのだろうと、今度はリビングに急いだ。二人は先ほどと同じ出窓の前に、不格好な服を着て立っていた――備えつけの家具のようにそこに貼りついたままだ。今や悪夢となった夢の中で、スーザンは悟っていた。彼らは、これからずっと自分につきまとうだろう……。

招かざる客に対する強烈な拒絶反応でスーザンはすっかり目が覚め、恐怖による震えを静めるのに何分もかかった。あまりに鮮明な夢だった。

室内はまだ暗かったが、もうすぐ夜が明ける予感がした。寝返りを打ち、覚悟を決めて再び眠りに就いた。今度は、ハリエット・ローデンが夢に出てくることはなかった。

翌日、昼食の皿洗いを終えると、スーザンはまた日記を開いた。夕飯の支度と後片付けで中断されたあと、週一回チェスをしに訪れる父の友人がやってきたので、一人で続きを読む時間が取れて、寝る頃にはハリエットの人生の記録すべてに目を通し終わっていた。

午後の合間にもう一度ぱらぱらめくりながら飛ばし読みをしたとき、スーザンの目に留まったのは、ページのあちこちにあふれ出している、ロジャーを恋しがるハリエットの寂しさだった。「ああ、愛しのロジャー、あなたに会えない二年をどうやって耐えればいいっていうの？」と、何度も繰り返されていた。「果樹園にも、庭にも、桜の木の下にも、門のそばにも、目をやるところすべてにあなたの姿が見える……。今日、デミングさんとハリエット伯母様と三人でスーエルさんを訪ねた。お庭のお花を見に行くと言って外に出た私は、そのまま真っすぐ、あなたがプロポーズしてくれたベンチに行った。涙が止まらなかった……」

婚約指輪が届いた。「美しい！」と、彼女は書いている。「立て爪の指輪で、大きなブラウンダイヤモンドの周りを六個のきれいな白いダイヤが囲んでいて、『一八七九年七月六日、R・DからH・Lへ』という文字が彫られている。サイズもぴったりで、最高の趣味だ。ロジャーからもらったのだから、もちろん最高に決まってるけど。でも、ロジャーがはめてくれるのではなく、ニューヨークから送られてきた指輪を自分ではめたのは、やっぱり少し悲しい。

伯母様は、こんなに趣味のいい指輪は見たことがないと言う。ローズに見せたら、興味なさそうな声で『きれいね』と言っただけだった。

ローズもロジャーに心を奪われたのではないかと思ったこともあったけれど、そうじゃないみたい。不思議なことに、どうやらローズは彼のことがあまり好きではなくて、私たちの婚約に賛成ではないようだ。そのせいで、なんとなく気まずい感じがする……」

一日に一度、欠かさず郵便局に足を運んだことも書かれていた。「……でも、手紙が来ていないか毎日見に行っても無駄だ。だって、いつも四、五通まとめて届くのだから。駐屯地から手紙が発送されるのは週に一度なのだそうだ。彼の手紙は、女の子なら誰もが心から欲しがるものだ。一生大切に取っておこう……」

その決意は実行されなかったようだ。そうでなければ、実現することのなかった二人の切ない希望と将来設計が綴られた古いラブレターが、リボンで束ねられて一緒にチェストに保管されていたはずだ。大叔母さんが手紙を処分した点は興味深い。彼女に対する新たな見方が生まれる。振る舞いに一貫性のない性格だったのかもしれない。

秋になって新学期が始まり、ハリエットは卒業年に好成績を収める決意をし、その目標に向かって懸命に努力した。「成績を全部ロジャーに手紙で報告している」と、日記に書いてあった。「彼は、私の成果をとても喜んでくれている……」

ただ、ハリエットにとって、学校はそれほど魅力的な場所ではなくなったようだった。これまで憧れて真似をしてきた、利発で機知に富んだデイジーでさえ色褪《あ》せて見えた。「クラスメイトよりずっと年上になった気がする。ロジャーとの婚約で、きっと私は変わったのだ。ひと目惚れした男の子のことや、こっそり手紙を渡した話をしているのを聞いていると、子供っぽく思えてならない！」

ヨーロッパから帰国したロジャーの母親から手紙が届いた。「なんて感じがいいのだろう。とても心のこもった手紙だ。伯母様と私をバッファローに招待してくれた。伯母様は、自分はそんな遠出はできないし、ほかに私の付き添いは見つからないと言う。別のときならソフィーが行ってくれるだろうけど、先週の日曜に訪ねたら、ひと目見て妊娠しているのがわかった。伯母様とソフィーが客間でひそひそ話しているところに私が入っていったら、二人がすぐに話題を変えたのは面白かった。私が赤ちゃんについて知らないと、本当に思っているのかしら。二年前、デイジーから何もかも教わったのに。伯母様は現代的な女の子にあきれている――そういうふりをしているだけかもしれないけど――でも私は、今のような自由と率直さの時代のほうがずっといい！

伯母様はロジャーのお母さんに、私たちがバッファローへ伺えない理由を説明して、代わりにあちらをここへ招待する手紙を送った」

その先を読み進めてみると、結局、デヴィット夫人は来られなかったことがわかった。「はっきりとは書かれていないけれど、どうやらロジャーは叔父さんになるみたい。ロジャーのお姉さんは去年結婚していて、手紙には、彼女の体調が安定しないので、この冬はバッファローにいなくてはならない、とあった。来年の夏はきっとまた、ドイツにいる自分のお姉さんのところへ行くだろう。ロジャーのお父さんが亡くなってから、ほぼ毎年、夏のあいだはドイツで過ごしていて、ロジャーの話では、ドイツ語もペラペラなのだそうだ。だから、たぶん」ハリエットは悟りきったように結論づけていた。「結婚式の日まで会えないと思う。デヴィット夫人はあちこち旅をしているし、ずっと大都市で暮らしてきた人だから、フェアヴューみたいな退屈な田舎町の小娘は嫁として物足りないと感じているのかもしれない」

日記には、フェアヴューの片隅の白い邸宅で暮らす四人の女性の、これといった出来事もない日常が綴られていた。一月から二月にかけては、雪で閉ざされた道を毎日歩いて通学するのが無理なため、ハリエットは学校に寄宿し、金曜の午後に帰宅して月曜の朝まで家で過ごしていた。エクスペリエンスは、繰り返し襲われる心臓発作に苦しんでいて、ハリエット伯母さんの視力はますます衰えていった。「……しかも、耳もほとんど聞こえなくなっている」と、ハリエットは書いている。「それに、私が結婚してこの家から出ていってしまうので、気持ちも落ち込んでいる。でも、まだずっと先のことだからと、できるだけ励ますようにしてはいるけれど。昨日、まだローズがいるじゃない、と言ったら、伯母様は鼻で笑って、『ローズだって！　あの子がなんだっていうんだい？　ローズの役立たずの父親は私の従弟だけど、親しくはなかったし、数年前にあの子がうちの玄関にやってくるまで、気にも留めなかったよ。それに、たとえ私がローズのあの取り澄ました生意気な態度に寛大になれたとしても、ここに残ってあんたの代わりになろうとはしないだろうよ。ゲインズ未亡人がいい裁縫師になれるように仕込んでくれてるから、来年、成人になったら、銀行の預金を引き出してフェアヴューから出ていくに決まってる。それが、これまで面倒を見てきた私への恩返しってわけだよ！』と言った。

よく考えてみれば、伯母様の言うとおりかもしれない。でも、それにしても伯母様はローズに冷たいと思う。彼女に愛情を示したことがないのだから、ローズだって伯母様を愛せるわけがない。伯母様はあからさまに私をえこひいきするので、なんだか気が咎《とが》める。私のほうが血縁が近いからだと、ローズは大目に見てくれているだろうか。私の父は伯母様の弟で、二人きりの姉弟だったからとても可愛がっていて、それで私が生まれたときから愛情を注いでくれたのだ、と……とてもややこしいけれど、きっとローズはわかってくれていると信じよう。

かわいそうなローズ！　彼女の毎日は退屈だと思う。ゲインズ未亡人とハリエット伯母様とエクスペリエンスの、三人の年寄りしか相手がいない。ローズが初めてうちに来たときに伯母様が神学校に行かせてあげなかったのは本当に残念だ。神学校にもハイスクールにも行っていないうえに、この町で育ってもいないから、若い人とは交流がない。もうすぐ二十歳になるというのに、男の子と付き合ったことが一度もないなんて！　マンディーズの店員のフランク・ホープウェルがローズに色目を使っているけれど、いいところが何もない下品な男だと言ってローズは相手にしない。彼女の気持ちもわからないではない。私だって、フランクのニキビ面と品のない喋り方には耐えられないもの！」それから、やや上から物を言うように続けていた。「でも、些細なことにこだわっていたら取り残されてしまうという現実を、受け入れたほうがいいのかもしれないとも思う」

二月、クライドとソフィーのあいだに息子のドワイト・ウォレン・ローデンが生まれた。ハリエットは甥の顔を見に、日帰りでサムナーを訪ね、「なんて可愛い赤ちゃんだろう」と、日記に記している。「あの子に会いに、近いうち、またクライドの家に行こう」

だが、自分のことで手いっぱいになったようで、ドワイトに関する記述はそれっきりだった。（スーザンは自分の反応に苦笑しながらも、赤ん坊だった自分の父が軽視されているような気がして、やはりむっとしてしまった。）

六月、ハリエットはフェアヴュー女子神学校を卒業した。クライドは卒業式に列席したが、ソフィーは赤ん坊を置いていけないからと欠席した。式には、すでに医学校を卒業したハリエットの兄ウォレン、スプリングフィールドから駆けつけたエドマンドとその妻もいた。兄とはいえ、ほとんど面識がないと言っても過言ではないエドマンドがわざわざ卒業式に来たことに、ハリエットは懐疑的だった。「彼の本当の目的は、自分が開発に携わっている発動機への投資を伯母様に頼むことだ。でも伯母様は、そんな向こう見ずな事業には一ペニーたりともつぎ込むつもりはないと断った」

卒業に関する記述が数ページ続いた。オーガンディーとモスリン生地の白いドレスのこと、学校に来た写真屋に撮ってもらった写真のこと、お祝いにもらった品々の記録――その中でもいちばん貴重なのは、ロジャーから贈られた小粒のパールがちりばめられたブローチだった。母親に頼んで買ってもらったもので、デヴィット夫人はブローチに合わせたイヤリングを彼女からのプレゼントとして添え、お祝いのメッセージとともに送ってくれた。「とっても魅力的な文面だ」と、ハリエットは書いている。「きっと感受性豊かな、品のいい女性なのだろう。手紙の文言がいつも絶妙だもの。娘さんと赤ちゃんの状態が安定しているので、来週にはドイツに発つそうだ。ドイツから戻ったら、ぜひ私を訪ねたいという。でもハリエット伯母様は、まだ結婚まで一年あるのだから、時々手紙をやり取りするくらいがちょうどいいという意見だ。『今のままにしておきなさい。私のほうが世の中をよく知っているんだからね』ですって。無理に近づこうとするのは間違いなのかもしれない。デヴィット夫人はロジャーのお母さんなのだから、彼への愛が自然とお互いを近づけてくれるはず……」

夏休みで大学から帰省していたエベン・デミングが、やたらとハリエットにつきまとった。「……近所のお付き合いとか、家族ぐるみの付き合いの域を遥かに越えている。それに、私の将来について茶化すようなことばかり言う。今日は商店街から帰る途中で彼と出くわし、家までついてきた。もっと一緒に歩きたいようだったけれど、陽射しが強いから家の中に入りたいと、やんわり断った。そうしたら、『そうだよな。もうすぐ西部で、テント小屋《ティピー》とか、草に覆われた小屋に住むんだから、文明的な屋根のある家にいる今のうちに、それを満喫しておきたい気持ちはわかるよ』と言ったのだ。なんて失礼な！　伯母さんに話したら、ロジャーに聞かせてやりたいね、と笑った。そんなこと手紙に書かないわ、と言うと、『ばかばかしい！　代わりはいくらでもいるんだって、思い知らせてやればいいんだよ』と言われた。どうも伯母様は、ロジャーと私のお互いへの思いに対して下品な見方をしているように思えることがある。私たちのあいだに存在する絶対の信頼は、伯母様には理解できないのだろう……」

その夏の後半になって、ハリエットはエベンの頬を叩く羽目になった。事が起きたのがラウンドローフだったため、なおさらハリエットには我慢ならなかったのだ。「だって、ロジャーと歩いた思い出深い神聖な場所で、私にキスしようとしたんだもの」日記からハリエットの憤慨ぶりが伝わってきた。「エベンは頂上まで私のあとをつけてきたことを白状した。ロジャーを捨てて自分と一緒になったほうが、ずっと裕福で快適な暮らしができると言うのだ！　あんな青二才がロジャーに対抗しようとするなんて、ずうずうしいにもほどがある！　思いきり軽蔑した目で睨みつけて、できるだけ冷たく言ってやった。私は心からロジャーを愛していて、私たちは信頼でつながっているの。そんな強いつながりを捨てられると思うなんて、私を見くびらないで、って。そうしたらエベンは、『なあ、ハリエット、現実的になれよ』と、乱暴に私にキスしようとした。だから、ひっぱたいてやった、思いっきり。エベンは顔をさすると、にやりとして、『僕がずっと君に首ったけだったのは、知ってるだろう。男に告白されて、悪い気のする女の子はいないと思うけどな』と言った。

　確かにそうかもしれない。でも、キスを強要するのはやりすぎだ。ロジャーだったら、もっと堂々と振る舞うはず。もし、思いがけず告白することになったとしても、彼ならきっと品位をもって接してくれる……」

　秋になると、ハリエットは長時間キッチンにこもって料理を習い始めた。「兵士の妻は、何だってできなくては」と、本人が日記で説明している。ローズに教えてもらって、簡単な裁縫の基礎もマスターした。「でも、やっぱり私には裁縫の才能はないみたい。西部には、ハートフォードやウォーターベリーにあるようなデパートはないんだからね、と伯母様に口うるさく言われても、どうしても根気が続かない。家計簿をつけるのは得意なんだけど。伯母様の目はますます悪くなって、拡大鏡を使っても数字が見えなくなっているのだ。倹約家の鑑《かがみ》だねって、ロジャーに言ってもらえるかしら！……」

　冬のあいだの家事は、とても大変だった。遥か彼方からロジャーが褒めてくれたが、辺境での家事はフェアヴューで家庭を持つのとはかなり違うよ、と念を押すのも忘れなかった。ハリエット伯母さんは、有能な女はどこに住もうと男の住まいを快適に保つものだと助言し、ローズはシーツと枕カバーとナプキンの刺繍《ししゅう》を手伝ってくれた。「ロジャーが去った直後のぎこちなさはすっかりなくなった」と、ハリエットは書いている。「ローズと一緒に毎日、家事にいそしんでいる。エクスペリエンスから、二人のパイ生地は見分けがつかないほどになったと言われた!」

一八八一年三月五日、婚約してからあっという間に時が経ったことにハリエットは驚きを示している。「ロジャーと離れ離れになったときは、一年はひどく長く思えたけれど、その月日ももうすぐ終わる。六月二十日頃に、彼はバッファローでお母さんと合流して、結婚式のためにここに来ることになっている。式は二十八日だ。これまでのように数カ月単位で待たなくても、日にちを指折り数えていれば、あと百日ちょっとで彼に会える! 再会したとき、何て言えばいいのだろう」

一週間後の日記には、次のような記述があった。「今日、とても悲しい、ショックなことが起きた。先に目覚めた伯母様が、エクスペリエンスがいつものように火を起こして朝食の支度を始めていないことに気づいた。屋根裏の階段に耳を澄ましても動きまわっている気配がないのでローズに声をかけ、屋根裏に上がったローズが、息絶えたエクスペリエンスを見つけたのだ。まるで眠っているようだったと、ローズが言っていた。ローズは、着替えてレインヴィル医師を呼びに行った。ここ三、四年繰り返してきた心臓発作が死因だそうだ。眠るように天に召されたはずだと、先生は伯母様に説明した。そうであってほしいと思う。目が覚めて、私たちの誰にも気づいてもらえずに、あの寒い部屋でたった一人で死んでいくのを自覚していたなどとは考えたくない。みんなエクスペリエンスの死に打ちひしがれている。子供の頃から彼女と一緒だった伯母様の悲しみようは特にひどい。伯母様は、うちから葬儀を出したがっている。ここがずっとエクスペリエンスの家だったたし、彼女にはデミングさんのところで働いている又従妹《またいとこ》しか身寄りがないからだ。

一日中、ローズは無口だった。エクスペリエンスの死で、五年前に亡くなったお母さんを思い出したのだろう。私だって、とうの昔に死んでしまってほとんど覚えていない母のことを考えたくらいだ。

今夜、この日記を書くほんの少し前に、ローズが部屋に来てベッドに座った。『あなたの部屋って、本当にすてきね』と、まるで初めて見たようなことを言った。壁にはリンゴの花の装飾帯があしらわれ、鏡台には可愛い柄やリボンがついたカバーが掛かり、真鍮製のベッドにはきれいな掛け布団が載っていて、すてきなのは確かだ。『私が出ていったら、あなたの部屋になるのよ』と、私は言った。

ローズは首を振った。『私は、ここに残るつもりはないわ。五月に二十一歳になったら、自立できるんですもの』

まさに伯母様が言っていたとおりになってしまって、私は深い悲しみに襲われた。『私が結婚して出ていって、エクスペリエンスが死んだ今、あなたまで出ていくの？　伯母様を一人残して？　ねえ、ローズ、もう少しだけ待ってくれない？　法的に自立できたとたんに伯母様を見捨てて出ていくなんて、冷たいじゃない！　伯母様は、あなたを引き取ってくれた人なんだし……』

『あなたも同じよね』と、ローズは言った。『私よりずっと前からこの家に置いてもらってた。それに本物の愛と優しさも注がれていた——私が一度ももらえなかったものよ。でも、あなたは出ていくのよね』

『だって、結婚するんですもの。事情が違うわ』と言い返した。

『私には違いがわからないわ』と応えたローズの声は、とても冷ややかだった。じっと前を見つめて、こう言った。『エクスペリエンスが、いい例だわ。今朝、お医者様を呼びに行きながら思ったの。エクスペリエンスの人生は、悲しいほど空虚だったたって。ずっと伯母様の添え物だったわけでしょう？他人の家で、一生、奴隷のような暮らしを送ったのよ。私は、そんな人生はごめんだわ』無関心なのかと思うほど落ち着いた口調だったけれど、本心なのはわかった。

『あなたとエクスペリエンスは違うでしょう！』と、私は言った。

ローズは超然とした態度で私を見た。『彼女だって昔は私と同じで、若くて、家も身寄りもお金もなかったの。生きていくために必死だったんだわ……唯一の違いは、伯母様が私に腕のいい裁縫師になるチャンスをくれたこと。とりあえず、他人のキッチンで一生を終えなくてもよくなったのよ』

『でも、ローズ……』と言いかけたけれど、言葉が見つからなくて、あとが続かなかった。彼女の言うことにも一理ある。

ローズは立ち上がってドアに向かった。『おやすみなさい。あなたは幸運ね、ハリエット。幸せな将来が約束されているんですもの』

私は戸口までついていった。『ローズ、伯母様はあなたに残ってほしいと思うわ。成人になったとたんにあなたを追い出したがっているように言うけど、伯母様は自分が死んだあと、必要とあれば独り立ちできるようにと考えたんだと思うわ』

私は本気でそう言った。そうしたら、ローズは微かに笑みを浮かべた。『そんなの、わかってるわ。おやすみ』

実際のやり取りを忘れないうちに、ここに書き留めておくことにした。なんだか心配だ。秘密にしてとは言わなかったけれど、私が伯母様に言わないのは確信していたんだと思う。ああ、なんて胸の張り裂けそうな一日だったことか！　大好きだったエクスペリエンスがあの世へ旅立って、今度はローズが出ていこうとしているなんて！　昨日は何もかもがいつもどおりだったのに、一日でこんなに激変するとは……」

　ハリエットの心配は続いた。ローズは、自分の計画についてそれ以上口にすることはなかった。数週間が過ぎても、エクスペリエンスの後釜はなかなか見つからなかった。四月下旬になって、ハリエット伯母さんはようやく掃除とパン焼きを週二日引き受けてくれるポーランド人の女性を雇い入れた。

「……私の料理の腕を試してみて、と伯母さんに進言したけれど、相手にしてもらえなかった」と、ハリエットは記している。「結婚式の準備に集中しなさい、と言うのだ。確かに、これからは忙しくなる。五月末にはゲインズ未亡人がウエディングドレスの採寸に来るし、ほかにもいろいろとやることがある。来週は、スタンフォードのデイジーのところへ三日間滞在する予定だ——デイジー、ローズ、ジェニー、メイに花嫁の付き添い役をしてもらうことになっている——それに、これから、いろいろな人が訪ねてくると伯母様に言われた。デイジーのところから戻ったら、デミングさんとハートフォードへ行かなければ。買うものが山ほどある！　時間がいくらあっても足りない！　結婚式の準備って、本当に大変。伯母様が早くいい家政婦を見つけてくれるといいんだけど。そうじゃないと、ローズの負担が大きくなってしまう……」

　スタンフォードを訪れたハリエットは、デイジーとその母とともに日帰りでニューヨークへ出向き、ウエディングドレスの材料を購入した——「白い琥珀織りは、夢のようにすてき！」と書かれている。デイジーはハリエットの勧めたピンクの色合いが最初は気に入らないようだったが、結局、似合っていると納得した。ハリエット伯母さんの披露宴用のドレス生地は、ラヴェンダー色の波紋柄のシルクにした……。

五月に入ると、日記の内容はかなり大ざっぱになった。「とても忙しい一日だった。眠くて仕方がない。ロジャーへの手紙は便箋一枚しか書けなかったけれど、きっと許してくれるだろう……。なんて愉快なのかしら！　今日のローズのアイデアは最高だった。夕食の席で、私は笑いが止まらなかった。でも、伯母様にはなんのことかさっぱりわからなかったみたい……。

夏に娘さんたちと海外に行くことになっているスーエル夫人が、今日、私のためにひと足早いお祝いランチを開いてくれた。ローズ、神学校の同級生たち、スーエル家のケイトとアイリーンが出席した。少し退屈だったけど、ご厚意に感謝。それよりもわくわくしたのは、午後、ゲインズ未亡人がウエディングドレスの裁断を開始したことだ。あの美しい布にハサミが入るのを見るのは忍びなかった……夫人の腕前は、ちゃんと知っているのに！　しっかり目を見開いて見届けた、とロジャーの手紙に書いた……。

結婚式の招待状を発注した。伯母様に、レースの帽子を作るべきだと言われた。つい笑ってしまった。私が既婚女性になって、朝食のときにも帽子をかぶるようになるなんて！

ローズが私のネグリジェに刺繍をしてくれた。なんて優しいんでしょう。郵便局に行ったら、ロジャーの手紙が四通届いていた。彼も結婚式の日が待ち遠しいみたい……」

そして、そのあと、とうとう日記の記述は最後となった……。

第八章

「一八八一年五月十六日
今夜、家が焼け落ちでもしないかぎり、これ以上のことは起きようがない！　気持ちが一日中苛立っていたせいか、午後お風呂に入ったあとは、背中の痣《あざ》のことを知らず知らずにまた思い悩んでいた。ロジャーがこの痣を見たら、どう思うだろう。彼の目に触れずに済むということはないだろうか。結婚したあとも、薄くはならないのかしら。

彼には、なんとかして明るい文面の手紙を書かなくては。

夕食が終わった。ローズは食卓に現れなかった。ハリエット伯母様は客間に座っている。暗くなってきたけれど、満月の美しい晩だ。今日の出来事をすべて書き終えたら、ローズを説得して月夜の散歩に誘い、事態をなんとかしよう。

今朝は、今日は掃除に来られないと知らせるステラの手紙から始まった……」


キッチンでのひと悶着のあと、こんな天気でなかったなら、揉め事は起きなかったのではないかと、ハリエットは思った。いつになく暑い日だったのだ。

あるいは、美味しい食事が楽しめたら違っていたかもしれない。あいにくその日の料理は、氷冷蔵庫《アイスボックス》に入れてあった残り物で、味気ない食事に色を添えてくれるお茶さえなかった。

ジャクソンさんはもう帰ったあとで、彼が起こした火が赤々と燃え、部屋をさらに暑くしていた。白い床板のそこらじゅう、彼がつけた煤《すす》で汚れていて、お湯が沸いていなかったために、昼食だけでなく朝食の食器もシンクに山積みになっていた。

険しい顔で黙りこくったローズは、そんな気分を物語るような冴えない茶色のモスリンのワンピースの上にエプロンを着けて、コンロのやかんのお湯が沸くあいだ、洗い桶《おけ》に水を張った。ブルーのワンピースを着て幸せな気分に包まれていたハリエットは、混沌とした家の中の状態をさほど気にすることなく、洗った食器を拭くために待機していた。

ハリエット伯母さんは杖に体重を預けて前屈みになり、床の汚れをよく見ようと目をすがめた。それから背中を伸ばし、うんざりした顔で首を振った。「こんなひどいのを見たことがあるかい?」と、吐き捨てるように言った。「男っていうのは、いつもこうなんだよ! 何をやっても汚してしまう。サム・ジャクソンが給料を請求してきたら、厳しく言ってやらなきゃ! ローズ、二人で皿洗いを終えたら、ほうきでしっかり掃除しておくれ。明日、ステラにこすり洗いしてもらわないと――来ればの話だけど。私は二階に上がって昼寝をするからね」

ダイニングの戸口で振り返って付け加えた。「オーブンはすぐに温まるだろうから、ケーキを作り始めたらどうだい? 夕食のときに食べられるようにね」

ローズの動きが急に緩慢になった。ゆっくり紐を解いてエプロンを外し、シンク脇のフックに掛けて、こう切りだした。「ハリエット伯母様、夕食にケーキが食べたいなら、自分で作ってください。私は嫌です。皿洗いも床掃除もしません。この家で家政婦代わりにただ働きするのは、もうたくさんだわ」

荒らげるでもなく、耳の遠い老女に聞こえる程度の人きさの声で、感情のこもっていない口調だったが、両手を腰に当てて立つ姿は、本心をぶつける女性の典型的な格好だった。

「私の聞き違いかね！」杖を握る伯母さんの手がこわばり、干からびて皺の寄った頬がまだらに紅潮した。

「いいえ、聞き違いじゃありません」ローズが二、三歩前に出た。「この家を出ていくって言ったんです。邪魔者扱いされるのにも、住む場所と食事を与えてやってるんだから感謝して、やりたくもない退屈な仕事を喜んでやれ、と強いられるのにも、もううんざりなの！　二十一歳の成人になったんだから、これ以上我慢する必要はなくなったのよ。私は――」

「ローズ！　やめて！」と、ハリエットが腕をつかんだ。「それ以上は言わないで――お願い！」

ローズはその手を無視した。「こうなったら、思っていることを全部言わせてもらうわ」

一瞬、言葉を失ったように見えた伯母さんが、ようやく口を開いた。「いいかげんにしなさい！」と、しわがれ声で言った。「これまで出会った、猫をかぶったずる賢い恩知らずの生意気な娘の中でも、あんたは最悪だわ！　自分が必要なときだけ、『はい、伯母様』とか『お願い、伯母様』とか言って、行儀よく振る舞っていたんだね。だらしない母親があんたを育てていたニューヨークの掃きだめみたいなところからここへ来たときには、一文無しも同然だったのに、今はこんないい暮らしができて――」

「母を悪く言わないで！」ローズは血走った目で、老女に殴りかかりそうな勢いでさらに数歩前に出た。「お母さんは、素晴らしい女性だったわ！　お母さんが死んでこの家に来て以来、幸せな時は一度もなかった。私の悲しみや寂しさを思いやってくれたことだってないし、友達を作る手助けもなければ、ハリエットのように神学校に通わせてもくれなくて、どうして幸せになれるっていうの？　伯母様は、自分は慈悲深い人間だって威張ってるけど、私には何もしてくれなかったじゃない。私は自分で――」

「お黙り！」伯母さんが遮った。「ご託は、もうたくさん！」

「いいえ、言わせてもらいます！　下宿代と賄い分はもちろん、ゲインズさんに服の仕立てを習わせてもらった代金だって払えるほど、私はずっと働いてきたわ。伯母様とハリエットの服だって、たくさん縫ったり繕ったりしてきたじゃないの」言いたいことをすべて吐き出したのか、ローズの声のトーンが下がった。落ち着きのない手つきで髪をかき上げる。「でも、もう伯母様とはお別れよ。二十一歳になったんだから、自分のしたいようにする権利があるわ」

「ええ、そのとおり。おかげで、こっちもせいせいする……。ハリエット、部屋へ連れていっておくれ。こんな騒ぎは年寄りにはこたえるよ。なんだか疲れてしまった」伯母さんの顔から赤みが消え、杖の上の両手が震えていた。

ハリエットも、ローズが巻き起こした大嵐に顔色を失い、体を震わせていた。もたれかかってきた伯母さんと一緒に、ダイニングから廊下を抜けて階段を上った。寝室に入ってブラインドを下ろすと、ひざまずいて伯母さんの伸縮性ブーツを脱がせ、ベッドに寝かせてショールを掛けてあげた。「何か欲しいものはない？」と、心配そうに訊いた。「お水を持ってきましょうか」

「大丈夫」伯母さんはため息をついて、不機嫌そうに言った。「まったく……あの子の父親も母親も、ろくでなしだった。覚えておきなさい。きっとローズは、いい死に方をしないよ」

「お休みになって」と、ハリエットがなだめた。「今は忘れて。疲れているのよ」

「ああ、そうだね」と、もう一度ため息をついて、伯母さんは目を閉じた。階段を上ってきて廊下を通り過ぎ、自室に向かうローズの大きな足音は、耳の遠い伯母さんには聞こえなかった。

ハリエットは一階に下りて、一人で洗い物とキッチンの掃き掃除をし、騒動の発端となったケーキを焼いた。頭上で歩きまわるローズの足音だけが、静まり返った午後の家の中に響いていた。おそらくローズは荷造りをしているのだろう、と思った。それ以外、あの動きは説明できない。彼女は本気で出ていくつもりだ……友人もなく、たった一人になるのに、それでも出ていくのだ。午後に発生した亀裂は、たぶん修復不能だろう。八十歳近い伯母さんを一人残して、自分はこのまま結婚して出ていっていいのだろうか。

悩みながら、ハリエットはオーブンからケーキを取り出して冷ました。エプロンの隅で顔の汗を拭い、体にまとわりついたワンピースを引っ張った。コンロの上で湯気を立てていたやかんに冷たい水を足していっぱいにすると、二階の自分の部屋へ持って上がった。

ピンクの花柄の陶器の洗面ボウルに、やかんの中身を注ぐ。それは、美しい洗面台だった。背面の壁を保護するための実用的な衝立《ついたて》部分にまでピンク色のオイルクロスが張られ、上部に飾られた濃いピンクの額縁が彩りを添えていた。この明るくチャーミングな部屋に足を踏み入れれば、愛情いっぱいに可愛がられている女の子の部屋だということは誰の目にも明らかだ。

ハリエットは、ローズの視点で部屋を見まわしてみた。ローズは、真っ黒なクルミ材の家具が置かれた、空いている寝室をあてがわれていた。どう見ても、想像力も思いやりのかけらもなく、伯母さんが事務的に用意した部屋だ……。

もし、伯母さんが最初からローズの両親と生い立ちに対する偏見を捨てて、家事ばかり言いつけずにもっと優しく接していたなら……だが、ハリエットはすぐに首を振り、その考えを押しのけた。自分には、伯母さんを批判する権利はない。あるのは、中立の立場を守るという難しい役割だけ……。

窓のブラインドを下ろし、服を脱いだ。厚いバスマットの上に立って体を洗い、お湯を汚水桶に移して、新たなお湯で石鹸を洗い流した。そして、タオルを体に巻いて姿見の前へ行くと、タオルを床に落とし、鏡を見ながらスミレの花の香りのするタルカムパウダーをはたいた。はたき終えると、タルカムとシャモアクロスを片手にぶら下げたまま、鏡に映る自分の体を満足げに見つめた。腿から足首まで形よくすらりと伸びた脚、盛り上がった張りのある胸、ほんの少しなだらかな肩、均整の取れた曲線を描く腰。背中の痣さえなければ――鏡に映る痣を見ようと体を捻《ね》じった――肌も申し分ない。

痣は、やはりそこにあった。ロジャーは、これをどう思うだろう。本当に見苦しい痣だ。でも、彼の目に触れるだろうか。暗い部屋で、こんなふうにハリエットの色白の体をロジャーが見ることになるのか？　寝室の閉じられたドアの中で、夫婦というのがどれくらいの親密さで接するかによる。例えばハリエット伯母さんは、ずっと夫をデヴィットさんと苗字で呼んでいた……伯母さんが裸で夫の前に立ったことがあるとは、とうてい思えないし、自分とロジャーがそんなことをするところも想像できない……。

ハリエットは自分の思考が向かっている方向に困惑して顔を赤らめ、慌てて姿見から離れた。こんな淫らな考えを抱くなんて、どうかしている。

箪笥《たんす》の引き出しから下着を取り出して身に着け始めた。服を着るにつれて正気に戻り、心が洗われていく気がして、ほっとした。

二十分後、ハリエットはローズの部屋のドアをノックした。「どうぞ」というローズの声がして、ハリエットはドアを開けた。

ローズは、たまに下宿屋時代の旧友に手紙を書くのに使うテーブルの前に座っていた。ハリエットが室内に入ると、立ち上がってテーブルの上にあった便箋を手で隠した。それに気づいたハリエットは、あえてテーブルから離れた位置にある椅子に腰かけた。

室内を見まわす。ローズは屋根裏部屋から小さなトランクを持ってきていた。部屋の中央に置かれたトランクの上には、スーツケースが載っている。箪笥から化粧品がなくなっていて、半開きのクローゼットの中は空だった。

書きかけの手紙を手で覆ったまま、ローズはハリエットを見つめていた。緊張したときにいつも見せる蒼白な顔をして、目には異様な光が宿っていた……。

ローズはハリエットが口を開くのを待っていた。彼女を部屋に招き入れてからは無言を貫いている。ハリエットは仕方なく切りだした。「目が赤いみたい。もしかして――泣いていたんじゃない？」

ローズは首を振って、ゆっくり座った。「泣く理由なんてないもの」

再び、ハリエットに会話の進行が委ねられた。「どうするつもり？」

「ニューヨークへ行くわ」

「昔住んでいた家に戻るの？」

「それか、似たような場所を探すつもりよ」

「でも、ローズ……」

ローズは、ぎらぎらした目を閉じた。持っていたペンを指のあいだで回す。「昔の知り合いのつてで、仕事は見つかると思うの。繕い物とか、衣装の縫製とか。腕に自信はあるわ」

「だけど、お金を持っていないじゃないの！」

ローズは微かな笑みを浮かべた。「母が遺してくれたお金のことを忘れてるわ。この五年間、フェアヴュー銀行に預けてあったお金をね」

まるで他人事のような、きわめて冷静な口調だった。自分の行動を客観的に捉えている態度だ。これは、怒りに駆られてとっさに思いついたことではないと、ハリエットは感じた。伯母さんの勘は正しかった。ローズは、すでに出ていく決意を固めていたのだ。

ローズの計画の周到さに、ハリエットは愕然とした。伯母さんに不満を抱いているとしても、相手は、もうすぐ家政婦の若い子以外に誰もそばからいなくなる老女なのに……そして、はっと気づいた。ロジャーからプロポーズされて、伯母さんが結婚を許してくれたのが先だった。伯母さんが一人きりになることを、ローズは初めから承知しているのだ。そのうえでこういう行動に出るとは、ひどく冷酷で理解に苦しむ。

気持ちを奮い立たせて立ち上がると、自然な感じを装ってローズに歩み寄り、肩に手を置いた。「お願い、ローズ、出ていかないで！　そんなことになったら、私、悲しいわ……伯母様だって、そうよ」ハリエットが屈み込んだので、巻き毛の二つの黒髪頭が、もう少しでぶつかりそうになった。懇願するようにハリエットはたたみかけた。「伯母様は口やかましいけど、悪い人じゃないってことは知ってるでしょう。あなたが思い直してくれれば収まるわ。みんな元どおりになれるわよ」

ローズの手が少し動いて、便箋を完全に隠した。ハリエットの手を振りほどいて見返し、初めて怒りの表情を見せた。「元どおりになんか、なりたくないわ。キッチンで伯母様に言ったことは本心よ。

もう、あの人の施しは受けたくないの」

ハリエットは、力なく両腕を下ろした。何を言っても、ローズは聞く耳を持たない。「いつ出ていくの？」

「わからないわ」これ以上この話題に関心がないのが、ありありと伝わってきた。

ハリエットはためらいがちに戸口へ行き、ドアを開けてから、ノブを握ったまま足を止めた。「私に何か手伝えることがあったら……」

「ないわ、ありがとう」ローズは背を向けて手紙に向き直った。明らかに、出ていけという合図だった。

その晩、ローズは夕食に下りてこなかった。ハリエットが二階に声をかけると、階段の上に顔を出して、お腹がすいていないと言った。

伯母と姪の二人だけで黙って食べる食事は、わびしいものだった。ハリエットが食器を洗うと、伯母さんはそれを拭くと言い張り、大皿を割ってしまって泣きそうになった。「見てちょうだい！　私ときたら何もできやしない。お皿さえ、ちゃんと拭けないなんて！　二階でふくれてるあの娘のせいで、すっかり調子が狂ってしまったよ。どうやら、一生あの厄介者を抱えて悩まずに済むようだけどね」小さなハンドバッグからハンカチを出して鼻をかんだ。「勝手にすねていればいい！　そのうちに諦めるだろうから」

伯母さんは虚勢を張っているのだと、ハリエットにはわかっていた。自分が結婚していなくなったらローズがどれほど役立つ存在になるか、考える時間は充分あったはずだ。

皿洗いが終わると、伯母さんは杖をつきながら廊下を進み、客間へ向かった。普段は来客用に取っであるこの部屋を選んだことから見ても、内心どれだけ動揺して不安になっているかが推し量れる。洗った布巾を庭に干し終えてから、ハリエットもあとを追った。窓際の椅子に座って通りを眺めていた伯母さんは、彼女を見上げた。「ああ……あんたかい」

本当は、ローズが許しを請いに来るのを待っていたのだろうか。ハリエットは、ブレトンレースで縁取りしている縫いかけのシュミーズを持ってきた。数分間、慎重に細かく針を動かしていたが、ふと窓のほうに目を上げた。男が一人、よろよろした足取りで頭を突き出すようにして歩いていた。

「今歩いていたのは誰だい？　ゲインズ未亡人だったかね」

「いいえ、伯母様。息子のウィリーよ」

「あら、そう」と言って、再びロッキングチェアを揺らし始めた。

ハリエットは心配そうに伯母を見た。タイミングのいいときを見計らって、ハートフォードの眼医者についてもう一度話してみよう。何に対しても、もっと理性的になってくれたらいいのに！　たった今、男性と女性の区別がつかなかったことを認めたように、近頃は実際の症状を周囲に悟られてしまうことが多々ある。それほどぼやけた世界に暮らしていては、フェンスに沿って咲いているヒヤシンスやチューリップの美しい色合いも、夕陽に染まる燃え立つような空の色もわからないだろう……。

縫い物ができないほど暗くなってきた頃、伯母さんが口を開いた。「二階のあの娘は、どうするつもりだと思う？」

「伯母様がお休みになったあと、話してみるわ。月も出てきて、きれいな夜だから、ローズも寝る前にちょっと散歩がしたいんじゃないかしら。今日は一日中家にこもっていたし」縫うのをやめて針をシュミーズに刺し、布をたたんで裁縫道具かごにしまった。立ち上がって、明かりをつける。「伯母様、私、これから部屋でロジャーに手紙を書くから、失礼してもいいかしら」

「ええ、行きなさい。二階に上がる前に廊下の明かりをつけてくれるかい？　私はもう少しここにいてから寝ることにするよ」

ハリエットは伯母さんに近寄り、額にキスをした。「おやすみなさい。あまり心配しないで。こんな状態は長くは続かないわ。すぐに解決するから待っててね」

伯母さんは少し頭をもたせかけてきた。「当たり前だよ！　早く出ていってくれたほうが、ありがたいわ！」

また強がりだ、と思い、ハリエットは伯母さんの肩にしばし手を置いた。

伯母さんはその手を軽く叩いて、きっぱりとした口調で言った。「私がローズにいてほしいと願っているなんて思わないでおくれね！　あんたとローズじゃ、昼と夜ほど違うんだよ。あんたがいなくなってしまったら、あの娘じゃ、たいした慰めになりゃしない」

「とにかく、どうなるか様子を見ましょう」と応えて、ハリエットは客間を後にした。

机に向かって日記をつけ、便箋を取り出して日付と「愛するロジャーへ」という出だしだけは書いたものの、便箋を見つめるハリエットの頭の中は真っ白だった。

伯母さんがゆっくり階段を上ってくる足音がして、寝間着に着替えてベッドに入る気配が伝わってきた。ランプの明かりを吹き消し、窓辺に歩み寄る。空には満月が輝き、夜気には夏の暑さが残っていた。クローゼットからショールを取り出すと寝室のドアを開けた。

廊下で立ち止まり、耳を澄ました。ローズの部屋のドアからは明かりが漏れていない。もう寝たのかもしれない。それでも、そっとノックしてみた。

「どうぞ」と、ローズが応えた。

開いた窓のそばに座って月明かりに照らされたローズは、寝間着に着替えてはいなかった。窓の外には、黒々とした曲線を描くラウンドローフを背景に、花を咲かせて白く浮かび上がる果樹園が見える。

「とてもきれいな夜だわ。ほら、見て」と、何事もなかったかのように、ローズは感じよく声をかけてきた。

ハリエットは窓辺にひざまずいた。「リンゴに桜に梨の花――最高に甘い香りがするわね」

「そうね」

「『こんな夜には……』（『ヴェニスの商人』の一節）」と、ハリエットは夢見心地で呟いた。

ローズが微笑んだ。「こんな夜には……何？」

「私、恋人に戻ってきてほしいと手を振るカルタゴ女王のディドじゃないのよ」と、ハリエットは笑った。「でも、ラウンドローフや川や平野や山々を越えて、西部にいるロジャーに愛を届けることはできるかも……」ふと口をつぐみ、ローズとごく自然に話せていることに驚いた。ドアをノックしたときには、気まずさや敵意を覚悟して、どう説得すればいいかをしきりに考えていたのに、こんなに普通に会話をしているなんて……。

「私は、体が上へ上へと浮かんで、月まで行けたらいいと思うわ」と、ローズが言った。

「わかるわ。でも、それは無理だから、せめて一階へ下りて私の作ったケーキとミルクで少し腹ごしらえしてから、散歩しない？」

「ええ、お腹がすいたわ」と、ローズは立ち上がった。

しばらくして、二人で果樹園を歩きながら、ハリエットは同じ道をロジャーと散策したときのことを思い出していた。「一カ月もしないうちに、また二人でこの木立の下を歩けるんだわ……」

その頃には花が終わってしまっているのが残念だ。花と入れ替わりに成るまだ熟していない緑の果実からは、こんなにかぐわしい匂いはしないだろう……。

ハリエットが口に出すのをためらっていた話題を持ち出したのは、ローズのほうだった。「思っていたより、ここが懐かしくなる気がするわ」

「じゃあ、残ったら？」二人で屋敷を振り返ってから、再び果樹園の中を歩きだした。何気なく口をついて出た質問だった。心落ち着く美しい夜の景色を前に、ハリエットはゆったりとした気分になっていた。

「いいえ」ローズの口調も、同じようにくつろいだ調子だった。「出ていくほうがいいのよ。フェアヴューは私の故郷じゃないもの」

ハリエットは、低く垂れ下がった枝の花に手を伸ばした。口元に引き寄せて匂いを嗅ぐ。「あなたは、私の結婚式で花嫁の付き添い役をする予定なのよ。頼りにしているんだから」

ローズは足を止めて首を振った。「ごめんなさい、ハリエット。結婚式には出席できないわ。明日、ここを出ていくの。商店街まで歩いて、ハートフォード行きの七時の駅馬車に乗るつもり。伯母様が起きる前に置手紙を残しておくわ」

果樹園の突き当たりが、暗がりから月明かりの中に急に浮かび上がった。ローズは、心配そうに彼女の表情を探るハリエットの目を真っすぐに見た。ハリエットはため息をついた。「あなたが考え直してくれるんじゃないかと思ってたのに」

「幸運を祈ってもらうしかないわ――そう願ってくれるならの話だけど」

「もちろん、祈るに決まってるじゃない！」それまでコントロールしてきたものが少し崩れたかのように、ローズの表情が変化した気がした。陰気な厳しい顔に見えたが、怖いとは思わなかった。たぶん、孤独で困難な道を選ばざるを得なかった心の葛藤のせいなのだろう。ハリエットは、ローズに歩み寄って優しくキスをした。「あなたが何をしようと、それが幸せにつながることを祈ってるわ」

「ありがとう、ハリエット」ローズは無表情にキスを返した。

伯母さんのためになることをしていないのではないかという思いがハリエットの頭をよぎったが、自分に何ができるというのだろう。ローズには、誰に何を言われようと自分の思ったとおり行動する自由がある。まだ若い彼女には自分の人生があるのだから、その旅立ちを喜んであげるべきではないのか。

だが、ハリエット伯母さんは老齢で、階段を上る足取りもおぼつかないほどだ……伯母さんだって、彼女なりにローズへの義務を果たしてきたのだ。

義理と友情のはざまで揺れ動き、ハリエットは困惑と悲しみに襲われた。

ローズが話しかけていた。「アダムズ・エクスプレスの荷馬車を呼んで、私のトランクを預けてくれる？　家に戻ったら、送り先の住所を教えるから」

「わかったわ」と、ハリエットは答えた。「もう少し歩かない？」

第九章

五月十六日の日記は、ページの三分の一で終わっていた。不自然な気がして眉を寄せ、空白のページをぱらぱらめくっているうちに、スーザンは手紙が挟まっているのを見つけた。日付は一八八一年五月十四日だった。

「親愛なるハリエットへ
これほどまでに重い心で悲しい報せをお伝えすることになるとは、思いもしませんでした。今日、陸軍省から、三週間前にロジャーが死んだと連絡がありました。駐屯地を離れて数時間狩りに出かけたきり、予定時刻になっても戻らなかったので、その夜に捜索隊が出て、峡谷に隠されていた息子の遺体を発見したのだそうです。馬もライフルも拳銃も見つかりませんでした。平穏が続いている地区なので、上官によれば居留地に戻ったインディアンたちの仲間ではない、はぐれ者の犯行ではないかとのことです。必ず犯人を捕まえて死刑にすると約束してくださいましたが、そんなことは慰めにもなりませんし、あなたにとってもなんの意味もないでしょう。
ハリエット、これまで経験したことのない苦悩の中で、あなたにかける言葉が見つかりません。ロジャーとあなたがどんなに愛し合っていたか、私にはわかっています。ロジャーの手紙には、いつもあなたへの愛が綴られていて、本当に幸せそうでした。ああ、私の最愛の息子！　あの子がこんなに突然いなくなってしまうなんて、信じられません！

ともに神に祈りましょう。それしか慰めはありません。

愛を込めて
ルイーズ・E・デヴィット」

そういうことだったのね……スーザンは手紙を折りたたんで日記の中に戻した。最後の日記を書き込んだ翌日、哀れにもハリエットは、人生設計を覆される衝撃的な報せを受け取ったのだ。

家を出て商店街の郵便局に向かうハリエットの姿を思い浮かべる。実際は雨だったかもしれないが、スーザンの頭には、暖かく晴れた陽射しを浴びて、どんな果実が実りを迎え、どんな花が咲き、木々や茂みやツタの緑がどれほど茂っているかを実感しながら楽しげにゆっくりと歩くハリエットが浮かんだ。ところが彼女は、郵便局の窓口でロジャーの母からの手紙を受け取る。その場では封を開けなかっただろう。少なくとも、町を離れるまで待ったはずだ。伯母さんの屋敷と牧草地の境界にある石垣に腰かけたかもしれない。

ここで、スーザンの空想は捻《ね》じれた方向に向いた。封筒を開けるハリエットの手が少女の滑らかな白い手ではなく、スーザンがクチナシの花を置いた、痩せこけて老いさらばえた老女の手に変わったのだ。決して若返ることのない、クチナシと同じように萎《しぼ》んでしまった老いた手。

またしてもだ。クチナシと手のイメージが、再びよみがえった。これからも、ずっとつきまとわれるのだろうか。花と老婆の手を頭から振り払い、スーザンは手紙を開封したあとのハリエットを想像してみた。「親愛なるハリエットへ。これほどまでに重い心で悲しい報せをお伝えすることになるとは、思いもしませんでした……」

あの手紙を手に握った若きハリエットは、何を思い、どうしただろうか。手……いや、手のことを考えてはだめだ！　手紙が地面に落ち、それを屈んで拾って、もう一度目を通し、石垣に座ったまま呆然と牧草地の向こうのラウンドローブを見つめる。そうしているうちに、しだいにルイーズ・デヴィットの堅苦しい文章の意味が脳に届いて、恐ろしい事実を認識していく……。

スーザンは日記を閉じて、祖母のソフィーから聞いた、当時の話を思い出して頭の中で整理した。昨夜、父からも同様の話を聞かされた。ハリエットと伯母さんは、フェアヴューの郊外にある白い邸宅に二人きりだった。ローズは朝早く、ニューヨークにいる母の知人のもとへ行くというメモを残していなくなっていた。名前は何だっただろう。以前、聞いた覚えがある。ペニー？……キニー？……いや、違う。まあ、それはどうでもいい。とにかく、ローズは去ったのだ。一週間くらいあと、彼女からハリエット伯母さん宛に手紙が届いた。これまでの恩義に対する感謝が一応は述べられていたものの、その淡々とした文面に伯母さんは激怒し、あんな恩知らずな娘は二度とうちの敷居をまたがせない、と宣言した。だが、そんな必要はなかった。ローズが戻ってくることはなかったからだ。彼女が身を寄せた女性（名前は何だっただろう？――「どうして、どうでもいいことに引っ掛かるの！」と、スーザンは自分に腹立ちを覚えた。）から短信があり、だいぶ経ってから、ようやくハリエットに手紙が来た。ローズが結婚したかどうかも、その後どういう人生を送ったのかも、スーザンは知らなかった。どこかで今も生きている可能性だってある……。

婚約者の死に直面したハリエットの反応は、伯母さんを不安にさせた。部屋に閉じこもって食事も摂らず、どんな慰めの言葉も受けつけなかった。悲しみに暮れる様子があまりにも極端で、若い少女らしくないと感じたのだ。年老いていて対応に困った彼女は、ハリエットの兄であるクライドを呼んだ。「何もしてやれなくてね。こんな年寄りにはどうしていいかわからないし、新しく雇った手伝いの子も、彼女に手を焼いて辞めるかもしれない」伯母さんは両手を握り締めて、すがるようにクライドを見つめた。「環境が変われば、気分も変わるんじゃないかね」

そういうわけで、ハリエットはクライドに連れられてサムナーに移った。クライドは妹の変貌ぶりに驚いた。痩せ細って顔は青白く、途方に暮れた絶望的な目をして、決して心の痛みを口にしなかった。

その姿をひと目見たソフィーは、すぐに彼女をベッドに寝かせ、それから一カ月間、ハリエットを寝室から出さなかった。「注意深く見てあげないと、本当に精神をやられてしまうわ」と、ソフィーは夫のクライドに言った。そして、献身的にハリエットの面倒を見た。体にいい料理を作ってなんとかなだめすかして食べさせ、本を読んで聞かせ、ドワイトと子犬を部屋に入れて気を紛らせたり、涙を流す彼女を受け止めたり、夜中に目覚めた彼女に寄り添ったりした。(こんなに親切にしてもらったことを、大叔母はどうして忘れてしまったのだろう。恩知らずという観念を理解できないスーザンは不思議に思った。)

ハリエットはソフィーの指示に素直に従った。やがて、そろそろ新鮮な空気を吸いに外へ出たほうがいいというソフィーの勧めで、彼女は一歳四カ月になるドワイトをフリル飾りのある白いパラソル付きの籐《とう》製の乳母車に乗せて、毎日散歩に出かけるようになった。今でも、どこかに乳母車の写真が残っているはずだ。

顔色が戻り、体重も少しは増えた。発作的に泣きだす回数も減りつつあった。だが、ハリエットの大きな魅力だった快活さは失われてしまった。ソフィーに決められた日課を、どこかよそよそしい態度で淡々とこなし、最初はよそ者だったサムナーの町で、その姿は少しずつ見慣れたものになっていった。黒いワンピースを着てドワイトの乳母車を押しながら、ソフィーのために郵便局へ行ったりお店でお使いをしたりする際に出会った人に虚《うつ》ろな微笑みを返し、話しかけられたときだけ口を開いた。すべてにおいて、そういう感じだった。自分から率先して行動することはなく、何に対しても興味を示すことはない。ただ、ソフィーが見るかぎり、あからさまに悲しみを爆発させていた当初と比べると幾分落ち着いてきたように思えた。

秋になり、ソフィーの提案でハリエットはフェアヴューに戻った。「彼女に関する悪い噂が流れているといけないと思ったから」と、半世紀以上のちに、ソフィーは孫のスーザンに話した。

それ以上説明しようとはしなかったが、大人になった今のスーザンには、祖母の言いたかったことがよく理解できた。フェアヴューの町の人たちは、ロジャーの死に対するハリエットの過剰なまでの反応からして、二人が結婚前から親密な関係ではなかったかと疑ったのかもしれない。

スーザンは頭を振って苦笑した。十九世紀後半は、悲しみにさえ点数をつけられ、社会規範に合わせなければならない時代だったのだ……。

ハリエットにとって、フェアヴューは以前と同じではなくなっていた。ロジャーが死んで、長期間サムナーに滞在していたことで、この町とのつながりがどこか希薄になってしまったのだった。子供の頃からの友人や近所の人が会いに来てくれても、話題が見つからなかった。一度、エベン・デミングがやってきたが、もし、もう一度言い寄ろうと目論んでいたのだとしても、彼女の冷淡さに心が折れたようだった。

冬のあいだをフェアヴューで過ごしたのち、ハリエットはサムナーに戻った。単純に居心地が悪かったのかもしれないし、伯母の家に詰まった思い出が重荷だったのかもしれない。どちらにしても、フェアヴューの邸宅は、二度と昔のような心休まるわが家には戻らなかったのだ。伯母さんは彼女を心から愛していたが、サムナーへ行くことに反対はしなかった。幽霊のように呆然とした様子で家の中を歩きまわっていた姪の姿が、ずっと心痛の種だったのだろう――それに、年齢的にも健康面からも、穏やかで静かな日々を過ごしたいのが本音だった。いつもながらの気前のよさを発揮し、すぐに帰っておいでと言って、服を買うお小遣いをくれた。部屋はいつでもそのままにしておくから、と。

言われたとおり、月に一日か二日くらいは帰ったが、しだいにサムナーのほうが拠点で、フェアヴューは訪問する場所になっていった。

その夏、久しぶりにローズから、ニューヨークに来ないかという内容の手紙が届いた。ハリエットはその気になり、ソフィーも最初は賛成していたのだが、ローズが劇団の下宿に住み、女優の衣装を縫って生計を立てていることを知ったあと、彼女も家族も都合がつかず同行できないと言いだして、結局、実現しなかった。

ロジャーの母親からも招待されたのだが、バッファローは遠いし、旅費を出してくれるとはいうものの実現性は低く、やがて文通は自然消滅した。

実際、ハリエットはどこにも出かけず、友達もつくらなかった。スタンフォードに住む仲良しだった同級生のデイジーとも三年前に婚約した頃から連絡が滞り始め、いつしか音信不通になっていた。手紙を書いても返事が来ないので、デイジーのほうも書かなくなったのだった。

苛立ちを募らせたソフィーは夫のクライドと話し合った。「どうにかしなきゃいけないわ。婚約者が死んで一年半近く経つのに、ハリエットはいまだに放心状態で、私たちまで町の人の笑い者になってるのよ！　この夏、ウォレンが戻ってきてキング先生の診療を手伝うようになったから、しっかり話をしてくれるかと思ったのに、そんな気はないみたいだし。あなた、長男なんだから、どうしたらいいか考えてちょうだい」

だがクライドは、ソフィーがもっとうまく対処すればなんとかなるはずだ、という意見だった。

「デリケートな問題だからな。女性の領域だよ」

クローゼットにいくつもきれいな服が掛かっているのに、黒いワンピースしか着ないなんて残念だわ、とハリエットに切りだしたとき、ソフィーは女性の領域を諦めることになった。ハリエットはいともあっさりと、黒い服以外は着たくない、と答えたのだ。つい、かっとして、ソフィーはデリケートな問題ということを忘れて単刀直入に意見した。黒服ばかり着て隠遁《いんとん》者のような暮らしをするのは見苦しい、と……。「みんな、あなたのことを陰で笑っているのよ。あなたの頭がおかしくなって、いずれ変人扱いされる哀れな存在になると思ってるわ」

自尊心を傷つけられた怒りで蒼白になり、ハリエットは言い返した。「何を着ようと、どう過ごそうと、私の勝手でしょう！　私は一人でいたいの。誰にも干渉してほしくないわ！」

「そうはいかないの。みんなの期待どおりに振る舞わないと、とやかく言われることになるのよ」

「みんなは、何て言うわけ？」

「じゃあ、はっきり言うわね……あなたのためだと思うから。みんな、喪服で乳母車を押すなんて、お笑い種だって言ってるわ。正式に結婚したわけでもない若い女が、町じゅうの若者たちの好奇の目が集まるなかで新たな男友達をつくろうともしないなんて、頭が少しイカれているんじゃないのか、ってね」

「それ以上聞きたくないわ！」と叫んで、ハリエットは部屋を出ていった。

おそらくそれが、ソフィーのそれまでの親切を忘れて、ハリエットが義姉を嫌うようになった瞬間だった。ソフィーの言葉は、とうてい許せるものではなかったのだろう。

時計に目をやって、夕食の支度を始める時間だと気づいたスーザンは、一階に下りた。テーブルをセットし、料理を作って父と向かい合って食事をしているあいだ、彼女の頭の中を占めていたのは、祖母と父から聞かされたハリエットの話だった。

食後に食器を洗っていると、父の友人がチェスをしにやってきた。二人がゲームを始めたのを見届けて、スーザンは自分の部屋に戻り、腰を据えてハリエットの日記の続きを読みだした。新たな一冊は、赤い革カバーの掛かったきれいな冊子だった。きっと、ソフィーとぶつかったあとから書き始めた、ハリエットの新たな人生の記録に違いない。

ソフィーとの口論のあと、大叔母は自己分析をしたのだろう、と日記を開いたスーザンは思った。態度ががらりと変わったからだ。黒服を脱ぎ、殻を破ってクライドとソフィーの交際に加わるようになり、数年後には、彼女に対する悪い噂は影をひそめた。サムナーを居場所と心を決めたらしい。

「たとえお祖母様が意見しなかったとしても、こうなっていたんじゃないかしら」と、スーザンは思った。「悲しみは、永遠には続かないもの……」

第十章

「一八八五年六月二日
日記を書くなんて子供じみていて、教科書と一緒に捨てるべき習慣だ。けれども、十代の想いをぶつけたものは屋根裏にしまうことにして、今日この日記帳を買った。今、私は机の前に座り、ただの真っ白な紙に向かって正直な気持ちを書こうとしている。
ロジャーのことを、今も考える。死後の世界がどういうものかということも。彼が死んで、もう四年になる。あれから私は大きく変わった。もし彼が生きていたら、何もかもうまくいっていたのだろうか。私たちは幸せになれたのだろうか。意味のない、むなしい問いだ！　死んだらどうなるのかはわからないけれど、ロジャーの魂がたとえ今どこにあるとしても、私が彼を深く愛したことはわかってくれているはずだ。
一昨日……」

六月間近の午後、ハリエットはドワイトを連れてリトル・バック・レーンを歩いていた。五歳のドワイトは、先へ駆けだしたり道路脇の草に覆われた土手を登ったり、興味を惹かれるものを見つけては、何でも手にした。土手が平らになった場所に広々とした草地があり、ドワイトはそこで凧《たこ》揚げをするのを楽しみに来たのだった。ハリエットは凧を手渡し、平らな岩を見つけると、腰を下ろしてドワイトが遊ぶのを見守った。

いい風が吹いて、ふわふわした小さな雲が上空を流れ、その雲の仲間に加わるかのように凧は空高く舞い上がった。ドワイトは汚れた手で糸をしっかりつかみ、歓声を上げて走りまわった。だが、まだ凧揚げにあまり慣れていないため、つまずいて転んでしまった。凧は勢いを失い、クルミの木立に落下した。ドワイトは泣きながら立ち上がった。「ぼくのたこ、ハリエットおばちゃん、ぼくのたこが！」

ハリエットが駆け寄ると、まだ糸は握っていたが、凧は頭上の高い枝に引っ掛かっていた。

「おばちゃん、ぼくのたこをとって。おねがい。あれ、とって」

ハリエットはパラソルを後ろに傾け、弱りきって凧を見上げた。「どうやって取ったらいいかわからないわ、ドワイト」

ドワイトは糸を強く引っ張った。大粒の涙が頬を伝う。「ぼくのたこだ。とってよ。きにのぼって、とってきて」

ハリエットは汚れ一つないポプリンのサマードレスを見下ろした。「だめよ、無理だわ」

「だって、ぼくのたこがほしいんだもん！」すすり泣きが大泣きに変わったそのとき、木立の向こうからフィリップが現れた。帽子はかぶらずに、黄褐色のプルオーバーのセーターを着て、ネクタイと同じ茶の上着とズボンを身に着けている。微笑みながら声をかけてきた。「僕が取ってあげましょう」

「まあ、いいえ。そんなことをしていただいては、申し訳ありませんわ」ハリエットの目に、彼の服は高級そうに映った。

割って入った。

「きに、のぼれるの？」助けてくれるかもしれない新たな存在の登場に、急に泣きやんだドワイトが

フィリップはドワイトを見下ろして、「やるだけやってみるよ」と、真面目な顔で答えると上着を脱ぎ、スケッチブックとペンとパイプを上着と一緒に草の上に置いた。

「えだは、たかいとこにあるよ」ドワイトは疑わしそうに枝を指さした。

「僕だって背が高いよ」フィリップは、幼いドワイトを対等に扱う口調を変えなかった。「ちょっとよじ登れば、一番下の枝に届きそうだから……」と言いながら、すぐに行動に移し、足掛かりを見つけて近くの枝をつかむと、枝から枝へどんどん登って凧までたどり着いた。ハリエットとドワイトは、二人とも同じように目を瞠《みは》ってその様子を見つめた。

地面に下りてきたフィリップは、凧をドワイトに差し出した。「ほら、坊や。今度は、この木立から離れたところで凧揚げをしようね」

「どうもありがとうございます」と、ハリエットは礼を言った。「ドワイト、『ありがとう』は？」

「うん。ありがとう」ドワイトは、はにかんだ笑みを浮かべた。

「ありがとうございます、でしょ」

「ありがとうございます」と言ったとたんに駆けだし、肩越しに叫んだ。「みてて！ ちゃんとあげるから、みてて」

「あら、服が……」

フィリップは木の皮や小枝を振り払い、上着を羽織った。

「ご親切に感謝します」彼の注意を惹くような、陽気で楽しい言葉を思いつければいいのに、と思い

ながら、ハリエットは小声で言った。パラソルをかなり後ろに傾け、取っ手をくるくる回しながら、フィリップに向かって小さく微笑んだ。帽子をかぶっていないハリエットの額に垂れた黒い巻き毛が、風に吹かれて揺れている。フィリップがハリエットに興味を抱いたのは明らかだった。切れ長で目尻がやや上がりぎみの細い目に、それが表れていた。「どこかに座って甥御さんを見ていたんですか？確か、ドワイトって呼んでましたっけ？」

「ええ……どちらもそのとおりです。あそこの岩の上に座ってましたの」と、振り向いてパラソルで岩を指した。

　フィリップの顔に、ゆったりした笑みが浮かんだ。「また何かに凧を引っ掛けてしまうかもしれませんよね。僕も一緒に見守ると言ったら、ずうずうしいですか？」

「そんなことはありません」勢い込んで同意したと思われないよう、ほんの少し間《ま》をおいて答えた。

「実を言うと」岩のほうへ歩きだしながら、フィリップが言った。「生まれ故郷のこの国では、どういう振る舞いが正しいとされるのかがよくわからないんです。十五のときから十年間、ほかの国にいたのでね。様子がわかるようになるまでに、いろいろ失敗しそうだ」

「いい礼儀は、世界共通だと思います」と、ハリエットは、にっこりして言った。

「意外だな」岩にたどり着き、二人は腰を下ろした。「アメリカの娘さんは、ヨーロッパの国々で若い女性に求められているルールに、たいてい反発するのかと思ってました。堅苦しくてばかげてますからね」

　初対面の男性と、こんなふうに話をしている自分を暗に批判しているのだろうかと、ハリエットは身構えた。だが、ちらっと表情をうかがうと、くつろいだ、親しみのこもった顔で会話を楽しんでいるように見えた。少し離れて座り、片脚を両手で抱えている。きれいな手だ、と思った。長くて細い指ながら、力強さも感じさせる。「ヨーロッパ人はね、アメリカ人は家畜の見張りをするのにバッファローを乗りまわしていて、礼儀作法なんてこれっぽっちも気にしないんだと信じ込んでいるんですよ。まあ残念ながら、田舎に行くと、それも仕方ないと思える人が大勢いますけどね」

ハリエットは噴き出した。「もし旅行に行くことがあったら、その話を思い出しますわ」

「この国のためにも、あなたは絶対に旅をすべきだ」と、フィリップは気軽な口調で言った。「アメリカの伝統の素晴らしさを広めることになりますからね」

「お上手ですわね」と応えてから、お世辞を真に受けてばかな反応をしてしまった気がして、ハリエットは戸惑いの表情を悟られないようパラソルを傾けて顔を隠した。そして、初めて会ったこの若者に強いインパクトを受けている自分に驚いた。感じのいい声、手の形、微笑み方、顔の骨格、そのすべてになぜか掻き乱され、同時に心が弾む……でも彼とは、ほんの数分前に出会ったばかりなのだ！自分は決して雰囲気に流されやすい人間ではないはずだ、と言い聞かせて、野原を走るドワイトの小さいが丈夫そうな体に視線を注いだ。「ドワイト、もう帰るわよ」と、手を振って呼びかけると、ドワイトは聞こえないふりをして遠くへ走っていった。

「せっかく楽しんでいるのに、かわいそうだな」と、フィリップが言った。風を受けた凧が青い空に白く小さく舞い、ドワイトの高く響く笑い声は本当に楽しそうだった。

「じゃあ、あと十分だけ」と、ハリエットは譲歩した。空いているほうの手でキンポウゲを抜いた。

「いろいろな場所に住んでいらしたんですか？」

「父に依頼があれば、どこへでも移り住みました。肖像画家なんです。アサヘル・スピアといいます。

僕はフィリップ・スピアです」

「まあ、そうなんですか。トウィルマンさんのお宅に越していらしたんですよね。お父様はノェアヴューじゅうの話題ですわ」ハリエットは笑顔で打ち明けた。「私たちの町に、こんなに有名な住民が加わってくださって、みんな誇りに思っているんです」

フィリップは目を輝かせてお辞儀をした。「どうもありがとう——父に代わって礼を言います」

ここで名乗るべきかしら。今なら自然で、失礼にならないかも。でも、押しが強いと思われたらどうしよう。こういう状況に出くわしたのは初めてで、ハリエットはどうしていいか悩んだ。

迷っているうちに絶好の機会を逃してしまったようで、フィリップが言った。「いい町ですよね」

「でも、これまでいらっしゃった場所に比べたら、小さくて退屈だと思いますけど」と、つい言い返してしまった。

フィリップは、笑みをたたえてじっと彼女を見つめた。「その場所を魅力的にするか、その逆にするかは、出会う人によって決まるんですよ」

ありふれたセリフで、それ自体に深い意味はなかったが、彼女を見る視線に何かが感じられた。

「そうかもしれませんけど、今までにいらした町のことをお聞きしたいですわ」ハリエットは彼の目を見ないで済むように、さらにキンポウゲを摘んだ。

「そうだな……パリがいちばんよかったですね。グレゴワールのもとで勉強した二年間は、必死で頑張りましたよ。だけど」——地面に下りて岩に寄りかかった——「続きをお聞きになりたければ、パラソルを少し動かしてくれませんか。傘とあなたの顎に向かって話すだけじゃ、どうもやりにくくて」

ハリエットはパラソルを上げて一瞬フィリップを見てから、そちらに横顔を向けた。「ちゃんと聞いています」キンポウゲを摘む手が加速した。

そのあと、実はちゃんと話を聞いていないことに自分でも気づいた。フィリップは、パリの街のことよりも、そこでの仕事の話をした。ハリエットは時折頷きながら、聡明で好意的に見えるよう軽く小首をかしげた。光と色が生み出すさまざまに異なる印象や、古い絵画のアプローチからの脱却についてフィリップが話すあいだじゅう、彼女は光と色が彼自身の顔に及ぼす効果に見入っていた。話に熱中して赤らむ頰、微妙に色が変化する青い瞳、健康そうで艶やかな肌――。ずっと見続けるのははばかられるので、少しずつ観察した。その一方で、胸の温もりがハリエットの頭の中で警告を発していた。この数年間というもの、あらゆる情緒的なつながりを自ら抑制してきたのに、どうしたというのだろう。これは、ひたすら静かに生きてきたことへの埋め合わせなのだろうか。再び人を愛したら、二度目の不幸をもたらすことになってしまう。

突然、彼女の耳にハリエット伯母さんの声がはっきりと聞こえた。頭から冷や水を浴びせられたような衝撃が心に走った。「果汁がなくなったら、残るのは皮だけだよ」

ばかばかしい。伯母さんがそれを口にしたのは、もう四年近くも前だ。ただ、ロジャーの死という結末を心ならずも受け入れた自分と重なって、頭に深く刻まれた言葉だった……。

視力も聴力も失いかけた、予言めいたことをぶつぶつと呟く偏屈な老女が、ハリエットの弾む脈を抑え、たった今出会ったばかりの男性の顔に影を落とした。すべては空想だ。彼女自身がしがみついているかぎり、過去は生き続ける。もう忘れなければ。「忘れるわ」ハリエットは決意した。「過去とは縁を切って、現在と未来を生きるのよ」

フィリップは、ハリエットが名前を聞いたことのないモネの話をしていた。

「彼は、ようやくその実力を世間に認められ始めたところなんですよ」

「そうですか」ハリエットは立ち上がった。「申し訳ないんですけど、もうドワイトを連れて帰らなくてはならないんです。母親が心配するといけないので」

残念そうにフィリップも立った。「本当に？　僕が退屈させたんじゃなければいいんですが」

「いえ、そんなことはありません！」ハリエットは力を込めて言った。襟の折り返しに留めた時計に目をやる。「でも、もうすぐ五時になります。ドワイトは早めに夕食を摂るんです」

ドワイトは遥か遠くにいた。「僕が捕まえてきますよ」と言うなり、ハリエットが遠慮しようと口を開くより早く、フィリップは大股で駆けだしていった。甘やかされているドワイトが素直に従わないのではないかと心配し、揉めているところを彼に見られたくなかったのだが、意外にもドワイトは文句を言わなかった。フィリップが糸を巻きつけた凧を手に持ち、二人はハリエットのもとに戻ってきた。声が届く距離まで来たとき、フィリップが真面目な顔でドワイトに話しかけているのが耳に入った。「それは、うまくいかないと思うよ、ドワイト。大きな気球があれば別だけどね」

彼は少し屈んでドワイトの返事に耳を傾けたあと、頭を上げてハリエットのほうを見た。「ここは、凧揚げにもってこいの場所ですよね」と、期待するように訊いた。「この子と、よく来るんですか」

「ええ、時々。でも、二、三日は来られません。明日はハートフォードに行きますし、それに」――目が笑っていた――「明後日は、義姉と一緒にお宅へ行くことになるはずです。きっと今頃、義姉がお母様に、リバーハウスを訪ねてもいいか確認していると思います」

ソフィーは、いつもながらに自然な調子で会話をリードした。親しみのこもった穏やかな声で、リバーハウスのこと、彼女たちが座っている西側の部屋からの眺望、町の生活のこと、そしてなにより、息子のドワイトについて途切れなく話し続けた。スピア夫人は、太る前は美人だったに違いないと思わせる容姿をした、物腰の静かな、おとなしい女性だった。長年、夫の名声の陰で生きてきたせいではないかと、ハリエットは思った。ハシバミ色の大きな目をソフィーの顔に向け、滔々《とうとう》と喋る客の話に丁寧に耳を傾けて、ほとんどささやきに近い小声で相づちを打っている。

ハリエットの関心の半分はフィリップの母親に、あとの半分は部屋に注がれていた。その部屋は、フィリップに負けないくらい彼女の目を惹いた。壁は薄緑のシルクブロケードで覆われており、その上の小壁は壁布よりも薄いグレーがかった緑色に塗られ、黄色い花が描かれている。家具はバラ色と緑と黄色の絹張りで、マントルピースには緑のタイルがはめ込まれていた。よくある、布を掛けてごちゃごちゃと飾りつけたマントルピースとは違い、ターコイズブルーとバラ色の花瓶が一つだけ置いてある。木材の部分は、象牙色で統一されていた。間違いなく、ハリエットがこれまで見た中でいちばん美しい部屋だった。この部屋に毎日フィリップが出入りし、彼の生活の一部になっているのだと思うと、なおさら魅力的に感じられた。彼が住んでいた場所には、きっといつもこういう部屋があって、美に囲まれているのが当たり前なのだろう……。

そんなことを考えたり、自分の経験と比べたりしながら、ハリエットは玄関に男らしい足音が響くのを期待して耳を澄まし、ドアからなかなか目が離せずにいた。

初めての訪問時間としてソフィーが決めていた十五分のうち十分が経った頃、開いている西の窓の外で足音がして、フィリップの笑い声と、父親のものと思われる、よく響く太い声が聞こえてきた。

「くだらん！　みんな、ろくでもない連中ばかりだ！」と言ったところで、角を曲がってソフィーの馬車に気づいたらしかった。急に声がやんだかと思うと、フィリップが小声で何かを言い、それよりやや大きな声で父親が答えた。「時間の無駄だ……」

夫の不敬な言葉にスピア夫人はひどく顔を赤らめたが、一瞬、驚いて息をのんだソフィーがすぐに気を取り直し、話の途中だった、ドワイトがいかに頭のいい子供かを自慢するエピソードを続けて、うまくその場を取り繕った。「芸術家ですもの、仕方ないわ」ハリエットは、心の中でフィリップの父親を擁護した。

玄関のドアが開いて閉まる音がした。ハリエットは、フィリップが入ってくるまで気づかなかったように見せたくて、マントルピースの花瓶を一心に見つめた。白い畝《うね》織りのワンピースを引き立たせてくれる緑の布張りの椅子を選んでよかった、と思ったちょうどそのとき、フィリップが姿を現し、彼女は少し驚いた顔をしてそちらを振り向いた。

夫人はフィリップの背後の戸口に目をやったが、そこには誰もいなかった。母親の暗黙の問いに、フィリップが答えた。「父さんが、よろしく伝えてくれって。ええと――その――日が高いうちに、どうしてもアトリエでもう少し描きたいみたいなんだ」彼の視線がハリエットを捉えた。楽しげで親しみのこもったその目が、先日出会った件は二人の秘密だと言っているのがわかった。

「そうなの」と応えた夫人の声は、心なしか尖って聞こえた。「息子のフィリップを紹介します。こちらは、ミセス・ローデンと義理の妹さんのミス・ローデンよ」

男の人がいると自然と生き生きして、普段より可愛らしげに振る舞うソフィーは言った。「お会いできて光栄ですわ、スピアさん。あなたも画家でいらっしゃるんですよね。きっと、お父様の名声を落とさないようになさるんでしょうね？」

この質問に苛立ちを覚えたようで、フィリップの顔が無表情になった。「嗜《たしな》む程度です――でも、肖像画ではありません。お近くにお住まいなんですか。まだ、ご近所の方々のことをよく存じ上げなくて」ソフィーの近くの椅子に座り、眠そうなゆったりした笑みを浮かべてみせた。

「メイン・ストリートに住んでますの――銀行の向かいにあるレンガの家です。こちらのように眺めはよくありませんけど。なんてすてきなお宅に改装なさったんでしょう、って、お母様にお話ししていたところだったんですよ。トウィルマンさんが住んでいたのと同じ家とは思えませんわ。といっても」――大きな青い目が悲しそうに瞬いた。「どこの家にも芸術家がいるわけじゃありませんものね」

ハリエットは内心、辟易《へきえき》した。ソフィーは、ばかだ。いつだってそうだったし、これからもそうだろう……。

「実は、私にもそういう才能があるんじゃないかと、何度も考えたことがあるんです」ソフィーは熱心に話し続けていた。「それが単なる夢なのかどうか確かめるチャンスに巡り合えませんでしたけど」と、ため息をついた。「今となっては、もう知る術《すべ》もありませんわ。家族がいますし、だんだん年を取って、すっかり落ち着いてしまって……」

ソフィーが期待して言葉を切った間合いを埋める唯一の言葉を、フィリップが口にした。「そんなことはありませんよ、ローデンさん！」

感情がはっきりしないスピア夫人の目を見て、急にソフィーは、自分が実際、落ち着いた主婦であり、長居をしすぎてエチケットの限界を越えつつあることに気づいた。それで、できるだけ素早く切り替えて立ち上がった。自分はフェアヴューでも一流の弁護士の妻で、世界一素晴らしい息子の母親だ。上流階級の女性の理想像である南部美人《サザン・ベル》になる夢は叶《かな》ったのだ……。

「お会いできて楽しかったですわ、奥様」と、スピア夫人に向かって言った。

先に立ち上がっていたハリエットは、ソフィーが話しているあいだ、いたたまれなくて無意識に手に取った本を持ったままだったのを忘れていた。フィリップが近づいてきて尋ねた。「テニスンがお好きなんですか」紹介されてから、直接話しかけられたのは初めてだった。

「テニスン？」ハリエットは書名に目をやった。「ああ、ええ」

「つい最近買ったものなんです。彼の詩集の最新版で、未発表の作品も入っているんですよ。よかったら、お貸ししましょうか」

「ええ、ぜひ読みたいですわ」一度置いた本を再び手に取った。「ありがとうございます」

「どういたしまして」フィリップは、考え込むようにじっとハリエットを見つめた。まるで自分がどんな人間なのかを見定めようとしているみたいだと、ハリエットは思った。その結果が彼にとって重要な意味を持つとでもいうように。

二人は、ソフィーとスピア夫人のあとに続いて玄関へ移動した。

夫人は玄関で別れを言い、フィリップが馬車まで見送りに来た。クライドが立派な馬車を所有していたことにハリエットは感謝し、御者を務める使用人のハーブが、一家との親しい間柄をひけらかすように会話に入ってこないでくれることを祈った。きちんとブラシをかけた黒い上着と、きれいに磨かれた黒いブーツを身に着けた今日のハーブは見栄えがした。彼は長年、クライドのオフィスで掃除や使い走りをしている住み込みの老人だった。それ以外にも屋敷の芝生の手入れや馬車と馬の管理など、いろいろと役に立っていた。納屋の二階の部屋に寝泊まりし、食事はキッチンで摂るのだが、主従関係を守ろうという気はまったくなく、自分も家族の一員だと思っているのだった。

馬車の脇に立って、女性二人がフィリップの手を借りて乗るのを見届けると、自分も御者席に乗り込み、肩越しに声をかけた。「今日はもうどこにも寄らないほうがいいですよ。四時を過ぎてますからね。それに、旦那様が早く帰るって言ってました」

ハリエットが感心するほどの品格と威厳のある口調でソフィーは応えた。「ありがとう、ハーブ。このまま屋敷に向かってちょうだい」そして、フィリップのほうに身を乗り出して言った。「スピアさん、ぜひ、うちにも遊びにいらしてくださいね」

「ありがとうございます」フィリップの視線がハリエットに移った。「ミス・ローデンにテニスンの詩集をお貸ししたので、近いうちに感想をお聞きしに伺ってもいいですか」

「ええ、もちろんですわ」と、ソフィーは愛想よく答えたものの、ハリエットを振り向いて怪訝そうに眉を上げた。

二人に見つめられて、ハリエットは顔が赤らむのを感じたが、真っすぐフィリップの目を見てはっきりと言った。「お待ちしています」

馬車が出発しても、フィリップは屋敷に引き返さなかった。やがて下り坂になり、馬車用の踏み石のそばに立っている、長身でやや肩を丸めた姿と陽射しを浴びて輝くブロンドが見えなくなった。彼の姿が小さくなっても、ハリエットには、自分も彼自身も、誰をも優しくからかうようにきらめいて輝きを失わない、あの瞳が見えるような気がした。

視界からフィリップの姿が消える直前、ソフィーは後ろを振り返って、冷やかすように言った。「ハリエット、あなた、手話でも使ったの？　彼とは一分くらいしか話していなかったわよね」

フィリップとの初めての出会いにはなんとなく甘美な魅力があって、人に話したくはないのだが、彼が訪ねてきたら、どうせドワイトが前に会ったことがあるとばらして、あのときの特別な色合いは損なわれてしまう。今打ち明けなければ、なぜ言わなかったのかと、家族の中で余計な疑念を持たれることにもなりかねない。なんでもないふうを装って、彼女は言った。「それが、会ったのは初めてではないの。ドワイトの爪を取ってくれたのが、スピアさんだったのよ。そのときに、ほんの少しお話ししたの」

ソフィーは目を丸くした。「まあ、あなたったら、どうしてあのお宅を訪問するのを知ったときに言ってくれなかったの?」

「名前を知らなかったんですもの」と、嘘をついた。

「あら、そうなの」ソフィーは、フィリップが紹介されたときのことを思い出して口をすぼめた。

「でも、あなたたち二人とも何も言わなかったわね」

「言うかどうかは、私に委ねられていたのよ」ハリエットは、頭のよくない生徒を前にした教師のような口調になった。「彼は紳士的で、私が言いだすまでは口にしなかったんだわ。それに」――彼女はソフィーが口にしようとしている質問を先まわりした――「わざわざスピア夫人に説明することもないと思って、黙っていたの」

ソフィーは少しのあいだ、ハリエットの話を頭の中で反芻《はんすう》した。一応、つじつまは合っている。彼女は微笑んで背中のクッションに背を預けた。「なんと、まあ」と、静かに言った。「なんてロマンチックなんでしょう!」

「ばかばかしい!」ハリエットは苛立って言い返した。まるでハリエット・デヴィット伯母さんのような言い方だった。

第十一章

ハリエット大叔母さんは、この日記を「フィリップ・スピアへの賛辞」と銘打ってもよかったかもしれないと、スーザンはページをめくる手を止めて新しい煙草に火をつけながら思った。一八八五年というと、彼女は二十三歳だ。ところが、フィリップへの盲目的とも言える燃えるような想いが、まるで初めて恋に落ちたティーンエイジャーのような文章で綴られているのだった。「フィリップ……愛しいフィリップ……今日、絵画や本やヨーロッパの政治情勢について話したとき、彼の聡明さや知識の豊富さについていけない気がした。どうやったら、彼に追いつけるのだろう……ああ、フィリップ、あなたは本気なの？　あなたの目に浮かぶ愛情に、私は値するのかしら……」

言葉遣いを少し変えて日付を六年前に戻し、名前をフィリップからロジャーに置き換えれば、愛されることへの驚きや自己卑下まで、そっくり同じだ……大叔母さんは、昔の日記を読み返さなかったのだろうか。たぶん、ロジャーが死んだ直後は読んだだろう。彼の死後、何も記したくなかったとしても、彼について書いた文章を涙が枯れるまで読んだはずだ。彼からの手紙も読んだに違いない。だが、ロジャーの手紙は保管していなかったのだ、と思い直した。彼の死の直後に捨てたとは思えない。おそらく、フィリップと恋に落ちたあとに処分したのだろう。大叔母が厳粛な面持ちで過去と決別しようとする瞬間を思い描いた。最後にもう一度手紙に目を通し、暖炉の前にひざまずいて一通一通火にくべる姿を。日記には大げさな言葉は書かれていないが、「さようなら、ロジャー、さようなら」と呟いたかもしれない。

再び日記を読み始めたスーザンが一つだけ確かだと感じたのは、二度目の恋について綴られた文章は、前回となんら変わっていないということだった。

六月……七月……八月……日を追うにつれ、日記にはフィリップの素晴らしさと、ハリエットに対する彼の興味が深まる様子が記されていた。二人で散策をしたり、馬車で出かけて川でボートを漕いだりした。庭に腰を下ろして、彼が詩を朗読してくれることもあった。テニスン、バイロン、エリザベス・バレット・ブラウニング――。今でも庭の端に立っているカエデの木の下に二人きりで座り、フィリップが切れ長でやや吊り目の思わせぶりな目を本のページから彼女に上げる。魔法にかかったように完璧な、ゆったりとしたのどかな時間が、そこにはあった。

想いに耽《ふけ》る彼女の傍らで、フィリップが詩を読んでいた。

「沖合遥かに、堂々たる船が数隻も
丘の麓の港を目指して悠然と進んでゆく
だが、私には、あの消え去った友の手を握ることも
今や黙した友のあの声も聞くことはできない！」

ドン・ジュアンが言う。

「ああ！　女の愛よ！
それは愛しくも恐ろしくもある
愛のためには命も惜しまず
失えば人生はなんの意味もなく
ただ過去を笑うのみ」

たぶん、彼女は詩の意味を深く考えてはいなかっただろう。朗読する彼の声に気を取られて、恍惚としていたに違いない……。

フィリップが夕食に訪れることもあれば、クライドとソフィーのローデン夫妻とハリエットがスピア一家と食卓を囲むこともあった。伝記作家が喜びそうな偉大なるアサヘル・スピアの特徴が、日記に記されていた。

「フィリップのお父さんは、とても怖い。フィリップよりもさらに背が高くて、同じブロンドだけれど髪と髭に赤毛が交じっている。あの髭！　シャツの前半分をふさぐほど扇形に広がっている！　目の色はフィリップほど深いブルーではない。というより、かなり明るい色で、その目に見つめられたとき、考えていることをすべて見透かされた気がした。どうか、そうでありませんように！　客間に入っていくと、暖炉のそばに立っていたスピアさんが、あからさまに私をじろじろ見た。ひどくぶしつけな視線で、自分の好奇心が満たされさえすれば、私の気持ちなどどうでもいいみたいだった。体の大きさ、太い声、性格が相まって、その場の空気を支配していた。実際、彼の隣にいると、奥さんは取るに足らない人間に見えてしまう。誠実で優しい夫でないのは間違いないだろう。奥さんを気にかける様子はかけらもないし、芸術家についてよく聞く話や、彼が女性を見るときの目つきとか噂話を考え合わせると、奥さんは気の毒だと思う。食事のとき――食卓は素晴らしかった。白いダマスク織りのテーブルクロス、白いウェッジウッドの食器、中央に飾られた、葉っぱだけ色のあるクチナシの花。とてもシンプルで洗練されていた――スピアさんはワインを飲みすぎて、話が少し下品だった。できるだけ早く子供を産めば、大勢の『新しい女《ニュー・ウーマン》』が考えを変えるはずだと言ったり、食事中に『ちくしょう』という言葉を一回、『くそっ』を三回、口にした。ニューイングランドに清教主義《ピューリタニズム》が根づいていることに賛成できないとも言った――彼自身は中西部生まれだけれど、ご両親がロードアイランド出身だそうだ――つまり、私たちが堅物で心の狭い、くだらない規範に縛られた人間だと考えているとしか思えない。夫人が送った目配せからすると、事前に正直な意見を言わないよう口止めされたのに、妻の願いなど聞く耳を持たないと思い知らせるために、わざと不快な言動をしたのではないかという気がした。

クライドは、スピアさんをよく思っていない。食事中に見せた口元の歪みや、苛立ったときによくやる肩のすくめ方でわかった。

フィリップは、お父さんのことを本当はどう思っているのだろう。その話はしたことがない。ゆうべは、とても愛想よく、みんなに気を遣って、なんのわだかまりもないと示すように振る舞っていた。本当に申し分のない礼儀正しさだった！

ソフィーは、やっぱりばかだ。スピアさんを前にして、まるで女子高生みたいにそわそわしていた。彼はソフィーに甘い言葉をかけていたけれど、心の中ではずっと笑っていたのだ。

十時に失礼するまで、フィリップと数分でも二人きりになれたらと期待していたのに、結局、一度もチャンスがなかった。だから、私にとっては無駄な晩だったと言える。正直に言うと、彼とただの友人でいるだけではもう満足できない。彼を私だけのものにしたい。

帰るときに、玄関でスピアさんが私をまたじっと見て言った。『ミス・ローデン、君にモデルになってほしいな。しっかりした骨格もいいし、顔に決意がみなぎっている。君には、煮えきらなさがまるで感じられない』

みんなが一斉に私のほうを見て、悪い気はしなかった。でもスピアさんはごく事務的で、フィリップに向かって、私のような目つきのモデルはなかなかいないよな、と言った。

『どんな目つきですか』と、私は訊いた。

スピアさんは首を振って顎髭を撫でながら私を見つめた。『何と言えばいいのか。さっきからずっと考えていたんだが。英知とでもいうか……物事を見通して、普通の人間が見るものを超えているような。だが、そういう境地に立つには、君は若すぎるしな』

家に帰ってから鏡で顔をよく見てみた。自分では、睫毛の長いローデン家特有の黒い大きな瞳にしか思えない。スピアさんは、私の目の中に何を見たのだろうか。彼の言った言葉が気になる。フィリップのお父さんとはいえ、好きになれるかどうか自信がない。とにかく、絶対に絵のモデルにはなりたくない……」

だが、実際、アサヘル・スピアは彼女の絵を描いた。ハリエット・デヴィット伯母さんが肖像画を依頼し、その代金については死ぬまで口外しようとしなかった。元来、倹約家だったハリエット伯母さんは、金額を思い出すたびに恐ろしくなってしまったのではないかと、スーザンは結論づけた。伯母さんが死んでハリエット・ローデンがフェアヴューの屋敷を閉じた際、肖像画はそこに残し、サムナーに持ってくることはなかった。真っ暗な居間に飾られたまま、ネズミとクモしか鑑賞者がいない状態で放置されたのだ――著名画家に描いてもらった高価な肖像画なのだから、普通なら自宅に飾ったはずだ。どうしても気に入らない何かを絵に感じたということなのか。それとも、父親の作品を身近に飾るのを躊躇《ちゅうちょ》するほど、その息子のフィリップを愛したということだろうか。

しかし、それほどまでにフィリップを愛していたなら、なぜ彼と結婚しなかったのだろう。

スーザンは日記の続きを読み始めたが、ハリエットの文章から簡単に答えがわかるとは期待していなかった。

フィリップの両親との会食に続き、ハリエットは、ハリエット伯母さんから日曜にフェアヴューに来ないかという誘いを受けた。クライド、ソフィー、ハリエット、フィリップの四人が招待され、ドワイトだけは除外されていた。「小さな子供は神経に障るのだそうだ」と、ハリエットは書いていた。「ソフィーは怒ってしまい、行きたくないと言っている。でもクライドは、伯母様とフィリップを会わせるべきだと言う。それを聞いてぞくぞくした。フィリップが私と結婚するつもりだと思っているということだ。でも、フィリップからは、まだプロポーズされていない……」

一行は九時の駅馬車に乗ってサムナーを出発し、昼前にフェアヴューに着いた。伯母さんはフィリップをすっかり気に入った。振る舞った昼食は素晴らしかったし、七時の駅馬車でサムナーに帰る前に出した軽食も美味しかった。「伯母様は精いっぱいもてなしてくれた。フィリップは伯母様を好きになったようだ。あけすけな物言いも、面白いと感じたらしい。ドワイトを招待してもらえなかったソフィーは少しよそよそしかったけれど、伯母様は気づいていなかったと思う。そもそも、ソフィーに関心がなく、めったに彼女に目をやることはない。クライドがどうしてソフィーを選んだのか、理解できないのだ」

午後、ハリエットは伯母の部屋で二人だけで話をした。

「私たちが来ているので昼寝をやめるという伯母様に、一時間ほど横になるよう、みんなで勧めた。フィリップと結婚するつもりなのかと訊かれたので、『まだプロポーズされていないの』と答えたら、伯母様は『するに決まってるよ』と言った。

『やっとロジャーの件を乗り越えてくれてよかった』とも言った。『あんたの様子から、立ち直れないんじゃないかと心配していたからね』

ロジャーの話はしたくなかったのに、どういうわけか衝動に駆られて、昔、伯母様から言われた言葉のことを本人に話してみた。『果汁がなくなったら、残るのは皮だけだよ』という、あの言葉だ。

伯母様は覚えていなかった。『もし言ったのだとすれば、それはあんたが心配で、やきもきしていたからだよ。そんな言葉が心に引っ掛かっていたとは、すまなかったね。あんたには当てはまらない。まだ若くて、人生のいちばんいい時がこれから待っているんだもの。過去をくよくよ考えるのは、憂うつなもんだよ。それは未来のない年寄りに任せておきなさい。私みたいに、ほとんど目が見えなくて歩きまわるのも大変で、耳まで聞こえなくなっているお婆さんにね——ええ、今はもう事実を認めるわ——お墓に入ることしか、楽しみなんて残っちゃいない』

『あら、まだまだ長生きなさるわ』とは言ったけれど、本心ではない。伯母様の姿を目にして、こんなに年老いた人を見たことがないと思ったのだ。あの様子からは、もう長くないように思える。私がちょくちょく訪ねてくるからと励ますべきなのはわかっていたが、言えなかった。フィリップと私の件が落ち着いたら、何日かサムナーを離れてここへ来てもいいかもしれない。近頃は使用人と二人きりで、退屈な生活をしているようだ。伯母様くらいお金があれば、旅行やいろいろなことを楽しみながら、もっと違った暮らしができたはずなのに。私が相続したら、きっとそうする。（好きなだけ使えるお金を持つのがどういうものか、あまり想像できないけれど。）
伯母様は話題を変えたがらなくて、話をまたロジャーに戻した。『あの子は本当にハンサムだった。いい夫になっただろうに。あんな死に方をしたのは残念だったね。兵士らしく戦いの場で立派に戦死を遂げることさえできなかったなんて』
ロジャー！　その名前を聞くと、心がこんなにも痛い！　あの家を離れて彼の知り合いがいないサムナーで暮らすようになり、昔の無益な悲劇が私の中から消え去って、やっと自由になれたと思っていたのに、フェアヴューでは違う。私は今でも、そのことに縛られているのだ。あそこにいると、決して昔のような完全に自由な自分には戻れない気がするときがある。
伯母様はベッドに横になった。黒いショールにくるまって私を見上げる姿は、魔女のようだった。私は気が滅入ってしまって、その場を逃げ出して一階にいるフィリップのところへ行き、あの家から外の陽射しの中へ飛び出したいと心から願った。伯母様が言った。『バッファローへ行って、ロジャーの母親と顔を合わせていなくてよかったね。あんたには黙ってたけど、ずいぶん昔、偉そうに威張るタイプだという印象を受けたんだよ。もちろん、デヴィットさんの葬儀以来会ってないけれど、変わっていないと思うね。いくらカナダとアメリカで離れて暮らしていたって、結婚生活になにかと口出ししただろうよ。新婚のほとぼりが冷めたら、あんたにきつく当たったんじゃないかね。ロジャーはとても母親思いだったから、困ったことになってたかもしれない』
今さら、それがどうだと言うのだ！　そんな話をするのは、もう嫌だった。ブラインドが下り、窓が閉まっていて息が詰まりそうで、ただただ逃げ出したかった。

『下にいるあの若者はどうなの？　一人息子で、母親の言いなりじゃないんだろうね？』

スピア夫人の姿を思い浮かべて苦笑した。誰かを言いなりにさせるには、あまりにも冴えなくて、はっきりしない性格だ。『全然、そんなことはないわ』と答えた。

『そりゃあ、よかった』と、伯母様は頷いた。『それなら安心だわ。とても魅力的な人じゃないの。これまでの不幸を全部埋め合わせてくれるといいね。ただ、選んだ職業はあまり感心しないけど。若い男はカンヴァスに絵の具を塗るより、もっと有意義な仕事を見つけるべきだよ。まあ、父親が誰なのかを考えれば、なんとかやっていけるかもしれないね。父親には会ったって言ったかい？』

会った、と答え、彼が私を描きたがっていることを話した。そのあとで、しまったと思った。伯母様が妙に関心を抱いたのだ。『考えてみようじゃないの。依頼料は高いだろうけど、息子がもうすぐ婚約する相手なんだから、少しはまけてくれるだろうよ』

スピアさんの件を話してしまったのを心から後悔した。伯母様が著名画家と、しかも事もあろうにあのスピアさんと値切り交渉をするのを想像しただけで、ぞっとする！　それに私は、スピアさんに描いてもらいたくない。彼と一緒にいるだけで落ち着かないのに、何時間も目の前に座っているなんて耐えられない。

絵のことは忘れてほしいと頼み込んだけれど、伯母様は聞き入れてくれなかった。フィリップと私の関係に触れないでくれることだけは、なんとか約束してもらった。

最初から最後まで、不満が募るだけの会話だった。私は立ち上がって言った。『もうお昼寝なさったほうがいいわ、伯母様。私は下でみんなと一緒にいるから』

伯母様は枕から頭を上げて言った。『二人とも背が高くてハンサムだけど、そっくりだとは言えないんじゃないのかい？　ロジャーのほうが、物腰がスマートだった。あれはきっと、軍での鍛錬のおかげだったんだろうね』

またロジャーの話！　私を苦しめたいのだろうか。いや、そうでないのはわかっている。伯母様は枕に頭を戻して目を閉じた。あんなふうに目を閉じると、まるで棺桶に横たわっているように見える。目を閉じたまま、伯母様が尋ねた。『最近、例のニューヨークの恩知らずから連絡はあった？』

ローズの話題に触れるときは、いつも敵意を含んだばかにするような口調で話す。（どうして私にはこんなに愛情を注いでくれるのに、ローズには思いやりも優しさも示さないのだろう。）去年のクリスマスに手紙をもらったと伝えた。

『まだ結婚していないのかい？』

『ええ』

『一生しないだろうよ。どんな男だって、あの雌ギツネの本性はすぐに見抜くだろうからね。相変わらず、劇団の連中と関わってるのかい？』

『そうよ、今も衣装を縫っているわ』伯母様の質問と、哀れで不幸なローズ・ローデンへの嘲《あざけ》りに切りをつけるため、ドアに向かった。

『あの娘にはお似合いな場所だわね。犬は自分の吐いたものに帰るって、聖書にもあるじゃないか』

私はドアを開けて部屋を出た。伯母様を変えられる言葉は何もなかった」

第十二章

「一八八五年九月二十八日
今日、私は暗闇から光の中に出た。これを、どんな言葉で綴ったらいいのだろう。本当の幸せがどういうものか、これまで知らなかった。やっぱり神様はいるのだ。神様の思いやりと優しさは尽きることがない……」

「小さくて可愛い帽子だね」と、フィリップが言った。

「ボンネットよ」と、彼女は訂正した。

「そうか、ごめん。顎の下でリボンを結ぶのがボンネットで、リボンがないのは帽子って呼ぶのかと思ってた」

「もう少し、流行のファッションに気を配ったらどう？　今シーズンのボンネットは、こういうタイプなの。買ったばかりなのよ」ハリエットは、満足げな軽やかな手つきでボンネットに触れた。片方の目の上にせり出すように斜めにかぶった、ワインカラーのフェルト生地で作られた小さくて浅いボンネットは、縁の部分にいくつもの花飾りがあしらわれていた。彼女の着ているグレーのウールのワンピースによく合っている。

「なんか――おしゃれな感じがしない？」と、ハリエットはわざとらしく取り澄まして言った。つばの角度のせいで、少し頭を傾けないとフィリップの顔が見られない。

「うん、とってもおしゃれだし、よく似合ってるよ」フィリップはいつも彼女に向けてくれる優しい笑みをたたえたまなざしをハリエットに注いだ。「もっとも、君に似合わないものなんてないけどね」

「まあ、ありがとう」

メイン・ストリートを散歩する二人の距離が近くて、手袋をはめたハリエットの手が時々彼の手に触れた。親密そうな雰囲気が出すぎていたのか、反対側から歩いてきた小柄で痩せた女性から鋭い目を向けられた。

「こんにちは、ウッドブリッジさん」と、ハリエットは挨拶した。「いいお天気ですわね」

彼女の愛想も、フィリップが帽子を上げた上品さも効果はなかった。ウッドブリッジ夫人の「こんにちは」は、冷ややかだった。気取って小股でそそくさと通り過ぎ、彼らを避《よ》けるように歩道の端を歩いた。険しい黒い目ときつく結んだ唇に、付き添いもなく二人で寄り添って歩くハリエットとフィリップに対する非難の気持ちが表れている。彼女は古いしきたりを守るタイプで、これまでのマナーやモラルを薄れさせていく新時代の自由に、明らかに反対なのだった。

だが、ウッドブリッジ夫人がわざわざ批判めいた態度を取る必要はなかった。二人は自分たちのことに夢中で、彼女の様子など目に入っていなかったからだ。そのままメイン・ストリートを歩き続けて通りの反対側に渡ると、フィリップが言った。「リトル・バック・レーンを歩いて川まで行ってみよう」

小道の街路樹の緑には、所どころ赤や黄色が交じっていた。そよ風がハリエットのボンネットのヴェールを揺らす。陽射しにはまだ夏の暖かさがわずかに残っていたが、日陰に入ると空気がひんやりとして秋を感じさせた。

ハリエットはアキノキリンソウを一本摘んで、フィリップに言った。「この花、枯れかけてるわ。素晴らしかったこの夏も、もう終わりなのね」

彼女の悲しそうな口調に、フィリップは微笑みを返した。「カレンダーを見ればわかるし、訊いてくれたら、僕だってそう教えてあげたさ。でも、だからどうだって言うんだい？　僕らの前には、秋も冬も春も待ってるんだよ」

「夏が終わるのは嫌だわ。この夏を手放したくないの！」ハリエットは声を震わせた。「この夏、私はずっと本当に幸せだったんですもの」

「ハリエット……」フィリップは足を止めて彼女を見た。「ほら、僕らの野原と岩に着いたよ。君に話したいことがあるんだ」

野原に足を踏み入れ、初めて会った日にドワイトが凧を揚げるのを二人で並んで見守った岩まで行くあいだ、ハリエットはフィリップと目を合わせないようにした。彼女は、張りつめた興奮に包まれていた。あんな言い方をして厚かましく感情をぶつけるなんて、どうしてしまったのだろう。彼に何て思われたかしら。暗い未来と悲しみが待っているような気がして気持ちが高まり、つい言葉が口をついて出てしまったのだ。

岩に座っても、まだ目を見ることができなかった。クルミの木立を見つめ、フィリップの言葉を待った。

「ハリエット、君の横顔はきれいだけど、今日は目を見て話したいんだ」言葉はさりげなかったが、口調に緊張が感じられた。

ハリエットは顔をフィリップに向けた。彼は思いつめたまなざしでこちらを見つめていた。瞳孔が開き、瞳がいつもより黒く見えることに気づいた。ハリエットは、目に映る彼の容貌に意識を集中させた。ややざらついた剃り跡、短く刈ったもみあげの金色の毛、右の頬骨のところにある小さな茶色のほくろ——茶色——ブラウン。そこから浮かんだ連想を、慌てて頭の中から振り払った。

フィリップは、いつもの落ち着きを失っていた。声に緊張と興奮がにじんでいる。「ハリエット、さっき君が言ってたことだけど……この夏については、僕もある意味、同じ気持ちだ。ただ僕は、事を急ぎすぎて君に断られるのが怖くて、時間を稼いでいたんだ。君に初めて会った日から、僕の気持ちは決まっていた。でも……」いったん言葉を切ってから、再び続けた。「本当は、ずっと言いたかったんだ。出会ったその日からずっと……」

両手をせわしなく動かす。「くそっ、うまく言えないや！ 僕が言いたいのは、君を心から愛しているってことだ。君なしでは、どうしていいかわからない。だから、僕と結婚して残りの人生を一緒に歩んでほしいんだ！」そして、急に声を落とした。「お願いだ、ハリエット、『イエス』と言ってくれ」

再び、ハリエットの口をついて言葉が出た。「男の人って、どうしてそんなに物事が見えないのかしら。私が『ノー』と言うわけがないじゃないの！」

だが、抱き締めようとしたフィリップには「ノー」と言った。「こんなところでキスはだめよ！やめて、フィリップ！ 誰かに見られたら、どうするの？」

それでもフィリップは、彼女の頭から肩にかけてキスをしていた。ハリエットはこの瞬間に溺れ、永遠に身をうずめたいと思った。

その想いを手放したのは、愚かにもボンネットのせいだった。彼女は頭を離し、抱き寄せるフィリップの腕から逃れた。「フィリップ、ボンネットが」と、ハリエットは喘ぎながら言った。「曲がってしまってるわ！」

自信を取り戻した彼は、笑いながら彼女を放した。

ハリエットはボンネットを直し、髪を整えて、辺りを探るような目で見まわした。

周囲には誰もいなかった。誰にも見られてはいない。

高鳴る胸の鼓動を意識しながら、フィリップを見た。彼はハリエットの手を取って手の中から一本ずつ指に唇を這わせ、手を返して手のひらに口づけをした。「ボンネットはもう大丈夫だよ。曲げてしまってごめんね！」と言って身を乗り出すと、目に笑みをたたえながら、今度は注意深く優しいキスをした。

ハリエットは握られた手をそのままにしていた。ふわふわした気分で言う。「こんな気持ちは初めてよ。私――私、本当に幸せだわ」

フィリップは彼女の手や手首に口づけし続け、彼の唇の温もりが神経を心地よく撫でさすった。やがて彼は頭を上げ、眉間に小さく皺を寄せてハリエットを見た。「でも、君は前にも恋をしたことがあるんだよね――婚約者が死んだって聞いた」

「ええ」ハリエットはフィリップから目を逸らさなかった。顔を背けて表情を隠すのは、プライドが許さなかったのだ。

「ロジャーっていうんだよね？　僕に尋ねる権利がないのはわかってるんだけど」――フィリップは

悲しげな微笑みを浮かべた――「ただ――ちょっと気になって」

「いいの、かまわないわ。彼の名前はロジャー・デヴィット。ハリエット伯母様の義理の甥だったの」ロジャーの名を、誰が教えたのだろう？……ほかに何を聞いたのかしら……おかしいんじゃないかと噂されているとソフィーに言われた、長期間の喪服姿のこと？……激しいまでの悲しみに苦しんだこと？　陰でささやかれていたかもしれない不快な言葉が頭をよぎった。「彼女の取り乱し方は尋常じゃない……。物笑いの種だ……。あの反応は、まるで何年も連れ添った夫を亡くした未亡人のものだ……。あの二人のあいだには、きっと何かあったに違いない……」

だが、フィリップがどんなことを耳にしたのだとしても、それでも彼は自分と結婚したいと思ってくれている。ハリエットはフィリップの手を握った。「あなたに、ロジャーのことを話すわ」

「そんなの、どうでもいいんだ」彼は安心させるような心強い笑みを見せた。「もう終わった過去の話だ」

ハリエットは首を振った。視線をフィリップから野原に移す。フィリップは、ロジャーのことはどうでもいいと言ったが、それは嘘だ。プロポーズの直後に、その質問が口をついて出たのだから。彼の顔に視線を戻した。ほっそりした面長の顔は真剣な表情で彼女の言葉に集中しているようだが、何を考えているかまではわからない。

あらゆることは、それだけで成り立ってはいないのだと思い、ハリエットはため息をついた。彼女に訪れたこの恋愛も、ほかのどんな出来事や瞬間も、過去に起きたことや、これから起きることと関連づけて考えなければ存在し得ないのだ。人生は、最初は平らなところから始まり、さまざまな出来事によって山や谷の曲線が生まれるが、その線は途切れることなく、一本の線となって続いていく……。

ハリエットは思いきって言った。「この場でロジャーの話をして終わりにしたいの。そして、今後は二度と――」

フィリップが言葉を遮るように彼女を抱き寄せた。「もういい。つい嫉妬した僕がばかだった。君にプロポーズをするのにあまりにも緊張したものだから、彼はどうやって成功させたんだろうと考えてしまったんだ。僕よりうまかったんじゃないかと思ったら、自己嫌悪に陥ってね。もう忘れたよ。きっと君は、ほかにも僕の知らない何人もの男から求婚されただろう。だって、こんなにきれいなんだから――本当に君は美しい」彼女の顔を優しく上げてキスしようとしたフィリップの瞳は、明るく澄んでいた。

ハリエットはその手を逃れた。「お願い、話させて。サムナーの何人もの人からロジャーのことを聞いたでしょうけど、私自身の言葉で伝えたいの」

フィリップの顔が、急に怒りで赤くなった。「今、この瞬間を、ほかの男に邪魔されたくないんだ!」だが、ハリエットの顔に嘆きの色を見て取ると、語気を和らげて「わかったよ。じゃあ、ここでその話を終わらせよう」と言い、前方に広がるクルミの木立に目を向けた。

ハリエットは深呼吸をして、話し始めた。「当時、私はまだ若くて、男友達は少なかったし、誰とも恋をしたことがなかったの。彼はハンサムで、軍服がそれを引き立てていた。たぶん、ひと目惚れだったのね……」いったん口をつぐんで言葉を選んだ。「あの場面にいたら、どんな女の子もそうなったと思うわ」

フィリップの顎が大きく動いた。ハリエットがその顎を見つめていると、彼が声を上げた。「そいつを愛したことを謝らなくたっていい！　ごく自然なことだったんだろうからね。君の話からすると、さぞ立派な男だったんだろうな」

　彼は嫉妬している。嫉妬以外の何物でもない。彼を悩ませているのは、ロジャーが死んだあとの彼女の振る舞いではなく、ロジャーを愛したという事実そのものなのだ。

　ハリエットはフィリップに手を伸ばした。それを両手で挟みながらも、すねた子供のように真っすぐ前方に目をやったままのフィリップに母親のような愛情を覚え、慰める言葉を探した。

「ええ、そうね」と同意したハリエットの心に、過去にさんざん苛まれた苦悶がよみがえってきた。「ロジャー、あぁロジャー、私、ユダの気分だわ」記憶の中で見る鷹のような死者の横顔は、昔よりも鮮明だった。琥珀色の瞳は冷淡なまなざしをじっとハリエットに注いでいる……。

　と、急に、ハリエットは冷静になった。たとえ「裏切り者」というロジャーの言葉が聞こえても、それは空想の世界でしかない。彼女が愛しているのはフィリップなのだ。

　黙り込んでいる彼女を、フィリップが怪訝そうに横目で見た。ハリエットは感情のこもらない声でゆっくりと言った。「そうしたら、たまたま、とてもいい人だったの。初恋っていうのは盲目なのよ、フィリップ。相手があのルックスと雄々しい雰囲気を持ったろくでなしだったとしても、私は心を奪われたと思うわ。彼と出会って六年以上経った今ならわかる」

　単調な口調で、婚約、ロジャーの西部への出立、文通、結婚式の準備、彼の死について、すべて話した。

　自分が経験した悲しみに触れたときには、さすがに声がうわずった。「世界が終わったかと思ったわ。私も一緒に死にたかった。ハリエット伯母様は高齢で、兄たちとは疎遠だったから頼れる人がいなかったの。苦悩の中に溺れている感覚だった」当時の恐怖を思い出し、フィリップに握られている手と膝に乗せている手の両方を固く握り締めた。「ずっと黒い服を着続けて、人と会わないようにして、悲しみだけをまとって引きこもったの」――よみがえった屈辱感と恥ずかしさで顔が熱くなった――「ソフィーから、私がみんなの笑い種になっているって言われたわ。だから、それからは自分を変えて立ち直り始めたのよ」

フィリップが首を回して正面から彼女を見た。「その立ち直りのことだけど。それはもう完了したのかい？」

「ええ、もちろんよ」ハリエットは自信を持って答えた。フィリップの目の奥には、まだ疑念や疑問があるようだったので、彼女はさらに言った。「だってフィリップ、彼が死んでもう四年、最後に会った日からは六年以上になるのよ。今ではほとんど顔も思い出せない。ほかのことは、なおさらそう――笑い方、歩き方、話し方、彼の表情や物腰のちょっとした癖――そういうものはすっかり忘れてしまったわ。もし今、目の前に現れたとしても気づかないと思う」

フィリップは、ハリエットの言葉を信じてくれた。過去と現在は別なのだと。彼の腕の中で口づけに応えながら、彼女もそう信じた。

第十三章

「一八八五年十月二十日
もしも私に任せてくれていたなら、まだ言わなかったのに。どうして、こんな気持ちになるのだろう。婚約が周囲に知られたことが、なぜこれほどまで嫌なのか自分でもわからない。フィリップと私しか知らないうちは、二人の幸せに不安は一切なかった。それなのに今、私の心は得体の知れない恐怖に支配されている。

スピアさんは、いつも私を観察している。気のせいではない――本当なのだ。（絵のモデルが終了して、ほっとした。ここ数週間、あの目に見つめられ続けてうんざりだった！）彼は、私たちの婚約を喜んでいない。フィリップなら、何年も前にもっと素晴らしい縁に巡り合えたはずだと思っているのかもしれない。それとも、ほかに理由があるのだろうか。

一つだけ確かなのは、フィリップは、私ほど彼を愛する女性に出会わないということだ！

『出会わない』は、おかしい。『出会わなかった』と書くべきだ。婚約したからには、これから先、彼が妻を探す必要などないのだから……」

ソフィーは大騒ぎだった。クライドは婚約を承諾してくれ（すでに成人していて、その気になればクライドの承諾がなくても結婚できるので、単に形式的な作業にすぎないと、ハリエットは思った。)、彼女の幸せを祈って軽く額にキスをしただけだった。だが、ソフィーはハリエットの周りをそわそわと歩きまわり、今の気持ちを訊き出そうとやっきになって質問攻めにし、彼女の口が重たいことを大げさに嘆き、しまいには自分とクライドが婚約したときの思い出話をし始めた。急いで両親に報告しに帰ったフィリップがその場にいなくてよかったと、ハリエットは胸を撫で下ろした。

その日の午後、フィリップとリトル・バック・レーンを歩きながら、生きている実感をこれほど味わったのは初めてだと思った。全身全霊で今日という日を、この時間を楽しんでいる自分がいる。記憶に大切にとどめて、絶対に忘れないようにしよう。これが本当の幸せなのだ。愛する人に手を委ねて、風の吹く午後の田舎道をそぞろ歩き、充実した大事な一瞬一瞬を共有する。

こういう方法でしか幸せにはなれないのだと、以前、彼女は思っていた。それが唯一、自分の前に開かれた幸福への狭き道なのだ、と。だが、その道を進んだ結果、彼女が足を踏み入れたのはロジャーとの結婚という新しい世界ではなく、彼を失った暗黒と絶望だった。大きすぎる苦しみとむなしさに閉じ込められてしまったように思えた。でも今、きらめくような素晴らしい午後が、長く暗いトンネルの終わりを告げる明るい光のように彼女を待っていてくれた。歓喜に満ちた、求めていたものすべてが詰まった午後が。

「飛び跳ねて走りまわって、叫びたい気分よ」ハリエットは笑いながらフィリップに言った。

「だったら走ろう」フィリップは元気いっぱいに彼女の手を引っ張った。

いつもの野原まで走ると、彼がハリエットを勢いよく草の上に押し出したが、もう走るのは限界だった。息を切らして笑い声を上げながらフィリップにもたれかかる。髪が乱れ、黒い瞳は喜びで輝いていた。「とっても――楽し――かった」と、喘ぎ喘ぎ言った。「なんて楽しいの」

　運動をして顔が紅潮し、前髪が目の上に落ちていても、フィリップの呼吸は楽そうだった。シルクハットを片手に持ち、もう一方の手でハリエットを支えた。「だらしないな」と冷やかす。「あんなのなんでもないさ！　息が整ったら、あそこまで走るよ」――遠くの丘陵を指し示した――「いちばん高い丘の上に登って転げ落ちるんだ。子供のとき、楽しかっただろう？」

「やったことないわ」

「なんだって！　そいつは、残念なことをしたね！」フィリップは首を振った。「君は、肝心なことを経験していない」

　ハリエットは体を離し、首元に大きくまとめたシニョンを整え始めた。「今日は嫌よ！」と、陽気に断った。

「いや、行こう。いちばん上まで行って転がるんだ――どんどん勢いがついていって――麓まで落ちたら……」美しい胸のラインの上でボディスの紐を締め直しているハリエットの腕と手の動きを追う目に、燃えるような光が宿った。「そうしたら」彼はゆっくりと繰り返した。「今度は僕のキスで息をつけなくしてあげる。誰もいない静かな草地で君をずっと抱き締めて、絶対に離さない……」

　木立の周囲に生えるまだ青々とした長い草の中に、クルミの実が落ちていた。一緒に何個か拾うと、フィリップはハンカチに包んでハリエットの腕を抱えた。

　しばらくして、いつもの岩に落ち着いて座り、クルミを割って食べてみたが、まだ二、三カ月早いというのがフィリップの感想だった。

　彼はハリエットの手を取った。「指輪が必要だよね。パールはどうかな。とても美しい宝石だと思うんだ。ダイヤは、どうもけばけばしくて好きじゃない」彼女の瞼《まぶた》が震え、口元が引き締まったのを見て、慌てて続けた。「あ、ごめん！　もしかして、前のときって――ダイヤモンドだったのかい？」

ハリエットは頷いた。「でも、失くしてしまったの――何年も前に。私、パールがいいわ」

「じゃあ、そうしよう」フィリップは彼女の手を持ち上げてキスをした。「君にぴったりだよ。慎み深さの中に美しさがあって、どこか神秘的で……。父さんが君を描いていたとき、その神秘の本質がどうしてもわからなかったと言ってた」一瞬、言葉をのんでから続けた。「父さん、納得していないんだ」

フィリップは再び口を閉ざし、夕食後に父のアサヘル・スピアと客間で二人きりになったときのことを思い出していた。西の窓の前に立って川を眺めていた父が振り向き、フィリップをまじまじと見た。

「いい選択をしたのだといいな」と、彼は言った。

フィリップは、父の口調に懐疑的な空気を感じ取った。「父さんは、違うと思ってるの？　彼女を選んだのが間違いだって言いたいのかい？」

「まあ、かっかするな。そうは言ってないさ。ただ」――もどかしそうに顎髭を引っ張った――「あの娘の目には何かがある――それをカンヴァスに描ききりたかったんだが！――腹立たしくてならん」言い返そうとした息子を、手を振って制した。「彼女が前に婚約していて、その相手が死んだのは知っている。しかし、そういう経験をした女性は大勢いるんだ！　たいていは立ち直って、別の男と床を温めるようになるものだ。永遠の愛にすがるなど、考えられん！」

アサヘルは急に口をつぐみ、髭をまた引っ張って困惑顔になった。「ひょっとすると、彼女の中で本来のバランスが取れていないのかもしれん。前の恋愛――あるいは別の何かのせいで、ほかの人間のような正常な精神の安定から少々足を踏み外したのかもな」と言ってから肩をすくめた。「それが何なのかはわからん。だが、大きくて美しいという点に惑わされずに彼女の目をしっかり見れば、そこに何かが潜んでいることはわかる。この数週間というもの、私はずっとあの目を見つめてきた。しかし、それを絵の中に再現することができんのだ……」

二人は部屋を挟んで立っていた。リラックスしているときには屈めぎみのフィリップの背中が伸び、体を硬くして父親を凝視した。マントルピースに寄りかかるアサヘルのほうは、突き出た腹の前で皺になった上着がはだけ、顎髭の先端が引っ張ったとおりに尖って、その目は真っすぐ息子に向けられていた。普段の無頓着さが消え、不安げな表情だ。

「父さんは彼女のことが好きじゃないんだね」と、フィリップがよそよそしく言った。

「ばかな。いつ、そんなことを言った」アサヘルは大声で返した。

「だけど……」

アサヘルは髭に指を戻し、静かに言った。「私がとやかく言うことじゃないな。彼女と生きていくのは、私じゃなくてお前だ。私は、心からお前の幸せを願っている。わかるだろう。ただ、お前に作り笑いをして嘘をつくのは耐えられん。本心を言えば、お前の婚約者を好きかどうかわからない――それだけだ」

このときのことを思い出し、父を悩ませる原因は何なのだろうと、フィリップはおのずとハリエットの目をまじまじと見つめた。詮索するフィリップのまなざしの前で、彼女の大きくて黒い瞳はことのほか美しく、幸せそうに輝いていた。どんなに懸命に探ってみても、隠し事や、情緒のバランスの不安定さは見て取れなかった。むしろ毅然として誇り高く、優柔不断さは微塵も感じられない。

父の言ったことはばかげた妄想だ、と苛立ちを覚えながらフィリップは結論づけた。ずっと仲がよかった父子のあいだにハリエットが割って入り、彼らの関係が変化することに対する父のジレンマの表れに違いない。相手が誰であろうと、同じことなのだ……。

父親の判断を尊重していたフィリップは、知らず知らずのうちに緊張していたようで、自分なりに明快な説明がついて体から力が抜けた。

ハリエットの前にひざまずき、彼女の膝に手を置いた。そこには償いの気持ちがこもっていた。

「ねえ、ハリエット、僕の気持ちがわかるかい？　君のいない人生なんて考えられない。僕の未来は君の手の中にあるんだ」

ハリエットはフィリップの髪を撫でた。「責任重大ね」と、息をついた。「この場所――これからも私は……」

「ああ、わかってるよ」

夕食の席を囲んだ二人は、生き生きとしていた。ソフィーは家事に興味がないが、料理の腕はそれほど悪くないとハリエットは内心認めた。最近キッチンで働いている女の子は、これまでいちばん優秀で、普段のローデン家の食卓では見ないような見事な盛りつけで食事を提供した。ソフィーは遅咲きの菊を摘んで食卓を飾り、嫁入り道具の食器を使っていた。自宅に客を招く際のソフィーのもてなしは申し分がない。長いあいだ嫌っていた思いを忘れて、ハリエットは感謝した。

アサヘルに対するクライドの非難めいた言動さえ、二杯目のワインを飲んだあとはいくらか和らいだ。いつもは血が通っていないのかと思うほど白くて冷たく見える肌に、ほんのり赤みが差した。有名人の客とのあいだに馬という共通の興味を発見し、二人は食事中ずっとその話をしていた。あまり似合うとは思えない凝ったサテンのグレーの服を着たスピア夫人は、聞き上手なソフィーのおかげでいつになく口数が多く、外国の料理法について盛んに喋っている。

それでもハリエットは、フィリップの両親が自分を観察しているように思えてならなかった。いつ見ても、二人は目の端で彼女を捉え、断定するとまではいかないまでも査定しているような気がした。仕方ないわ、とハリエットは自分に言い聞かせた。良縁を得たのはフィリップではなく自分のほうなのだ。アサヘル・スピアの息子で、さまざまな国に行き、世の中のことがよくわかっている洗練された若者のフィリップに対し、自分はただの小さな町の田舎娘で、あえて強みを挙げるとすれば、ハリエット・デヴィットの遺産――総額いくらなのかわからないが――を相続する見込みが高いということくらいだ。さしあたって彼らが結婚に表立って反対していないだけでも充分ではないか。「少しずつ気に入ってもらえるわ」と、ハリエットは覚悟を決めた。「私が誠意をもって接したら、きっとそうなるはずよ」

彼女は心を決めて、アサヘルと夫人に微笑みかけた。

乾杯をしようと言いだしたのは、ほかならぬアサヘルだった。「ハリエットとフィリップ……君らの健康と幸福を祈念して」ハリエットに笑みを向けてはいるが、掲げたグラスの向こうから彼女を見つめるまなざしは決して緩んではいなかった。微笑んでいる顔は彼女を家族に迎え入れたようでいながらも、心から歓迎していいものか迷っていることを、その目が物語っていた。

夕食後の客間で、ハリエットとフィリップはほかの人たちから少し離れ、ダマスク織りのソファーに座っていた。暖炉の火と、センターテーブルに置かれた花模様があしらわれた磁器のランプの明かりで、室内は暖かな雰囲気だった。ハリエットの中から徐々に緊張感が薄れていき、果たして緊張する必要があるのかしらと疑問に思うまでになっていた。午後の散策でも夕食の時間にも、憂うつにする材料は一切なかった。ロジャーのことを思い出して現在の幸福について不安になってしまい、それを守りたい気持ちが強くなりすぎていたのだ。ありもしない障害を自分ででっち上げて、悪いことを想像していただけかもしれない。こんなふうに考えるのをやめなくては……。

ハリエットはフィリップに微笑みを向け、手を握った。

そろそろ寝る時間になったドワイトを連れてソフィーが部屋に入ってきた。黒い目と細長い顔は父親似だが、表情にはソフィー譲りの快活さが宿っている。白いシャツと紺のズボンに青い蝶ネクタイという姿だった。夫人にきちんとお辞儀をして、アサヘルと握手をした。大好きなフィリップに「こんばんは」と言い、かしこまった挨拶の代わりにこっそりウインクをした。

ソフィーはドワイトに触れるきっかけにネクタイを直し、肩に手を置いて、二月には六歳になって、来年から小学校に行くのだとスピア夫人に告げた。「もう読む勉強をしているんですよ」と、恥ずかしげもなく自慢そうに言った。「暗唱できるものが、たくさんあるんです」ドワイトの肩を優しく押す。「ドワイト、スピアさんたちにどれか聞かせてさしあげたら？」

「いやだよ」と、ドワイトは遠慮がちに首を振った。

「ママのためにお願い」

クライドが暖炉脇の椅子から声をかけた。「ママの言うとおりにしなさい」

ドワイトは一瞬、反抗的な表情を浮かべたが、厳しく引き締まった父の口元を見て諦めたようだった。「パパ、なにをやればいい？」

「バンカーヒルでのウォレン将軍の演説はどうだ?」

「はい」

一同は耳を澄ました。退屈そうな顔だったのは、アサヘルとドワイト自身だけだった。

「立ち上がれ、勇者たちよ
諦めて捕虜となるのか?
隠居して家に帰るのか?
背後には、戦火が燃えているのだ……」

ドワイトは、ビロードの玉が垂れ下がった深紅の布の掛かった白いマントルピースを背に立っていた。背筋をしっかり伸ばし、劇的な抑揚はなしに淡々と暗唱した。「谷を越えて迫りくる敵に怖気づくのか?」

記憶の中でわざわざ脚色を加える理由もない、ほんの些細な一場面だったが、この瞬間を忘れることはないだろうと、ハリエットは思った。部屋の真ん中に立つドワイトが意味もわからずに暗唱する甲高い声が響き、ソフィーは息子の肩に手を置いたまま愛情に満ちた笑みをたたえている。クライドは暖炉の向こうの暗がりに座り、アサヘル・スピアは顎が胸につくほど椅子に沈み込んでおり、暖炉の火がその髪と顎髭を赤く照らしている。スピア夫人はドワイトの近くにいてそちらに目を向けているので、ハリエットからは横顔しか見えない。隣にいるフィリップも横顔しか見えなかったが、切れ長の目が愉快そうにきらめいているのは、見なくてもわかった。ここにいる人たちの人生にとって、なんということのない瞬間だった。暖炉とランプの明かりの中で幼い子供の暗唱に耳を傾け、終わってその子が子供の世界に帰り、自分たちも大人の世界に戻るのを待っている――それなのに、ハリエットはこの出来事を忘れないだろうと感じたのだった。どうでもいい細かなところまで、きっと覚えているだろう。

翌日のことも、彼女の記憶に深く刻まれた。当時、連続して少しずつ積み重なっていた小さな出来事の一つがあったからだ。のちに何度も思い返しては、失った幸せを悔やみ、苦悩に苛まれることになったのだった。

翌日、フィリップとスピア夫人とハリエットの三人はフェアヴューに出向いた。朝の駅馬車には、農夫とカトリックの司祭と学生が同乗した。青空の美しい日で、目の前に広がる色とりどりの景色は、遥か向こうで紫色に溶け込んでいた。

町が見えてきて、農地を抜け、踏切を越えて商店街に入った。

三人は貸馬車屋で駅馬車を降り、経営者のメイが彼らをハリエット伯母さんの家まで運ぶ馬を馬車につないでいるあいだ、ハリエットは貸馬車屋のドアの前に立って、どうして昔からずっと同じなのだろうと思いながら町を見渡した。自分の境遇がどれほど変わってきたかを考えると、町がこんなに変化しないことにいつも軽い驚きを覚えた。彼女にとって重要な生活環境なのだから、違っていていいはずなのに。自分とともに変わっていてもおかしくはないのだ。

ハリエット伯母さんの屋敷は、変化とは無縁だった。杭垣に囲われた白い家は、永遠にハリエットが初めて見たときと同じ外観をしているのではないかという気がする。客間には馬巣《ばす》織りの肘掛け椅子が鎮座し、ダイニングにはクルミ材の家具が所狭しと並び、キッチンではぴかぴかに磨かれたマッ材のテーブルや椅子が使われ続けるのだろう。コートと上着を置きに寝室へ上がると、部屋は女学生のハリエットがいた頃のままだった。昔はすてきだと思っていたけれど今見ると趣味が悪い、蝶の形をした針山まで以前と同じく鏡台の真ん中に置いてあった。

ハリエットは帽子ピンを針山に刺すと、肩をすくめて微笑んだ。窓辺へ行き、ラウンドロープを眺めながら、数年前あの丘へ登ったときのことや、頂上でロジャーが自分を見たときの視線を思い出した。彼女の顔に、不機嫌さと悲しみの両方の表情が浮かんだ。小さくため息をついて、急いで窓から離れた。

一階には、昔からの家具に一つだけ新たに足されたものがあった。居間の暖炉の上に、アサヘル・スピアの描いたハリエットの半身画が掛けられていたのだ。分厚い金縁で額装されたその絵が飾られているのを目にするのは初めてだった。

「気に入ったかい?」絵のモデルが部屋に入ってくると、伯母さんがフィリップに訊いた。

「とても」控えめなその口調から、あまり気に入っていないのだとハリエットは察した。絵を挟んだ暖炉の向こう側で杖に体を預けて立ち、白く曇ってよく見えない目で見上げているハリエット伯母さんに視線を移した。大金をはたいたであろうこの肖像画が、伯母さんにはどのくらいちゃんと見えているのだろうか。か細くて弱々しく、まるで早々と腐乱が始まったのではないかと思うほど萎《しな》びてしまった老女をあらためて見つめる。八十代半ばになって死が間近に迫っていてもなお、ハリエットの肖像画のことを気にかけ、自慢に思っている。今は、飾った場所が最適かどうかフィリップに尋ねていた。

その答えは聞かなかった。そもそもハリエットは、肖像画を描いてほしくなかったのだ。絵のモデルになれば、アサヘル・スピアの探るような視線にさらされて何時間も座っていなければならないからだった。あくまでも肖像画にこだわったのは、伯母さんだった。なぜ、そんなに肖像画が欲しかったのだろう。ハリエットは反感を覚えながら首をかしげた。人生の終わりが近づき、行動範囲だって、この屋敷の中に限られているというのに。

だが、絵がそこにあるのは厳然たる事実だ。伯母さんが死んで、彼女がフィリップと結婚したら、この絵は彼女の家の中心に据えられることになるに違いない。一生、壁からあの目が自分を見つめ続けるのだ……。

気の利かないことに、肖像画の近くにロジャーの写真が飾られたままになっていて、くっきりした口元に微笑みをたたえたハンサムな顔が彼らを見ていた。気が利かなかったというより、伯母さんの目がよく見えないせいだったのかもしれない。部屋に何枚も飾られている写真の一部になっていて気がつかなかったのだろう。

それは、陸軍士官学校を卒業したときに撮られた写真だった。制服を着たロジャーは若く、誇らしげだが、撮影されるからといって真面目くさった顔はせずに、自然な笑みを浮かべていた。背筋を伸ばし、行く手に待つ戦いを前に、栄光と称賛を勝ち取る自信に満ちた若き兵士の顔だった。

食事の席で、ハリエットはフィリップをしげしげと見てロジャーと比較した。長くて平たい顔、長い鼻、やや吊り上がった目、くせ毛の髪の生え際といった特徴が相まってできた顔立ちは、個性的だが決してハンサムとは言えなかった。でも……フィリップが彼女の視線に気づいてゆったりと微笑むと、ハリエットの心に愛情が湧き上がってきた。「彼は、この世で誰よりも愛しい人だわ！　ああ、フィリップ、私はあなたを愛してる！」

テーブルの先端の席で、ベルがあるのを無視して伯母さんが杖で床を叩き、家政婦を呼んで片付けを指示してから訊いた。「それで、あんたたちは、いつ結婚するつもりなの？」

「近々です」と、フィリップはきっぱり答えた。「できるだけ早くしようと思います。ハリエットが日時を決めてくれるのを待っているところなんです——僕は待ちきれないくらいなんですけどね」

「そのとおり」伯母さんは大きく頷いた。「デヴィットさんと私は婚約して三カ月で結婚したんだよ。彼がさっさと進めてね。そのほうがいい。こういうことはぐずぐずしてちゃだめ！」と言ってハリエットに顔を向けた。「秋のうちに結婚式を挙げたらどう？」

ハリエットは笑いながら反論した。「でも伯母様、まだ婚約したばかりなのよ！　家も探さなくてはいけないし、嫁入り支度だってあるし、間に合いっこないわ」

伯母さんからスピア夫人に視線を移した瞬間、夫人の顔に一瞬だが確かに安堵の表情がよぎった。私に対する悪意なの？　しばらく嫁に迎えずに済むのを喜んでるの？　それとも単にフィリップがすぐには出ていかないことを喜んでいるの？

ハリエットの口元が硬くなった。「私は、四月を考えてるの」

今度ばかりは、伯母さんの気の利かなさが顕著になった。「婚約期間なら嫌というほど堪能しただろうに」と、ぶっきらぼうに言ったのだ。

ハリエットは、全員が黙り込んでぎこちなくなった空気を破るように口を開いた。「あのときほど長くないわ」再びスピア夫人に目をやったが、どう思っているかはわからなかった。夫人は静かに呟いた。「あなたたちの好きなようにすればいいわ」

「クリスマスだ」フィリップが断言した。「遅くてもクリスマスには結婚しよう」

「そうね」ハリエットは、スピア夫人を見たまま言った。「そうね……」

第十四章

「一八八五年十一月十日
どうしたらいいかわからない。ああ、ロジャー、ああ、フィリップ！　神様、助けてください！　混乱しているけれど、ちゃんと考えなければ。しっかり考えるの！　私の幸せを守るためには、これまでにないほど、きちんと考えて計画を練らなくては……」

一張羅のブロード生地のスーツにビーバーハットをかぶり、完璧に磨き上げた靴を履いて、雪のように真っ白なシャツを上着から覗かせたクライド・ローデンは、クリスチャンの紳士らしく安息日の礼拝を見守っていた。夏はビーバーの毛皮でできた帽子をシルクハットに替え、冬はこの盛装の上にコートを着る。どんな季節であろうと、日曜の朝は必ず妻とハリエットとドワイトを連れて組合教会の家族席に陣取り、夕方の礼拝には参加しなかった。説教のあいだは牧師から目を逸らさず、賛美歌は調子の外れた嗄《しゃが》れ声でそっと口ずさんだ。信仰は、自分の心の中にだけ収めておけばいいのだ。

十一月の曇った日曜日、ローデン一家はいつものように教会へ出かけた。ソフィーはシールスキンのドルマンの下に、雨が降りそうな空模様なので、二番目に上等なフラールシルクの服を選んでいた。その日、あとでフィリップが訪ねてくることになっていたハリエットは、雲の垂れ込めた空をよそに、下ろし立てのブルーのシルクのドレスの上に、毛皮の裏地がついたマントを羽織っていた。

底冷えのする日で、意地悪な風は、強くはないが肌に突き刺さった。だが、兄夫婦の後ろをドワイトと歩くハリエットは、そんな天気も気にならなかった。幸せな気分で、フィリップのことを考えていたのだった。

その朝の牧師は、近頃の風潮に不満そうだった。説教壇に立ち、ダンス、特にワルツを踊るのには反対だと強く主張した。古き良き規範は、今や破られつつある。その元凶である新しい自由の中に、美徳と価値は見いだせない――。彼は長々と熱弁を振るった。

ハリエットは、牧師の禿げた頭頂部をぼんやり見上げた。フィリップがこの場にいてくれればいいのに、と思った。そうすれば、別の列に座っている彼のブロンドの頭を見ていられるのに。だが、たとえフィリップが教会に行くとしても、それは聖ルカ聖公会だ。結婚後は、彼もハリエットと一緒に、毎週どちらかの教会に行くことになる。サムナーのような町では、日曜にはみんな、とにかくどこかの教会に行くものだということを、フィリップも父親のアサヘルもわかっていないようだ。彼らが定期的に教会に行かないという点がクライドの評価においてマイナスになっているのは、言われなくてもわかる。そして、そういうクライドの感じ方は、町じゅうの住民たちと同じなのだ……。

ハリエットは心の中で彼の名を呼んだ。「フィリップ……フィリップ……私の愛する大切な人……」

日曜の充実したランチが終わらないうちに雨が降りだした。三時にフィリップが来る前に、計画していた散策は諦めざるを得ない天気になっていた。この雨では、家の中にいて客間の家族の輪に加わるしかないだろう。

ハリエットのもう一人の兄で、いずれ診療所を引き継がせてもらうことになっている年老いたキング医師と同居しているウォレンが来ていて、クライドとともに暖炉を挟んで座り、美味しい食事を楽しんだ満足感からか、二人ともリラックスして雑談をしていた。ドワイトとソファーに腰かけて、邪魔にならないように小声で子供向けの聖書を読み聞かせるソフィーの顔には、いつもより穏やかで優しい表情が浮かんでいた。

ハリエットは縫い物を手に、少しでも明かりを得たいのと、フィリップが来たのがすぐわかるように、正面の窓のそばに座った。それなのに、シャツブラウスの細かいタックを縫うのに気を取られていて、彼の馬車が私道を入ってくるところを見逃してしまった。玄関を叩く音で初めて気づき、慌てて迎えに出た。

驚いたことに、フィリップの隣には、分厚いコートで着ぶくれしたアサヘル・スピアの大きな体が立っていた。フィアンセの父親と、彼女を見るときにいつも疑念を抱いているようなその目が苦手なハリエットにとっては、ありがたくない光景だった。

「何の用かしら。私たちのことを嫌っているくせに、どうしてこんなふうに訪ねてきたの？」アサヘルと握手をしながら、ハリエットの頭の中を疑問が駆け巡った。「スピアさん、お会いできてうれしいですわ。どうぞお入りになってください。あいにくのお天気ですね」

「最悪の天気だ。冬場にこんな土地での暮らしに耐えられる人間の気がしれん！」

大きな声でそう言いながら、客間に足を踏み入れたアサヘルのコートをクライドが受け取り、ソフィーはウォレンを紹介して暖炉にいちばん近い椅子に案内し、体が温まりますよとワインを勧めた。

彼は椅子に座って、ぜひともワインをいただきたいと言い、ニューイングランドの気候について否定的な意見を展開した。

ウォレンは面白がった。「スピアさん、冬のあいだ、ずっとここにいらっしゃるんですか」

「まさか、とんでもない！」

アサヘルから離れた戸口にフィリップと立っていたハリエットは、小声で訊いた。「どうして、急にお父様がいらしたの？」

フィリップは肩をすくめた。「特に理由はないさ。家にいるのに飽きたんだよ。だから、一緒に行くって言いだしたんだ」

椅子に沈めた大きな体を見ながら、ハリエットは考えた。外は激しい雨で、目的もなしに人を訪ねるには寒すぎる天気だ。しかも、アサヘルは自分のことを気に入っていない。だったら、こんな日にどうして快適な自宅の暖炉のそばを離れて、わざわざ私に会いに来たのだろう。いったい、なぜ？

やがてみんなが暖炉を半円形に囲むと、空になったワイングラスを置いたアサヘルが、その疑問に答えた。「ミス・ローデン、実は頼みがある。もう一度モデルになってほしい」

よく響く彼の太い声は、国の政治についてのクライドの話を遮った。挑むようにハリエットを見つめている。

彼女は、アサヘルと向かい合ってフィリップの隣に座っていた。安楽椅子が少し横を向いているので、背もたれの袖で顔の片側が陰になった。

クライドは話を中断し、全員の視線がハリエットに集まった。

「でも、描いてくださったばかりじゃありませんか！」

アサヘルは首を振った。「あれでは満足していないんだ。もう一回やらせてもらいたい」と、顎髭を撫でた。「アークライトのお嬢さんの絵が」――町の有力者のご指名で受けた仕事だった――「明日で終わるから、少し時間ができる」当然、ハリエットが同意するものと決めつけているようだった。

「今週のいつか、朝から取りかかろう」

ハリエットは恐怖で身を硬くし、無言でアサヘルを見つめた。またモデルをやる？　嫌よ！

前回、絵のモデルになった際にこんなことがあった。彼がカンヴァスを睨んで筆を放り出し、出ていってしまったのだ。「くそっ」と、背を向けたまま言った。「君の目はアリス・ヘイドンのと同じくらい厄介だ！」

あとになって、フィリップから聞いたアリス・ヘイドンの話を思い出した。アリスは、アサヘルが肖像画を描いたイギリス人女性だった。「彼女は精神が錯乱していたんだ」と、フィリップが教えてくれた。「二人の子供が目の前で溺れ死んでしまってね。肖像画が完成する前に、家族に病院に入れられてしまった」

アサヘルは返事をしないハリエットを無視して、独り言のように続けた。「もしかしたら、こんなに間《ま》をおかずに描くのは間違いかもしれん。でも、どうしてもまた描きたい。なんなら、結婚後二、三年して、私を悩ませる捉えどころのない何かが見えてくるかどうか待ってもいいか」意味ありげに横目で彼女を見た。「ひょっとしたら、その頃には捉えどころのないものじゃなくなっているかもな」

張りつめた沈黙を破るように、フィリップが言った。「父さん、ハリエットがモデルになりたいかどうか、まだ訊いていないよ」

アサヘルの大きな笑い声が部屋中に響いた。「ばかばかしい！　当然、描かせてくれるさ！」自分はハリエットに栄誉を与えているのだと言わんばかりに、手を振って一蹴した。「問題は、何を着ればいいかだが」彼は、青ざめて無表情になっているハリエットの顔に視線を戻した。「先月フィリップと行った舞踏会でピンクのサテンの服を着ていたよな。あれに似た感じで、肩の見えるようなもう少し襟ぐりの深い服はあるか？」

「それはだめです」ソフィーが慌てて口を挟んだ。「ハリエットには痣《あざ》があるんです。それが見えるようなドレスは着ませんわ」

アサヘルの眉が上がった。「ほう、そいつは興味深い」

「どうってことはありません」と、冷ややかに言ったクライドに睨まれ、ソフィーは口をつぐんだ。

「犬の頭のような形をした母斑《ぼはん》でしてね」と、ウォレンが横から言った。「ハリエットが生まれる前に、母が犬にひどく脅かされたことがあって、胎児に影響したんじゃないかって、町ではもっぱらの噂だったんですよ！」

「スピアさん、もう一杯ワインをいかが？」と、ソフィーが尋ねた。

「いや、結構……。それで、ミス・ローデン、モデルになる件とドレスについてなんだが……」

「申し訳ないんですが、すぐにはお受けできそうにありません。しばらくは、とても忙しいので」

アサヘルは憤慨した口調で不満を口にしたが、ハリエットは頑《かたく》なで、いつなら描き始められるかを言おうとしなかった。「別のときに決めさせていただいてもいいですか」と、絞り出すように答えた。

「好きにすればいい」アサヘルは仏頂面で答え、それからはハリエットを無視し続けた。

会話をリードしたのはクライドだった。最近、西部の土地をめぐる訴訟を抱えた依頼人の弁護をしたのだが、その人物から聞かされた、大陸の反対側で待ち構えている大きな可能性がクライドの想像力を刺激したのだった。コネティカットのちっぽけで安全な町から出たことはないが、未開の荒野で男が成し得ることについて話すのは、心躍るものがあるらしい。

考え事をしていてよく聞いていなかったハリエットの耳に、「インディアンの脅威は過去のことです。もう、やつらが蜂起することはありませんよ」というクライドの言葉がふと引っ掛かった。彼女にとって、インディアンはロジャーにつながるキーワードだった。待ち伏せに遭って撃ち殺された彼の遺体は、数日間発見されなかった。琥珀色のその瞳から、温かな光が消えたまま……。ロジャーに導かれるように、ハリエットは再び自分の考えに耽《ふけ》った。

彼女がどんなに深くロジャーを愛していたかを、アサヘルに対して隠し通すのは至難の業だ。病人から呼び出しがかかって帰ることになったウォレンが、アサヘルを車で家まで送っていった。ソフィーはドワイトに早めの夕飯を食べさせに行き、クライドは遅ればせながら日曜恒例の昼寝をしようと、書斎へこもった。

雨が降りしきる黄昏時の薄暗い部屋でフィリップと二人きりになると、ハリエットは再び縫い物を手に取った。「散歩に行けなくて残念だわ」

「無駄に過ごした午後だったよ」と、フィリップが言った。「君に、ほとんど話しかけてもらえなかった」

「だって、チャンスがなかったんですもの。煙草を吸ってもいいのよ」

「ありがとう。でも、あとにするよ」フィリップは、ハリエットが縫う針の動きを見つめた。「父さんにモデルを頼まれて、嫌だったんだろう?」

彼は炉棚に片肘を置いて立っていた。ハリエットは、ちらっとフィリップを見上げてから、また縫い物の上に屈み込んだ。

「それとも、君が同意するのを当然だと思っている父さんに腹が立ったのかい?」返事をしないハリエットに、フィリップが重ねて尋ねた。

「そうね……」ハリエットは糸を噛み切った。彼の父親が、自分の目に狂気を見たと考えていることを打ち明けるつもりはなかった。「お父様は、何でも自分の思いどおりになさるのに慣れっこなのね」

フィリップは笑って頷いた。「まさに、そのとおりだよ」

「だったら、たまには思うとおりにならないのも、いい薬になるわ」

「確かに、父さんはわがままだからな」と、フィリップも認めた。少しのあいだ黙ってハリエットを見つめながら、口元に微かに満足そうな笑みを浮かべた。「何を作ってるの？」

「シャツブラウスよ」

「嫁入り道具の一つかい？」

ハリエットは縫い物に目を落としたままだった。「そうなると思うわ」

声のトーンによそよそしさのようなものを感じたフィリップは、すかさず彼女に近づいて、両手で顔を包んで上を向かせた。「ハリエット、クリスマスに結婚式を挙げるんだよね？　派手な式は嫌だって言ってたけど、質素なものだって、それなりに準備が必要だろう？　もう十一月なのに、君はまだ日時も決めてくれていない」

「決めるわ」

「いつ？」

「すぐよ。もうすぐ」

フィリップは彼女を立たせ、その顔を真剣な面持ちで見つめた。「何をためらっているんだい？僕を心から愛しているって言ってくれるし、態度でも示してくれているから、僕はそれを信じてる。

だけど、こんなに待たされるのは嫌だ。僕がどんなに君を求めているか、わかるだろう……」彼は急に口をつぐんだ。怒りの宿った目に、ハリエットは思わず引き込まれた。

「フィリップ……」

「なんだい？」

「私……その、結婚となると別なんだと思うの。女性は——きっと、みんなそうなんじゃないかしら——少しためらうんじゃない？」自分でも聞こえないほど小さな声だったが、懸命にフィリップの反応をうかがった。すると彼は笑いだし、彼女を抱き締めた。「なんだ、そんなことか」

その夜、帰宅するときになっても結婚式の日取りは決まっていなかったが、フィリップは充分満たされた気分だった。ハリエットは玄関まで彼を見送りに行った。フィリップが言った。「昨日、パーソンさんの家が売りに出たと耳にしたんだけど、今週、いつか見に行かないか」

「本当にサムナーに家を買うつもりなの？」

「君さえよければね。もちろん、いつもここにいる必要はない。ただ、うちの家族は、あちこちに移り住む生活をしていたから、帰ってくる自分の場所があるっていうのに憧れているんだ。サムナーは住み心地のいい田舎町だしね」

「ええ、そうね」ハリエットは、ためらった。慎み深い女性は金銭のことを心配するものではないのはわかっている。きっと彼は、クライドから家の話を聞いたのだろう。だが、フィリップはお世辞にも現実的とは言いがたい。そこで、思いきって切りだした。「パーソンさんのお宅は維持費が高くつくんじゃないかしら」

「そうかもしれないけど、ありがたいことに、亡くなった祖母が気前のいい人だったんだ」フィリップは、自分が一週間前に贈った大きなパールの婚約指輪をはめた手を取って指にキスをした。そして彼女に向かって微笑んだ。「きっと、君もフランスが気に入るよ」

ハリエットが答えないでいると、続けた。「この冬は、パリで心ゆくまでボンネットとドレスのフリル飾りを買うんだ。そして、春に帰ってこられるわが家を持つ。楽しくなりそうだと思わないかい？」

「ええ」ハリエットは顔を上げてフィリップのおやすみのキスを受け、少しのあいだしっかりと抱きついた。やがて体を離すと、玄関の外階段を下りていく彼を見送った。雨は、濃く冷たい霧に変わっていた。

フィリップは襟を立てて手袋をはめた。小道を歩いて去っていくとき、振り返って陽気に敬礼した。

「もう中に入って、ドアを閉めなよ」と呼びかけた。「風邪をひいたら大変だ」

だが、ハリエットは開いた戸口に立ち続けた。霧がフィリップの姿を徐々にのみ込んでいき、完全に見えなくなった。フィリップが乗ってきた一頭立て軽装馬車と馬を、すでにハーブが納屋から運んで、家の前の杭につないでおいてくれていた。そのまま待っていると、馬車のスプリングが軋み、手綱を打ちつけるのが聞こえた。霧に包まれてしだいに小さくなっていく蹄《ひづめ》の音は、聞いたことがないほど寂しくて物悲しかった。


月曜に来るはずだったフェアヴューの白い屋敷に、メイの馬車でハリエットがようやく到着したのは、水曜の午後だった。伯母さんが雇った家政婦が玄関ドアを開け、メイが彼女の小さなスーツケース一つを運び入れた。ハリエットは彼に料金を手渡して、家政婦に言った。「スーツケースを二階の私の部屋へ運んでくださる？　ついでに、部屋の支度ができているか見てきてください。今夜は泊まる予定なので。お願いしますね」

　家政婦の太った体が階段を上って見えなくなると、ハリエットはおもむろにリビングに向かった。入り口でドアにぐったりと寄りかかり、額を当てる。滑らかに塗料が施された表面が冷たく肌に心地よかった。ほんのつかの間の休息だ。すぐにノブを回して中へ入った。

　ハリエット伯母さんはマホガニー製のカードテーブルの前に座り、拡大鏡の助けを借りながらトランプでソリティアをしていた。暖炉だけでは足りなくて使っている鉄製のだるまストーブが、くっつきそうなほど近くに置いてある。暖房のない玄関から室内に入ったハリエットには暑苦しいくらいだったが、伯母さんは黒いウールのショールを肩に巻き、もう一枚を膝に掛けていた。

　目を凝らしてこちらを見たものの、テーブルのそばに立つまでハリエットだとは気づかなかった。そうとわかると大きな声を上げた。「おやまあ、これは驚いた！」

「うれしい驚きだといいけど」ハリエットは伯母さんの乾いた唇が届く範囲に頬を差し出した。

「当たり前じゃないの！　さあ、外套《がいとう》を脱いでお座り。一人かい？」

「ええ、そうよ」マントと帽子と手袋を脱いで椅子の上に置く。

「メイベルには言った？　寝室の用意をしてもらわなくちゃならないからね」

「大丈夫」ストーブから少し離れた場所に椅子を動かして座った。

「サムナーのみんなは、元気にしているのかい？」

「みんな元気よ」と答えたが、「少なくとも、私が出発した月曜日にはそうだったわ」とは言わなかった。

伯母さんはテーブルの上のカードを掻き集めてシャッフルし、数枚を並べて再びゲームを始めた。残りの山を伏せると、いちばん上のカードをめくって拡大鏡で確認した。赤の9だったので、黒の10の上に置けた。その上に黒の8が続いて、次にめくったカードはエースだった。つまり、初めから勝ちが見えたゲームだ。伯母さんはぶつぶつ独り言を呟きながら、勝ち誇ったようにゲームを続けた。

「スペードの4……それさえ出れば……今必要なのは、黒のクイーンを動かすための赤のキングだけど、その下のカードは何なのか……ほら、待ってたハートの2が出てきた……ここからは楽勝だわね……」

満足げに最後のキングを置き、出来上がった四つの山をうれしそうに眺めて、「いつからかわからないほど久しぶりに勝ったよ」と言った。

「そうなの？　私は、やり方を忘れてしまったわ。クライドはカード遊びを認めないの。あっちの家にはトランプがないのよ」

「あんたの兄さんは」伯母さんは素っ気なく言った。「昔から、つまらない男だったよ」肩のショールを引き寄せ、テーブルを押して体から離した。「さてと、駅馬車の走っていないこんな真っ昼間にフェアヴューで何をしているのか、どんな心配事があるのか、話してくれるんだろうね。でも、まずは椅子を近くに寄せておくれ。そんなところにいたら、私が見えないのを知ってるだろうに。顔をよく見せてちょうだいな！」

「ごめんなさい、伯母様。できれば窓のそばにいたいの。暑くて頭が痛いんですもの」頭痛は事実だった。頭の周りをきつい紐で絞めつけられているようだ。しかも、心も紐で縛られ、いろいろな考えが閉じ込められてしまって出ていってくれないといった状態で、ハリエットは胸に渦巻く想いに囚われの身となった気分だった。

「沈黙には二種類ある」伯母さんが言った。「満足した楽しい沈黙と、今、あんたが身を置いている類いのもの」伯母さんの声は優しかった。「ねえ、ハリエット、何があったんだい？」

ハリエットは体をほんの少しよじってから、動こうとするのを諦めて椅子の背に頭を預けた。「伯母様」

「え？」

「伯母様に、一生のお願いがあるの」

「なんだい？」

ハリエットは首を回して、葉の落ちた木々と、雲の合間から所どころ日の光が漏れている寒々しい空に、見るともなしに目をやった。「私のために、嘘をついてほしいの」

「なんだって？　もっと大きな声で喋りなさい。もごもご言うもんじゃないよ」昔、よく言われた小言だったが、以前のような鋭さはなく、優しい、促すような口調だった。

ハリエットは、黒いショールを巻いて屈み込む老婆の姿に視線を戻し、じっと見据えた。「私のために嘘をついてもらいたいの――もし必要となったら、だけど。次にクライドとソフィーに会ったときに何か訊かれたら、私は月曜日に来たと言ってほしいの。今日の午後じゃなくて月曜だった、って。

月曜日の朝、駅馬車に乗ったときには、そのままここへ来ることになっていたの」

ハリエットが言い終えても、伯母さんはすぐには返事をしなかった。背後に置かれたストーブの小さな窓の中で火が赤々と燃え、部屋の中で聞こえるのは炎の音だけだった。

「それで、どこへ行っていたんだい？」ようやく伯母さんが尋ねた。

「ニューヨークよ」

「一人で？」

「ええ」

ヴィクトリア女王が戴冠する前の、幾分自由な時代に育った伯母さんは、ハリエットの行動についての非難はせず、いきなり核心を突いた。「どうしてニューヨークに行ったの」

「どうしても行かなくちゃならなかったの――とても大事な用件があって」

「つまり、私には理由を教えてくれないってことだね」

「ごめんなさい、訊かないで。言えないの」ハリエットの頭と心を絞めつけていた紐が、少しだけ緩んだ気がした。痛みが声になって口に出た。「お願いだから訊かないで。絶対に！」

「わかったよ。何も訊かない。あんたを信じる。クライドにもソフィーにも、このことは絶対言わない」

「ありがとう」二本の紐が、再びきつく絞まってきた。その口調からすると、伯母さんがしようとしてくれていることは、それほど重大ではないのかもしれなかった。

「こっちへおいで」

ハリエットは立ち上がって伯母さんのもとへ歩み寄り、白髪頭に頬を乗せた。伯母さんは頭を捻《ね》じって離すと彼女の顔を見上げた。「顔に出ている表情を隠そうとしているんじゃないだろうね」

「違うわ」ハリエットは、伯母さんの探るような目を真っすぐ受け止めた。「私の顔には何も出てやしないわよ」

確かにそうだった。それは、無表情な若い娘の顔でしかなかった。

「あの惨めで生意気な女に会いに行ったんだね――ローズ・ローデンに」口を開きかけたハリエットを、手を上げて遮った。「否定しなくていいから。理由を訊いてるわけじゃない。ただ、あの娘に会いに行ったってことはわかる。今でも時々、手紙が来るんだろう？」

「ええ」

「やっぱりね……」伯母さんはゆっくり頭を振った。「あの娘に会いに行ったのなら、楽しくはなかっただろうけど、そんなの当たり前さ。生まれつき人に不幸をもたらす娘なんだから」

「ハリエット伯母様……」何を言おうとしたのか、自分と同じその名を呼んだきり言葉が途切れた。

長い沈黙ののち、疲れたようにため息をつき、口を開いた。「ローズに会いに行ったんじゃないわ。信じて。ローズには会ってないの」

「わかったよ」と、伯母さんは応えた。「あの娘には会っていないいんだね」

伯母さんが信じていないのは、明らかだった。

第十五章

「一八八五年十一月十六日
死にたい。ああ、本当に死んでしまいたい！
フィリップは私の言うことを信じなかった。彼は言った……」

ハリエットは伯母さんの家に一晩だけ泊まり、翌日、サムナーへ戻った。

「まあ！」出迎えたのはソフィーだった。「そろそろ帰る頃だと思ってたわ。あなたのフィアンセが様子を尋ねに毎日来るのよ。今日帰らなかったら、明日には迎えに行くって言ってたわ」

訊きたいことがたくさんあったソフィーは、ハリエットのあとについて二階の部屋までやってきて、荷ほどきするのを見守った。ライトブルーの丸い目が、いかにも詮索好きな目つきになっている。

「あまり楽しくなかったみたいね」しばらく待って話しかけた。

ハリエットはワンピースを脱いでいるところだった。それをハンガーに掛け、ゆったりしたフランネルの服に着替えてから答えた。「別に、はしゃぎに行ったわけじゃないもの。それに、少し疲れてるの。夕飯まで横になるわ」そして、すぐにベッドカバーをめくり始めた。

きっぱりはねつけられても、ソフィーは立ち去りかねた様子で戸口にいた。「ハリエット伯母様は、あなたの結婚式に来られるくらい元気そうだった?」
「何も言ってなかったわ」ハリエットはベッドに横たわり、ソフィーに背を向けた。
仕方なくソフィーは部屋を出てドアを閉めた。階段を下りていく足音が聞こえなくなると、ハリエットは起き上がって二つの窓のあいだにあるクルミ材の書き物机に向かった。ペンと便箋を取り出し、素早く手紙を書く。内容をその場で考える必要はなかった。文面はすべて、すでに決めてあったからだ。

「愛するフィリップへ
よろしければ、明日の午後三時にいらしていただけませんか。お天気はよさそうなので、一緒に散歩に行けたらと思っています。ぜひ、二人だけでお話ししたいことがあります。

返事はハーブに渡してください。

ハリエット」

フィリップは、その晩のうちに訪ねてきたが、手紙を読んだからではなかった。ハリエットはハーブに、明日の朝届けるように頼んでおいたのだった。
夕食後すぐに頭痛を口実にベッドに入っていたハリエットは、玄関ドアのノッカーの音が響き、玄関でフィリップの声がするのを耳にした。ソフィーが部屋のドアをノックしたが、ハリエットはベッドで身を硬くして動かなかった。反応がないとわかるや、ソフィーはすぐにいなくなった。きっとフィリップが、「もし寝ているようなら起こさないで、明日会いに来ると伝えてください」とでも言ったのだろう。頭痛を気遣う言葉も付け加えたに違いない。

数時間が経った。ハリエットは家の中の物音に耳を澄ましていた。ドワイトが寝かしつけられ、家政婦の女の子が重たい足取りでハリエットの寝室の真上にある屋根裏の自室に上がっていった。やがてクライドとソフィーが自分たちの寝室に行き、寝る前に話をしているのが聞こえた。

そのあとは、古い家が夜の静寂の中で時折たてる軋み音だけになった。ハリエットは、ずっとこうした音を聞きながら、遅く昇った月で少し明るくなった闇を見つめ続け、朝方ようやく眠りに落ちたのだった。

翌日、彼女は散歩のために念入りに服を選んだ。鏡に射し込む日光の中で見ると、ぞっとするほど顔が青白かった。引き出しの中の小さなケースを開けて、ルージュの瓶を取り出す。だが、少し塗ったあとで、おおかた拭ってしまった。真っ白な顔に、そこだけくっきりとした色が際立って見えたからだ。瓶をしまいながら、それでも少しはましになったわ、とハリエットは思った。

支度を終え、通りが見える廊下の窓辺で待っていると、馬車に乗ったフィリップが現れた。

ソフィーがフィリップを招き入れた。ハリエットが手袋をはめながら階段を下りてくるのを見て、彼女は陽気に言った。「あら、やっとずる休みの子が出てきたわ!」

「とてもいいお天気だから、散歩に出かけましょう」と、ハリエットは言った。

「ああ、そうしよう」口元には緊張感から皺が寄り、不安げに彼女の表情を探っていたが、ソフィーを気にしてフィリップはさりげない口調で応えた。

メイン・ストリートにはたくさんの人がいて、夏が戻ったかのような十一月の暖かな日を楽しんでいた。

二人は、ただの知り合いと交わすような月並みな会話をしながら、すれ違う人々に会釈や挨拶をした。フィリップの口元の皺は、しだいに深くなっていった。ハリエットは真っすぐ前を見たままで、引き下げたヴェールで表情はわからなかった。

リトル・バック・レーンまで来ると、大通りから小道に曲がった。遠くの野原で子供たちが木の実を拾っている。それ以外には誰もいなかった。

しばらく黙って歩きながら、フィリップはハリエットに視線を向けていたが、彼女は彼のほうを見ようともしなかった。フィリップは歩調を緩めた。「なあ、ハリエット、どうしたんだ?」

ハリエットはちらっと彼を見て、すぐに前方の地平線のほうに目を戻した。スピードを合わせるどころか、まるで何かから逃げるように足を速める。「その——とても言いにくいことなの……」

「話してくれ!」不安のあまり、ぶっきらぼうな言い方になった。

ハリエットは足を止めようとしない。「私、気が変わったのよ、フィリップ。ごめんなさい。本当に申し訳ないけど、考えが変わったの。あなたと結婚はできないわ。私——もらった指輪」——おぼつかない手つきで手袋のボタンを外そうとした——「あなたに返さなくちゃ。お願い、フィリップ、許して——私は——」

「おい、自分が何を言ってるかわかってるのか?」後ろからハリエットの腕をつかんで、自分のほうを向かせた。

二人は、自分たちの場所だと思っている野原の横まで来ていた。フィリップは強引にハリエットを草地の中へ引っ張り、いつもの岩に連れていった。あとで彼女が青痣《あざ》に気づいたほど、腕を握るフィリップの力は強かった。乱暴に彼女を座らせて、その前に仁王立ちになった。「さあ、もう一度ちゃんと聞かせてくれ。僕の顔を見て言うんだ！」

「あなたと結婚はできないわ」ハリエットは小声で早口に、さっきの言葉を繰り返した。「気が変わったの。ごめんなさい、フィリップ。本当にごめんなさい。でも、それが私の気持ちなの」

怒りと当惑と苦悩で、フィリップの瞳は暗く曇った。「なぜ、気が変わったんだ」

ハリエットは顔を伏せたが、フィリップが手で顎を上げて上を向かせた。「ロジャーよ。彼のせいなの。ハリエット伯母様の家で、客間に飾ってある彼の写真を何度も見に行ったわ。ずっと彼のことを考えてた。ロジャーとのことが、どうしても頭から離れなくて……」フィリップに探るような目つきで見つめられて、説明する声はささやきに変わり、しまいには消え入ってしまった。

「そんな言葉は信じないよ。六年も前にたった一カ月付き合っただけの男だぞ！　しかも、君がまだほんの子供だったときだ！　理由は別にあるはずだ！」

ハリエットは大きく息を吸い込んだ。「いいえ、そうなの。そうなのよ！　近頃、ますますロジャーのことが頭に浮かぶようになってるの。結婚式の日取りを、私がなかなか決めなかったでしょう。あれはロジャーのせいだったの。自分の気持ちがよくわからなくなってしまって。でも、やっとはっきりしたわ。ほかの人と結婚しようとすると、彼の記憶が必ず立ちはだかるのよ！」最後は取り乱したように声が大きくなった。急いで脱ごうとして手袋を引きちぎり、婚約指輪を抜いてフィリップに押しつけた。

彼は頑として受け取ろうとしなかった。両手の拳を握り締め、長くしなやかな指を痙攣《けいれん》したように震わせている。「そんなの信じない」と、何度も繰り返した。「信じるもんか。これには、絶対に何か別の理由がある……それとも……」急にフィリップの顔に希望が浮かんだ。「ハリエット、日曜に言ったよね――結婚を目の前にすると女性がどう感じるか、って話。もしかして、そういうことなのかい？　それで気が動転しているんじゃないのか？」身を乗り出して、彼女が止める間もなくヴェールをめくり上げた。

ハリエットは、あえて彼の目を見返した。ルージュを引いた唇が、真っ白な顔の中で二つの丸いピンクの染みのように見えた。「違うわ、フィリップ」疲れたような口調で淡々と言った。「理由は今言ったとおりよ。それ以上話すことはないわ。ただ、こんなふうにあなたを傷つけたことは本当に申し訳ないと思ってる」フィリップの目を見つめたまま立ち上がった。「いつか――もちろん、今は無理でしょうけど――私を許してくれる日が来るのを願ってるわ……」

今度はフィリップが顔面蒼白になる番だった。「ハリエット……お願いだ……」抱き締めようと一歩前に出たが、ハリエットが身を引き、その様子を見たフィリップは頸動脈の鼓動が激しく脈打つのを感じた。「来月、僕が父とパリへ行って春に戻ってきたら、君の気持ちも落ち着いているかもしれない……」

ハリエットは首を横に振った。「ごめんなさい。私の気持ちは変わらないわ。もう、この話はやめましょう――つらすぎるわ！」フィリップの目に燃え上がった怒りを遮るかのように、薄いヴェールを下ろした。

「いや、もっと話さなくちゃ！　君は僕と結婚すると約束した……僕を愛してくれていたじゃないか……なにより、僕は心から君を愛しているんだ！　すでに君は、僕の未来の人生にとって大切な意義と目的になっているんだよ。それなのに、こんなに唐突に、気が変わったから結婚できないって言いだすなんて」呆然とした面持ちで額をこすり、髪をかき上げた。「やめて。修羅場は嫌よ！」ハリエットは再び指輪を差し出した。

フィリップはやり方を変え、声を抑えて静かに訴えかけるような口調で話しかけた。「ハリエット、僕らはたくさんの計画を立てていたよね。二人でやろうと話し合ったことがいっぱいある。なのに、どうして、こんなことをするんだ。なぜなんだ？」両手でハリエットの肩をつかんだ。「僕を見て……さあ……頼むから教えてくれないか。本当の理由は何なんだ」

ハリエットはフィリップの顔を見て、抑揚のない声で言った。「だから言ったじゃない。ロジャーのせいよ。彼のことが原因で、私は誰とも結婚はしないんだってことが、やっとわかったの」

フィリップは両手を下ろした。「それしか言うことはないのかい？」

「フィリップ、話すことはこれで全部よ。本当に、本当にごめんなさい」

「くそっ――もう一度訊く――だが、そんな戯言《たわごと》を繰り返して僕をばかにしないでくれ！」

フィリップがあらわにした怒りに、ハリエットは後退《あとずさ》って踵《きびす》を返し、小道のほうへ駆けだした。彼女の後ろ姿を見送りかけたフィリップだったが、すぐに大股で追いついた。「ハリエット……ハリエット……」

メイン・ストリートで、彼は帽子もかぶらずに取り乱した様子で、ハリエットに食ってかかり、激怒し、懇願した。この三日間、できるだけ何も感じないようにして必死に保ってきた彼女の心は、この重圧に折れかけていた。

「もう気絶してしまいそう。今にも叫びだしそうだわ。この場で、彼の足元に倒れて死んでしまうかもしれない」と、彼女は思った。それでもなんとか歩き続けて、やっとのことで家の玄関にたどり着くと、絞り出すように言った。「フィリップ、あなたは私をひどく憎むようになるでしょう。私は――私には、そうでないといいと願うことしかできない。生きているかぎり――私はずっと誇りに思うわ、あなたとの――」思わず、さっきまでとは正反対のことを言いそうになった。「さようなら！」急いでドアを開けて中へ飛び込む彼女の背後で、フィリップの声が聞こえた。「でもハリエット、こんな終わり方、受け入れられないよ。僕は――」

勢いよく閉まったドアが、残りの言葉を遮断した。その声には、身を切られるような苦痛がにじんでいた。

ハリエットは寝室に上がった。家の奥にいたソフィーは、彼女が帰ってきたことに気づかなかった。おかげで、夕食の前にクライドとソフィーに事情を話すまで一時間ほど一人になる時間ができた。ドワイトが寝かしつけられ、クライドの書斎で夫婦が半月に一度行う家計簿のチェックが終わるのを待った。そして二人のいる部屋に入って後ろ手にドアを閉め、顎を上げて言い放った。「お邪魔してごめんなさい。でも、早く知らせたほうがいいと思って。フィリップとの婚約を破棄したわ」

そのあとは、午後に起きたことの再現だった。不信、疑問、抗議、当惑の言葉が延々と続いた。だが、今回は平静を失わなかった。フィリップとの修羅場のほうが、比べものにならないくらい苦しかった。やがて、ハリエットはこう締めくくった。「これ以上、何を言っても無駄よ。私の決心は揺るがないわ」そしてドアを開けた。

クライドが立ち上がった。それでなくても色白で狭い鼻孔が、さらに青白く細くなっている。怒りに駆られたときの特徴だ。机を拳で叩いた。「浅はかな大ばか者が！」と、ハリエットを怒鳴りつける。「こんないい縁談をどぶに捨てるだと！　それも、たいしてよく知りもしなかったロジャー・デヴィットなどという死んだ男との初恋に縛られて！」

ハリエットは黙って部屋を出た。

あとでソフィーが訪ねてきて、彼女を優しく諭した。女性は結婚が近づくと、思いつめてしまうことがよくあるのだと言った。「私も、ちょっとしたきっかけがあれば、結婚式の一週間前にクライドと別れてもおかしくないくらい神経質になってたわ」と笑った。「たいていの女の子がそうだと思うわよ」

フィリップの魅力をあらためて強調し、彼がどんなにハリエットを愛しているかを思い出させようとした――そして、どんなに裕福かということも。「私に彼と話をさせて。結婚式を春まで延期しましょう。そうしたら、あなたの気持ちも変わるんじゃないかしら」

ハリエットは、それを断った。結局、ソフィーは怒りにやや顔を赤らめ、意地悪な言葉を彼女にぶつけた。「フィリップが与えてくれるようなものを何一つくれなかったロジャーのためにオールドミスになりたいと言うのなら、あなたの人生は終わりだわね」つんと頭を反らし、荒々しく部屋を出ていった。

ソフィーがいなくなると、ハリエットは衣類を鞄に詰めた。そして翌朝、フェアヴュー行きの駅馬車に乗ったのだった。

第十六章

「一八八五年十一月十九日

ハリエット伯母さんは、賛成はしていないけれど優しく接してくれている。私を質問攻めにすることもない。伯母さんはもう年老いていて、日々、平穏に暮らし、食事と昼寝とソリティアを楽しめればそれでいいのだ。うらやましい！　私もあのくらい年寄りになれれば、感情にとらわれることもなく、何も気にせずに生きられるのに。（いいえ、それはあり得ない。どんなに年を取ろうと、この心の痛みを乗り越えることはできない。百年経って生きていたとしても、変わらず苦しんでいるに違いないのだ。）

ああ、ロジャーが憎い！　私に重石のようにくっついて離れてくれない。一生、彼をひきずって生きていかなければならないなんて。彼のせいで、フィリップに徹底的に嫌われてしまうだろう……」

土曜日にフェアヴューに行くと、その週二度目の訪問をしたハリエットを、伯母さんは心から歓迎してくれた。今回は大きなスーツケースを二つ持参しており、長い滞在が予期された。家政婦で話し相手でもあるメイベルからハリエットが持ってきた服の数を知らされても、その日、伯母さんは彼女に何も訊かなかった。

老齢による衰弱から、数年前に伯母さんは教会へ行くのをやめていた。日曜の朝食の席で、ハリエットは教会に行くと告げた。

「雪になるよ」と、伯母さんが言った。「下着は、冬用のユニオンスーツを着ているのかい？　ペティコートも重ね着した？」

「ええ」

「じゃあ、寒くないように、ちゃんと気をつけるんだよ」

「わかったわ、伯母様」

ハリエットは教会へは行かなかった。行けば、昔の友人や近所の人に会って、婚約のことや結婚式の計画について訊かれることになるからだ。「今日は無理だわ。耐えられそうにない」と思った。

舗装されていない道路は、霜で轍《わだち》の跡が固まっていた。雲が低く垂れ込めた暗い空から、もうすぐ雪が降りだしそうだ。屋外は厳しい寒さだった。シールスキンのジャケットとウールのドレス、重ね着したペティコート、コルセット、厚手のユニオンスーツを突き抜けて、寒さが肌を刺した。

ゲインズ未亡人の家の近くで足を止め、野原の向こうにそそり立つ、荒涼として近づきがたいラウンドローフを見上げた。昔見た夏の景色とはまったく異なる雰囲気だった。ハリエット、ローズ、ロジャーの三人が丘の頂上に立ったあの夏の日。ローズが現れなかったら、ロジャーがハリエットにプロポーズしたであろう、あの日……そして……。

自己虐待的な暗い衝動に突き動かされて、ハリエットは道路脇の石垣を乗り越えてラウンドローフを目指した。最後に登ってから何年も経っていた。あのときにはもう、ロジャーは死んでいたのだ……。

帰宅したとき、ハリエット伯母さんはリビングにいた。ストーブの前にあるカードテーブルに向かって座るその様子は、いつものように年老いて弱々しく、死がすぐそこまで近づいていることを感じさせた。ハリエットが入っていくと、伯母さんは手にしていたカードをテーブルに置き、少し苛立ち気味に言った。「今週の謎めかした行き来について説明してくれると、ありがたいんだけどね。気になって仕方がないんだよ。どうしてフィアンセと一緒にサムナーにいないの」

ハリエットはできるだけ暖炉の火から離れた椅子に座ろうとしかけたが、どうせ、よく見えるところに来るよう言われるのだろうと察して、ゆっくりと伯母さんのもとへ近づき、そばの椅子に腰かけた。「彼はもうフィアンセじゃないの。このあいだ、婚約を破棄したから」

伯母さんはカードをひと山取り上げて、一枚ずつ並べてから尋ねた。「いったい、なんだってそんなばかなことをしたんだい？」

ほっとする口調だった。ごく事務的で、批判も驚きも怒りの兆候も一切感じられない。どんな些細なことにも当てはまりそうな質問の仕方だった。

ハリエットは顔を背けた。「だって、ロジャーを愛しすぎたせいで、フィリップと結婚するのは不可能だってことに、突然気がついてしまったんですもの」

伯母さんは別のカードの山を手にした。強めの音をたてながらテーブルに置いていく。「ばかばかしい！」

「そんなことを言ったって仕方ないわ」と、ハリエットは言い返した。

「なんだって？　はっきり言うけどね」――言葉を強調するようにカードをテーブルに叩きつけた――「大きな声で話すことを、いいかげんに学んでおくれ。もごもご喋るんじゃないの！」

ハリエットは深々とため息をついた。「なんでもないわ」

伯母さんは手に取った拡大鏡でテーブルをコツコツ叩いた。ハリエットに顔を近づけ、表情をよく見ようと分厚い眼鏡の奥で目を細める。詮索するような、何事にも動じないその目にハリエットが視線を合わせると、伯母さんが言った。「それが理由じゃないね」

「本当なのよ！　ロジャーのせいなの――」

「この私を見くびってもらっちゃ困るよ」伯母さんは、ぴしゃりと言い放った。「理由がどうあれ、ニューヨークのローズに会いに行った、あの不可解な旅と関係があるのはわかってる」

「ニューヨークでローズには会っていないって言ったでしょう。ロジャーが原因なのよ」

「ばかばかしい！」伯母さんは、さっきと同じ言葉を繰り返した。そして、少し間《ま》をおいてから続けた。「私くらい長く生きていると、乗り越えられない不滅の愛なんてものはないってことを、よく知っているの。人は、何だって乗り越えられるものなんだよ。それに、ロジャーと出会ったときのあんたは、恋に落ちやすい多感な少女だったからね。言い寄ってくる魅力的な若者だったら、誰とでもそうなっただろうよ」

「まあ、そんな！」ハリエットは大声を上げた。

「いいえ、そうなの」

「でも、ロジャーは――」と言いかけて、ハリエットは不意に口をつぐんだ。

何を言おうとしたのかはわからないが、押し黙ったのを見て、伯母さんがあとを引き取った。「ロジャーはいい子だった……ほかの大勢の若者と同じようにね。でも、そのためにあんたがオールドミスのまま墓場に行くほどの男ではなかったよ」

ハリエットの顔がこわばり、不機嫌な表情になった。「伯母様、最終的に決めるのは私よ。私は、自分の気持ちをちゃんとわかっているの」と、勢いよく立ち上がった。「もう、この話はしたくないわ」突然、相手にすべてを押しつけるかのように両手を投げ出して叫んだ。「死ぬほどうんざりよ！」そして、くるりと踵《きびす》を返してドアに向かった。

「それでも」ハリエット伯母さんの声が後ろから追いかけた。「今の言葉をもう一度言わせてもらうよ。死んで朽ちていった男たちはたくさんいる――だけど、それは愛のためなんかじゃないんだよ」


翌日の午後、昼寝を習慣にしている女主人と家政婦がぐっすり眠っているときに、フィリップが訪ねてきた。玄関ノッカーの音に応対に出たのはハリエットだった。思いがけず彼の姿を目にしたハリエットの顔に一瞬、血が上ったが、すぐに血の気が引いた。再び顔を合わせたところで、どうなるものでもないのだ。

昨日からやんでいた雪が、一時間前からまた降り始めていた。すでに地面はうっすら白くなっている。コートの肩の雪を、フィリップは帽子で払った。馬に掛けている毛布と屋根付き馬車のフードには、かなりの雪が積もっていた。

ハリエットは真っ先に頭に浮かんだ言葉を口にした。「まあ、フィリップ！　オープンの馬車で来るなんて！　ひどい風邪をひいてしまうわ！」

「風邪なんかひかないさ。そんなに、やわじゃないよ。入ってもいいかい？」

真剣な顔つきと声に、固い決意が感じられた。ハリエットは一歩脇へ下がった。「ええ、もちろんよ」

そして、フィリップをリビングに案内した。「客間には暖炉の火がついていないの」それが重大なことでもあるかのように、真顔で説明した。

彼は部屋を見まわした。「こっちのほうがいいな。あのロジャーの写真を見なくて済む」

ハリエットに勧められるのを待たずに、自分からコートを脱いだ。濡れた靴跡がカーペットに点々とついている。伯母さんの目が悪くてよかった、とハリエットは的外れなことを思った。

「どうしても君に会わなければならなかった」話しかけるというより、通告に近い言い方だった。立ったままハリエットを見下ろしている。「みんなに説明してまわったこの三日間は、地獄の日々だった」感情を極限まで押し殺しているような、奇妙なまでによそよそしい声で続けた。「両親に話し、君の兄さんと義姉《ねえ》さんに話した。サムナーの田舎道を何マイルもぐるぐる歩きながら、なぜ君がこんなふうに僕を捨てようとしているのか自問自答した――そこにある本当の意味は何なんだろう、ってね」

背筋を伸ばして立つフィリップの目は、ハリエットの顔に真っすぐ向けられていた。熱っぽい執拗な視線は、彼女の心の奥まで見通そうとしているようだった。

その瞬間、ハリエットの頭の中をある思いが駆け巡った。「もし今、彼に謝って、ひと時の気の迷いだったと言えば……ひと言、ほんのひと言を口にするだけで、あの腕の中に飛び込めるんだわ……。そうすれば、現在を生きて、未来を拓くことができる――そして、過去を葬るの。何もかも、私の考えすぎだとしたら?……」

ここ一週間の苦悩に疲れ果てていたハリエットは、目を閉じてフィリップを見ないようにした。イエスと答えるのは、たやすいように思えた。本当はあなたと結婚したいの、と言えばいい。それだけで、きっと彼は何も訊かずに自分を受け入れてくれる……。

彼女の目が急に開き、体が硬直した。いけない。そんなことを考える資格は自分にはないのだ。

フィリップの声が少し震えた。「ハリエット、僕のプライドのことは忘れる――そりゃあ、僕にもプライドはあるけど――そんなのはどうだっていいんだ。その代わり、真実を聞かせてくれないか」

「そうしてくれたら」ハリエットが答えないので、フィリップが続けた。「二人で話し合って、なんとか解決の道を見いだせるかもしれない」

ハリエットは首を振った。「真実はもう話したわ、フィリップ。信じてちょうだい！　ロジャーのせいよ。彼を愛しすぎてしまったの。だから、あなたとは結婚できないわ」

相変わらずの答えに、フィリップの目に怒りの色が浮かんだ。だが、その気持ちをのみ込んで、彼はゆっくりとした口調で静かに切りだした。「ハリエット、この夏のあいだ、君はロジャーのことを一度も思い出さなかったと思う。僕のプロポーズに応じてくれたとき、君はロジャーを完全に忘れていた。それなのに、どうして今になって彼のことがよみがえったんだい？　急に彼の思い出に浸った陰に、いったい何があるんだ」

「そんなんじゃないの――彼はずっと私たちのあいだにいたのよ。しばらくは、本当にロジャーのことを忘れたつもりだった。あなたにプロポーズされたときは、心からうれしかったわ。お願い、フィリップ」――ハリエットの声が少しだけ大きくなった――「あの日、川のそばで私が言ったことが嘘だったとは思わないで！　すべては、そのあとに起きたことなの。わかるでしょう？」

「いいや、わからないね」背広のポケットに両手を突っ込んだまま、大股に部屋を行ったり来たりした。「本当にそれしか言うことはないのかい？　それで全部なのか？」

まだ、選べる道は二つあるのだろうか……。心の中の激しい葛藤で、ハリエットは気分が悪くなってきた。吐き気を抑え、火照る額にやっとのことで重い手を当てた。いや、選択肢などない……そんなことを期待してはいけない……。

「それしか言えることはないわ」

フィリップは部屋の端にある窓に向かっていたが、いきなり振り向いてハリエットのほうへ一歩踏み出した。

「彼が私に触れたら、ほんの少し手に触れられただけでも、どうしていいかわからなくなってしまいそう」ハリエットは椅子の上で身を硬くした。

だがフィリップは、彼女に触れようとはしなかった。足を止め、部屋の奥から、軽蔑をあらわにした、怒りのこもったまなざしを向けた。「僕をもてあそんだんだな。ただの遊びだったんだ」その言葉は、ハリエットを打ちのめした。「優しい言葉もキスも、ただのゲームだった。それを、おめでたい僕はすっかり信じてしまったわけだ」コートと帽子をひっつかみ、ドアへ向かう。「くそっ、さぞ楽しかっただろうな！　僕は本気だったのに」

「違う、違うの、そうじゃないの……」大声でしようとした弁解が、激しい侮蔑の念を感じさせるフィリップの目に喉元で打ち砕かれ、ささやき声にもならなかった。

彼はドアを叩きつけたりはしなかった。後ろ手に静かに閉じ、カチリと閉まった音を聞いてハリエットは思わず立ち上がった。小声で必死に彼の名を呼びながらドアに駆け寄る。いったんはノブを握ったものの、その手をおもむろに下ろした。「これが、あなたの望んだことじゃなかったの？」冷静な理性が問う。

「でも、こんな去り方をするなんて——私をあんなふうに誤解したままなんて」再びノブに手をかけてから、また力なく下ろした。彼が最終的に自分のもとを去るには、これしか方法がないのだ、と思う。避けては通れない道なのだ。

ドアが閉まる音を確認し、ハリエットは玄関に行った。ドアの両脇にはめ込まれている、扉の半分ほどの長さのガラスパネルから外を覗いた。

雪のせいで、いつもより夕闇の訪れが早い。門を出ていくフィリップの長身は、すでに誰か見分けがつかなくなっていた。馬車に飛び乗り、手綱を引いて馬をフェアヴュー商店街の方向へ向ける姿も、この薄暗がりでは誰であってもおかしくない。顔は暗くて見えなかった。馬車はゆっくりと向きを変えた。もはや誰のものか判別できない馬車が通りを走りだしてスピードを上げ、輪郭がぼやけて、白い雪片の舞うなか、やがて小さな黒い物体となっていった……。

外に出て門まで走り、馬車が走り去ったほうに目を凝らしたが何も見えず、ハリエットは通りに飛び出した。ゲインズ未亡人の家の向こうに、黒い点があった。その点も、通りを曲がっていき、視界から完全に消えた。

心の中で、ハリエットは風よりも早く走って馬車を追いかけていた。あっという間に追いついて、フィリップの腕に抱かれて泣き笑いしている自分が見える。

走るという行為は象徴的だわ、と、何もない真っ白な世界を見つめて立ち尽くしながら思った。たとえサムナーまで走り続けても、たとえ走って地球を一周したとしても、彼に追いつくことはできない。

ハリエットは回れ右して、足取り重く家に向かった。まるで深い雪の吹きだまりか、ひどいぬかるみに足を取られながら歩いているようだった。

部屋に戻ってドアを閉めると、ベッドに横たわった。数日前、彼女は絶望の最後のどん底を経験したのだと思った。だが、そうではなかった。いったい、どうしたらベッドから起き上がって夕食に下りていけるのだろう。そしてそのあと、なおも生き続けなければならない年月を、どうやってやり過ごせばいいのだろうか。

第十七章

スーザンは腕時計を見た。十二時十分前だった。父のドワイトは一時間前に二階に上がってきてベッドに入ったので、家の中は静まり返っていた。過去を掘り下げる作業に夢中になっているうちに、スーザンは小腹がすいたことに気づいた。

キッチンでディルピクルス、チーズ、クッキー四枚を食べ、ミルクを飲んだ。食べながら、ちょうど今サムナーにいるフィリップ・スピアの息子のことを思った。ハリエット・ローデンが亡くなる数週間前に、父親が昔住んでいた家に引っ越してきたのだ。その前は、何年も空き家の状態だったのち、ずっと賃貸家屋として人に貸していた。町の噂では、二十代後半で、極端に人付き合いを避け、ドイツ戦線で負った大けがの療養をしているらしい。ハリエット大叔母さんは、彼がサムナーにいることを知っていたのだろうか。そうだったとしたら、気になっていただろうか。

ベッドに戻ったが、目が冴えて眠れなかった。大叔母の人生の記録を最後まで見届けようと思った。日記を開いて続きを読み始めた。

次の数ページに書かれたとりとめのない文章からは、ハリエットがいかに不幸だったかが伝わってきた。「現在も未来も」と、彼女は書いていた。「どちらも、なんの魅力もない」

一八八六年一月の日記には、クライドに説得されてサムナーに戻ったことが記されていた。「ロジャーが死んだあとと同じように、私について悪い噂が立っているらしい。ソフィーの言葉から察すると、フィリップが彼の子供を妊娠した私を捨てて、両親とフランスに行ったという内容のようだ！ソフィーは私を連れまわして、悪口を言う人たちを納得させようとしているけれど、内心では無駄なことだと思っているはずだ――二度も悪い噂になった私の評判は、何をしようと回復することなどない、と。おそらく、そのとおりだ。私はそんなことに興味はない。むしろ、物憂い滑稽ささえ感じる……」

冬は、だらだらとゆっくり過ぎていった、とハリエットは書いていた。「着飾ってソフィーと人を訪ね、会話をし、ドワイトと散歩に行く――といっても、もちろん川へ続く小道に行くことは絶対にない！毎朝、あの日の出来事を忘れようということ以外、何も考えずに起きる……いっそ病気になってしまえばいいと思うのに、食欲は完全に戻り、体調も崩れず、これから何年も何年もこうやって生きていくしかなさそうだ……。

しょっちゅう死について考える。死ねば、すべてを忘れられるのだろうか。それとも私が死んだら、ロジャーが目の前に立ちはだかるのか？　たとえそうなっても、たぶん私は彼を愛しすぎた結果から逃げてはいけないのだ……。

この家の中で、私は惨めな思いをしている。この場所からも、私を知るすべての人からも離れて、どこか遠くへ行きたい。近頃、クライドとはうまくいっていない。夫の考えに忠実に従う理想的な妻であるソフィーの、私への態度も変わってきた。彼らから自由になれたら、どんなにいいだろう！」

六月二十五日の日記。「今日、フィリップから手紙が届いた。六月二日、私たちが初めて出会った記念日にフランスで書かれたものだ。彼は今でも私を愛していて、絶えず私のことを思ってくれているという。ようやく十一月に別れたときのつらさを乗り越えたので、サムナーに戻ってあらためてプロポーズしたいそうだ……。こんなに苦しんでも、まだ苦痛から解放してはもらえないのだろうか」

一八八六年、サムナー郵便局は、局長であるエフライム・ブラウニングのだだっ広い木造家屋の一角にあった。ハリエットは、ドワイトを散歩に連れ出したついでに郵便を確認しに立ち寄った。部屋を二つに仕切る窓口にあるベルを鳴らして少し待っていると、郵便局長が奥のドアから現れた。「おはよう、ハリエット」と言いながら、大きなテーブルに並べた手紙を見渡す。「君の家には一通だけだな……しかも、君宛てだ」

すでに筆跡と外国の消印は確認してあったのだが、窓口に歩み寄りながらもう一度封筒の表書きを確かめた。「ほら、これだよ」

「ありがとうございます。今朝はいいお天気ですね」ハリエットも封筒に目をやり、心得顔の局長に見つめられて顔が赤らむのを感じた。手紙をそそくさとポケットに入れ、急いで外に出た。

メイン・ストリートからハッターズ・レーンに逸れて、ドワイトがリスを追いかけてその場からいなくなったのを見届けると、石垣に腰かけてフィリップの手紙を読んだ。何度も繰り返し目を通して、長いこと宙を見つめたまま動かなかった。

その晩、ハリエットは返事を書いた。

「親愛なるフィリップへ
あなたが私を恨んでいないことを知って、うれしく思います。十一月と同じお答えしかできないのが残念です。でも、あのときお話ししたことはすべて真実で、これからも変わることはありません。けれど、私はいつでもあなたの幸せを願っていますし、ご健勝と未来のますますのご繁栄を心からお祈りしています。

敬具

ハリエット」

便箋の上をペンがすらすら動いた。署名をすると読み返しもせずに封をして、宛名を書いた。服を脱いでランプを吹き消し、開いている窓のそばに座った。蚊帳《かや》に顔を近づけ、ひんやりした夏の夜気を吸い込む。

時折、深いため息をついた。「ここから抜け出すことさえできれば」と思う。「手だてはないのかしら……」

部屋着のポケットには、フィリップの手紙が入っている。それを上から手で探った。最初は愛撫するように触れていたが、いきなり力いっぱい握り締めた。「やっぱり逃げなくちゃ！」声に熱がこもった。「なんとしても、ここを出ていくのよ！」

だが、耐えがたくなった環境から逃げ出す道が見つからない。自由になるお金は、服を買うために毎月ハリエット伯母さんがくれるお小遣いだけだ。サムナーでもフェアヴューでもない場所に行くと言ったら、伯母さんはお小遣いを打ち切るだろう。そればかりか、ハリエットの相続権まで奪ってしまうかもしれない。クライドだって、賛成するわけがない。がんじがらめの状態だ。現状を変える唯一の方法は、フェアヴューに戻ることだろう。伯母さんとあの家で一生暮らし、フェアヴューでの思い出の中に囚われたまま生きながら死んでいるような毎日を送るか、ここに残るのか、選択肢は二つしかない。

「みんな、私を変人だと思っている。実際、そうなのかもしれない。口を開けば辛辣な言葉が出てくるし、そのうちにひねくれたオールドミスになるんだわ。フィリップを諦めたことで、私の中の何かが決定的に変わってしまった。大切なものを失った気がする。それとも、やっぱりそれも、ずっと前に始まったことだったのかしら」

別の可能性が一つだけ残っていた。年老いたハリエット伯母さんはかなり弱っていて、生きられてもあと二、三年だろう。ハリエットは彼女の相続人であり、クライドの概算によれば、質素な暮らしをしている伯母さんの財産は、全部で十万ドルくらいにはなるらしい。それを相続したら、付き添いの女性を雇い、サムナーとフェアヴューを離れて、どこか別の場所で暮らせばいい。これまでの自分から何千マイルも離れたところでなら、もう一度人生をやり直せるかもしれない……。

「いつかは、結婚だってするかもしれないわ」と、ハリエットは思った。「心から愛してはいなくても、ある程度の愛情を抱ける相手と。そうしたら、子供も持てるかもしれない。自分の家族を持つのは、きっと幸せだろう――本当の私の家族……」

孤独感から少しだけ解放された気がしてベッドに横たわった。去年の秋の悲劇のあと、ハリエット伯母さんが言った言葉を思い出した。「不滅の愛なんてものはないの。人は、何だって乗り越えられるものなんだよ」

伯母さんは、こう付け加えるべきだった。「失ったものを埋め合わせる何かが見つかればね」現在と未来に希望がないのであれば、過去にしがみつくしかない。「でも、私の未来にまったく希望がないとはかぎらないわ」祈るように、誓いを立てるかのように声に出した。そして苦悩に満ちた、絞り出すようなささやき声で言った。「フィリップ……ああ、フィリップ、フィリップ！」

一八八七年、八八年、八九年……スーザンは再び日記をざっと見直した。ハリエット・ローデンの人生は、サムナーとフェアヴューの二つに分かれていた。読みやすい几帳面な字で、日々の散歩、来客や訪問などが記録されていて、時には、夜、ハートフォードに観劇に行くこともあった。一八九四年にハートフォードとサムナーを結ぶ路面電車が運行するようになり、さらに回数が増えた。ドワイトが成長するにつれ、思ったより体が強くないと思い込んだソフィーの発案で、ドワイトに潮風と海水浴を楽しませるため、一家は毎夏、一カ月ほど海岸で過ごした。特に何事も起きない日常が、年々綴られていた。春にハリエットが二週間で縫った服のこと。秋に婦人服の仕立屋が来たこと。一八九〇年に教会で宣教師協会に参加してからは、協会の活動に関する記述が増えていった。散歩の途中で見たことのない鳥に出くわしたことや、地元住民の誕生、死、結婚、スキャンダルなどが延々と続いた。

読んでいても退屈だが、こんな生活をするのも退屈だっただろうと、スーザンは思った。たとえ些細な出来事に大きな関心を抱いていたとしても、文面からはうかがい知れなかった。面白みのない淡々とした記述の中にハリエットの強い個性が垣間見えることは、ほとんどないと言っていい。それはあたかも中国の女性が足を小さくするために布を巻いた纏足《てんそく》のように、時の流れとともに、感情と夢と思考を日常の雑事で何層にもくるんで、きつく抑え込んでいったかのようだった。日記の中でさえ、そうしたものに捌《は》け口を与えなかったのだ。

ある日の日記には、こう書いてある。「明日フェアヴューに行く。ハリエット伯母様の九十二歳の誕生日だ。それにしても、彼女はどうしてこんなに長生きなのだろう。今ではほとんど目が見えず、果てしない暗闇の中で暖炉のそばに座って、もごもご言っていないでもっと大きな声で話せと言い続けながら、それでも相変わらず私には優しい。あんなふうになって、人生にどんな意味があるのだろうか。伯母様を見ていると、時々恐ろしい考えが浮かんできて、もしかして私の妨害をするためだけに生きているんじゃないの、と尋ねそうになってしまう。お願いだから早く死んでほしい！」

同じ一八九四年には、こんな記述もあった。「今朝ソフィーから、少しやつれたようだと言われた。長い冬の気候のせいだろうから、ちょっと旅行でもすれば元気になるかもしれないと言う。『何日かどこかに行ってみたらどう？　例えばニューヨークとか。気晴らしにショッピングをして、この春の流行がどんなふうになるか見てくればいいわ。せっかくなら、久しぶりにあの又従姉《またいとこ》のローズ・ローデンを訪ねてもいいしね』

もう何年もローズから便りがないのを、ソフィーはよく知っている。（今さら新たに手紙が来るわけがないのに。）彼女は意地が悪い。『私も一緒に行きたいけど、あなたみたいに自由が利かなくて。一人で行ったってかまわないわよね。子供じゃないんだから、付き添いは要らないでしょう』と言われた。

なんて悪意に満ちているんだろう！　私がフィリップとの婚約を破棄したことをいまだに根に持っているのだ。実は彼に気があったのだと、私はずっと思っている。

二、三日、ニューヨークに行ってみてもいいかもしれない――一人で。ソフィーの意地悪のおかげで、オールドミスになることの利点に思い至った」

れていない。

ハリエットは実際にニューヨークへ出かけた。ただ、向こうでローズに会ったかどうかには触れ

一八九五年六月二十二日の日記。「スピア夫妻は今年、いつもより早くサムナーに戻ってきた。私たちがブランフォードの別荘に行くのは来週だ。今日の昼食の席で、クライドが彼らの到着を告げた。フィリップは一緒ではないらしい。クライドが聞いた話では、グロスターで夏を過ごすのだそうだ。去年の夏はノルウェーだった。その前はスペインだ。ここ十年、彼は町に戻っていない。

クライドがフィリップの名を出すと、ソフィーは悲しそうな顔で責めるように私を見て首を振った。『かわいそうなフィリップ』と言ったような気がしたが、定かではない。

三十五歳になったフィリップは、どんなふうになっているのだろう。私が覚えているのは十年前の彼だ——微笑みをたたえた目、陽射しを浴びて輝く髪。思い浮かぶのは、いつだって変わらず若くて屈託のない彼の姿……私は年を取ってずいぶん変わってしまったというのに……」

ブランフォードから帰ると、ハリエットは八月にフェアヴューへ行った。九月になってサムナーに戻ってきた彼女は、伯母さんの家での耐えがたいほど退屈な毎日について不平を綴っていた。

帰宅した一週間後、こんな記述があった。「郵便局から出ようとしたら、スピア夫人に会った。馬車に乗っているのを遠くから見かけたことはあったけれど、直接顔を合わせたのは、フィリップと婚約していたとき以来初めてだ。私はぴたりと立ち止まってしまい、そのまま動けないのではないかと思った。頭に浮かんだのは、彼女がフィリップの母親だということ。つい最近も彼に会い、彼に触れ、彼と話しているのだ……。

夫人のほうは立ち止まらず、歩くスピードを少しだけ緩めて会釈をした。『おはようございます、

ローデンさん』その声は冷ややかだった。私が手にしていた郵便物を見て、彼女が言った。『ウィークリー・ガゼットを持ってらっしゃるのね。ひょっとしたら、その中にあなたの興味を惹く告知があるかもしれませんわ』そして、もう一度会釈をして――なんてよそよそしい会釈！――私の横を通り過ぎていった。

何のことかは察しがついた。私は外に出た。気分がとても悪くなり、無性に座りたくなった。家には帰らず、緑地まで歩いてベンチに腰を下ろし、新聞を開いた。それは第一面に掲載されていた。『マサチューセッツ州グロスター〈ザ・パインズ〉のジョナス・ケント夫妻が、長女ドロシー・ルイーズとフィリップ・スピア氏の婚約を発表した……』

長い記事だった。アサヘル・スピアのこと、フィリップ自身の個展が開催されたこと、ドロシー・ケントの植民地時代の祖先のことが書かれていて、二人が春に結婚すると報じられていた。二年前にボストンで社交界デビューをしたというから、せいぜい二十歳くらいだろう。若くて、当然、美人に違いない。私が彼と恋に落ちたときの年齢よりも若いのだ。

ひどい落ち込みからどうにか立ち直ろうと、一時間ほどその場にいた。出会った日と比べたら、フィリップを失うつらさは軽いはずだと自分に言い聞かせた。そして、彼に一生独身でいてほしかったのか、自問した――ばかげているけれど、心の奥底では、彼が結婚しないかぎり希望が残されていると思っていた自分に気づいた。

ドワイトがハイスクールから、クライドがオフィスから昼食のために帰宅する正午の少し前に家に戻り、郵便物と一緒に『ウィークリー・ガゼット』をダイニングに置いて二階の自分の部屋に上がった。鏡で顔を見ると、皺が目についた。多くはないけれど、さすがに二十歳の顔ではない。そのうち、年のわりには若いと言われるようになるのだろうか。

フィリップの婚約の件をソフィーが喋りまくる時間を充分にあげてから食事に下りた。彼女はうれしそうだ。勝ち誇った目をしている。私たちは本当に、心の底から嫌悪し合っている！　クライドのことも嫌いだ……ひょっとして、直接、本人にそう言うべきなのだろうか？　そう、私は昔から大嫌いなのだ。この家も、この町も、私を閉じ込めてがんじがらめにしている！」

数年後の日記に、フィリップと出くわしたことが書かれていた。一八九七年の冬のある日。

「今日、ハッターズ・レーンを歩いていたらフィリップに会った。彼が立ち止まったとき、私は言葉が出てこなくて、ただ握手を交わした。彼が私と同じように動揺した顔だったのが、せめてもの慰めだった。フィリップは若々しく元気そうで――なによりつらいことに――とても幸せそうだった……」


前の晩に郊外に少し雪が降り、遠くの景色が青白く霞んで見えた。空気は冷たく澄んでいて、ハリエットが踏みしめると、足の下で雪と霜が一緒に音をたてた。灰色の空が太陽を隠している。

最初フィリップは、ハッターズ・レーンをゆっくりとこちらに向かって一人で歩いてくる長身の人影としか映らなかった。近づくにつれ、帽子の角度や腕の振り方、猫背気味の両肩にどこか懐かしさを覚えると同時に、心が掻き乱される気がした。ハリエットの足が止まった。自分の意志で止めたのではなく、いきなり全身が麻痺《まひ》したような状態に陥ったのだ。喉が詰まって呼吸が苦しくなり、思考がストップした。フィリップだ。はっきり彼とわかる距離まで来ると、向こうもハリエットに気づいて一瞬立ち止まり、それから足早に近づいてきた。

「ハリエット！」

彼女は、マフから手袋をはめた片手を差し出した。「こんにちは」

フィリップは帽子を取った。ブロンドの髪は昔より少し長くなり、短く刈ったもみあげはなくなっていた。顔がほっそりしたため、目の細さと吊り上がった目尻が際立っていた。それ以外はほとんど変わっていない。大人になって少し顔がたくましくなった。自信に満ちあふれて見える。まるで――ようやく、ハリエットの頭がまた動きだした――自分の世界を見つけ、充分それに満足しているかのようだ。熱烈にハリエットを愛し、彼女が深く傷つけたときの若者とは大きく違う。「今の彼なら、私だけじゃなく、どんなものにもあんなに傷つけられることはないわ」と思いながら、ハリエットは言った。「お会いできてうれしいわ、フィリップ。とてもお元気そうね」

「君もね」フィリップは品定めするかのような視線を隠そうともせず、真正面から彼女をしげしげと見つめた。

彼は、私の顔に何を見ているのかしら。どう思ってるの？　ハリエットはフィリップの顎に視線を集中させ、ゆっくり落ち着いて呼吸して体の震えを抑えようと心がけた。「年月は男性より女に酷だわ……しかも私は、顔に出るような幸せを味わっていないもの……」

フィリップの目に映ったのは、ハリエットの歪んだ口元と、眉間に貼りついた小さな皺と、温かみのなくなった表情だった。悲しさと苛立ちの交じった気持ちで、出会わなければよかったと思った。夕方近くの寒さの中にあとどのくらい立ち、儀礼的な会話を続けなければならないのだろう。だが、そうした気持ちの奥底で、長いあいだ封印していた昔の記憶と感情がよみがえってきた。彼女は今でも美しかった。体の線が細くなった以外にもいくつか変化はあるものの、美しいことに変わりはない。

彼女がその美しさをすっかり失うことはないだろう。輝く大きな瞳、長くて黒い睫毛、きれいな顔の輪郭、優雅な物腰は、多少の衰えを補って余りある。

彼女を見ていまだに鼓動が早まることに気づき、怒りと驚きを覚えたフィリップは、やはり会わなければよかったと思った。

ハリエットは目を上げた。微笑みを浮かべ、落ち着いて言った。「おめでとう――どちらにも。絵の成功と結婚と」

「ありがとう」

わずかに間《ま》があいた。自分に対して祝福する事柄が見つからないのだと、ハリエットは思った。間を埋めたのは、彼女のほうだった。「サムナーには長く滞在するの？」

「わからない。昨日着いたばかりなんだ。母の体調があまりよくなくて、こっちに来たいって言うものだから。母は昔から、ここが気に入っていてね。それで、ドロシーと――僕の妻だけど――父と三人で付き添ってきたんだよ」

「お母様、心配ね。帽子をかぶって、フィリップ。風邪をひいてしまうわ！」忠告する言葉が自然に出てきて、十二年という時の隔たりを一気に飛び越えた。フィリップの表情がふと変化したが、一瞬だったのではっきりとはわからなかった。

彼が帽子をかぶり、髪の毛が隠れると少し年を取って見えた。再び、十二年の歳月が越えられない壁となって二人のあいだを隔てた。

「伯母さんは元気かい？」フィリップが社交辞令的に訊いた。「それとも、もう亡くなってるのかな。僕が覚えている伯母さんは、かなり高齢だったものね」

「まだ生きているわ」完全に成功したとは言えないが、努めて軽い口調で答えた。「永遠に生き続けそうよ」

「遺産が転がり込むのを待っているうちに、私のほうが年老いて萎《しお》れてしまうわ」と言っているようなものだと思っているのが、フィリップの目に表れていた。その瞳に哀れみが浮かんでいる。哀れみ！　フィリップに哀れまれるなんて！　ここ数年、何があっても顔色を変えたことのないハリエットだったが、急に顔に血が上り、回れ右して彼の前から走り去って泣きだしたい衝動に駆られた。

「今、ご自宅はどちらなの？」と、彼女は尋ねた。

「グロスター……と言えるかな。あちこち動きまわっているんだ」

空想の中でしか知らない遥か彼方の土地と、魅惑的な数々の町の名が、ハリエットの頭を駆け巡った――本当なら彼女が見たかもしれない、目の前に立つこの他人と共有するはずだった場所だ。そうした場所への耐えがたいほどの憧憬が、ハリエットを痛いほど苦しめた。

フィリップが尋ねているのが聞こえた。「お兄さん夫婦と息子さんは元気？」

「ええ、とても。ドワイトはもうすぐ大人よ」

「そうだろうね」

ただの世間話だ。そろそろ終わらせなければと、手を差し出した。「お母様が早くよくなられるといいわね……また会えてうれしかったわ」

「僕もだよ」フィリップは握手をして帽子を軽く持ち上げ、横に少し動いてハリエットに道を譲った。

そのとき、ようやくハリエットは自然な温かい笑顔をフィリップに向けた。不意に彼が、昔と同じ若者に見えたからだ。

その笑顔が彼女の表情を一変させ、時の流れを拭い去って、フィリップの目にも若いハリエットがよみがえった。思わず一歩前に出た彼の顎の筋肉が、動揺した気持ちを物語るようにこわばるのがわかった。「ハリエット、僕らの婚約をなぜ破棄したのか、今なら訊いてもいいかい？」今度は、彼が軽い口調を装う番だった。

「理由は、あのとき話したはずよ」ハリエットの声が、以前と同じ抑揚のない調子に戻った。

「ああ……そうだったね。でも、僕は信じなかったんだ。今も信じていない。これからもだ」もう一度帽子を持ち上げ、フィリップは歩み去っていった。

ハリエットは佇《たたず》んで、その後ろ姿を見送った。彼は振り返らなかった。彼女がフィリップを見たのは、それが最後だった。

第十八章

フィリップと会った二カ月後のハリエットの日記に、スピア夫人が死亡したことが記されていた。クライドとソフィーは葬儀に参列した。「ソフィーは楽しそうに、フィリップの奥さんがいかに可愛かったかを私に話して聞かせた。彼と同じようなきれいなブロンドで、小柄な、か弱そうにさえ見える体形をし、とても美しい顔立ちだという。まだ二十代前半だそうだ。ソフィーの話では、フィリップを心から愛しているのが、彼の姿を追う目つきからわかるらしい。フィリップも彼女にとても優しく接しているようだ。私は黙ってソフィーの話を全部聞いたあと、『よかったわね』とだけ言った。

邸宅は閉じられることになった。スピアさんはフランスに戻り、フィリップと奥さんはグロスターで夏を過ごす予定だ。

スピア夫人の死因は腫瘍だったとソフィーが言っていた。ひどく苦しんだと聞いて気の毒には思ったけれど、郵便局で会ったあの日、フィリップの婚約をにおわせてほくそ笑んだ残酷な仕打ちが、どうしても忘れられない。死んでしまった人のことを悪く言いたくはないが、夫人が私を好きではなかったのと、息子の嫁になってほしくなかったことだけは確かだ。

サムナーに喜んで来ていたのは夫人だけだった。その彼女がいなくなってしまったのだから、フィリップと私の道が再び交わることはないと思う。彼の世界はなんて広く、私のは、なんて狭いのだろう！

けれど、彼が私を完全に忘れることはない気がする。フィリップは今でも最愛の人であり、私がこの地から出ないでいるかぎり、彼はどこへ行こうと私を思い出すだろうと考えると、少しは心が慰められる。私との思い出は、きっと彼の中に残り続けるはずだ。

フィリップ、いつの日か、若い頃のことが問われなくなるくらい月日が流れたときに私の予感が外れて再会したら、燦々《さんさん》と照る陽射しの中で私たちの岩に二人で座りたいわ——あなたに指輪を返した日以来、一度も足を向けたことのないあの岩に——そしてロジャーのことと、私がなぜあなたと別れたかを正直に話すの。そうしたら、そのときあなたはどう感じるかしら」

一九〇二年四月、日記には、ハリエット伯母さんの死について長々と綴られていた。百二歳だった。「今日、ハリエット伯母様が死んだ。自宅のベッドを離れたのは数カ月前だが、自分の部屋に戻れなくなってからは何年も経つ。私の人生の環境を変えるには、伯母様の死は二十年近く遅かった。

今朝七時に看護婦からの電話を受けて、早朝の路面電車でフェアヴューへ駆けつけ、葬儀屋と会って棺《ひつぎ》を選び、葬儀の段取りをおおかたつけた。

看護婦は、遺体と私を二人きりにして部屋を出る際、こう言った。『こんなに長生きなさったと思えば、素晴らしいじゃありませんか。本当に生命力のある驚異的な方でしたね』

私は頷いて、素晴らしかった、と応えた。

看護婦が出ていくと、シーツをめくってハリエット伯母様の顔を見た。ブラインドの一つを上げ、顔に陽射しが当たるようにした。生きているときと変わったかどうか、よくわからなかった。でも考えてみれば、長いあいだ生きる屍《しかばね》に等しかったのだ。こめかみがややくぼんで、以前より頬が落ちた気もしたけれど、その程度の変化しかなかった。

私はベッドの傍らに立って、目も耳も不自由になり、杖を頼りに足をひきずりながら、私が得るはずの遺産の残高を減らしながら長生きして充分満足だったかと遺体に問いかけた。せめて、そうだったと思いたい……。急に狂気のようなものに突き動かされ、遺体の顔を殴りつけたくなった。両拳を固めたあとで、自分が恐ろしくなって両手をしっかり握り締めた。

私はどうなってしまったのだろう。気難しいオールドミスに見えるだけでなく、もっと悪質な人間に成り下がったのだろうか。これまでの人生が、私の理性に悪影響を及ぼしたというのか。

クライドと葬儀の詳細を相談し、仕立屋に置いてある喪服を取りに行くため、今夜、いったんサムナーに帰ってきた。明日には再びフェアヴューへ行って、葬儀が終わるまで滞在する。そのあとは、あの家を閉じて、もう二度と戻らないつもりだ。

書き物机の前に座って、鏡で自分の顔をじっくり見つめてみる。鏡の中の顔には、若さも温かみもない。口元が堅くて表情は厳しく、きつい目つきだ。年齢より老けてさえ見える。高く評価されたものをすべて失い、愛の成就を一度も経験したことのない女の顔だ。

おそらく、私に愛情を注いでくれる人は、もはや一人も残ってはいない。子供の頃のドワイトは私を慕ってくれたけれど、大人になった今は知らん顔だし、クライドとウォレンとソフィーは、明らかに私のことなど気にもかけていない。エドマンドとはもともと疎遠で、親類の葬儀でしか顔を合わせることはないし、それ以外に愛情を期待できる人間はいない。四十になった自分を見つめ直して、自分という存在が継続しようが終焉《しゅうえん》しようが、誰一人気にする者がいないのだと気づくのは、心底恐ろしいことだ。まるで、冬の寒い日に裸で冷たい風にさらされているように背筋が凍りつく。実際、私は過酷な運命の風にさらされている。その風を和らげてくれる愛は、どこにもない。私は事実と向き合わなければならないのだ。今後も愛に巡り合うことはないという事実と。フィリップを失ったときに私を支えていた希望は潰《つい》えてしまった。サムナーを離れて別の場所で夫と家庭を持つことも、子供を持つことも、もう遅すぎる。

だとしたら、私には何があるのだろう。以前は重要だと思っていた、ハリエット伯母様の遺産は手にした。それは最大限活用するつもりだ。誰からも愛されることがないなら、せめて、この地域の有力者になろう。

今夜、二階に上がってきたときに、正面のいちばんいい部屋を私の寝室にしようと思いついた。クライドとソフィーは、もうじき手厳しいショックを受けることになる。私は平均寿命の半分近くものあいだ、自由を与えられずに生きてきたのだ。他人の家に住んで、彼らの望みに従い、彼らの言うとおりに振る舞ってきた。今や、この家は私のものになったのだから、クライドとソフィーとドワイトから自由になろう。もう、お小遣いから間借り賃を引かれなくていいのだ……。

たった今書いた二つの段落を読み返してみた。ばかばかしい。これ以上書く必要があるだろうか。どうして、人生のこの段階になって、伯母様の死が重要な意味を持つふりを自分自身にするのだろう。しょせん、塵《ちり》と灰にすぎないのに……」

ここへきて、スーザンも読み返した。ハリエット・ローデンが読んだ箇所ではなく、その前の文章だ。難しい顔で首を振る。きっと、どんな女性でも同じ疑問を抱くだろう。手がかりになりそうなものが見つからず、違った視点でその日の記述を最初から読んでみて、さらに険しい顔になった。ハリエット・デヴィットの遺産は姪にとって塵と灰だったかもしれないが、その感情が即座に家族への攻撃に向かわせたとは、どうしても思えなかったからだ。

ずっと前に話の一部を聞かされていたスーザンだが、詳しい事情はよくわからなかった。クライド、ウォレン、エドマンドの三人の兄は、ハリエット・デヴィットから折に触れて借金をしていた。スーザンの祖父、クライドの借金は、土地に関するものだった。鉄道会社が新たに路線を造ることを聞きつけたクライドは、伯母から資金を借りて予定地区の土地を購入した。だが、彼の投資にはありがちなことだが、結局うまくいかなかった。路面電車が台頭し、地元の会社はその路線沿いにフランチャイズを確保した。期待していた鉄道の計画は実現せず、クライドは価値のない再生林の所有者となった。それを引き継いだ息子のドワイトは結局、税金を支払うため土地を売却した。ウォレンとエドマンドがどうして伯母から借金したのかは、聞いていたかもしれないが忘れてしまった。借金の理由が問題なのではない。とにかく三人は金を借り、伯母が死んだとき、その資産の中には三人が共同で有していたサムナーの実家の三分の一の所有権を抵当に取った証書も含まれていた。ハリエットはアサヘル・スピアが描いた高価な自分の肖像画さえ外さず、すべてをそのままにしてフェアヴューの屋敷を閉じると、サムナーに戻って、抵当権の請戻し権喪失手続きをすることを兄たちに宣言した。彼らの借金は邸宅の所有権とほぼ同額に上っていて、急なことで誰も抵当を取り戻す準備が調わなかった。ひとしきり揉めたのち、結局、兄たちが所有権を放棄した。こうして、ハリエット・ローデン一人が実家の所有者となり、彼らとのあいだに修復不能な亀裂が生まれたのだった。

それが、スーザンが覚えている話だ。祖父のクライドは家族とともに、今もドワイトとスーザンが暮らしている簡素な家に移り住んだ。その頃、さらに投資に失敗した。夜の静けさの中であらためて思い返してみると、保守主義と切りつめた生活スタイルの陰で、祖父にはギャンブル好きな傾向があったような気がする（そういえば曽祖父は、一八五〇年代に不運なファーミントン運河の事業で財産を失ったのではなかっただろうか？）。往々にして楽に金を手に入れたいという欲求に駆られては、いつも経済状況を悪化させていたのだった……。

スーザンは、次のページを読み進めた。フェアヴューの屋敷を閉めることについて、ハリエットはこう書いていた。「昨日、玄関に南京錠を掛けて最後の雨戸を釘で打ちつけたのを目にしたとき、もうここには戻ってこなくていいことに心から感謝した。今後、この家は過去に引き渡すのだ……」

兄たちとの諍《いさか》いについては、わずか数行で片付けられていた。「彼らの怒りなど、私は意に介さない。好きなだけ毒づいて、わめき散らせばいい。私は自分の所有権を最優先に考える。私が全財産を相続したからには、伯母様が保管していた抵当証書を燃やすことも、伯母様がしてきたように利息を一セントも回収せずに証書箱に入れたままにすることもしないということを、はっきりさせなければならない。今頃は、彼らも私が本気だと思い知っていることだろう。私はこの家の唯一の女主人になる。もし、それで彼らが二度と口をきかない決断をするとしたら――それはそれで、向こうの勝手だ」

スーザンは困惑して首を振った。ハリエット・ローデンは自分から家族の憎しみを煽り、わざと状況を悪化させた。四半世紀近く前に日記を書き始めた快活で無邪気な優しい少女が、人に頼ることも人に手を貸すこともしない、こんなにも気難しい冷たい女性になったのだ。彼女は二人の男性を愛し、いずれの愛も成就しなかった。その反動で変わったというのだろうか……これほど著しく？

そうした疑問に気を取られながらページをめくっていたので、内容がもう一つ頭に入ってこなかったが、さほど集中する必要もなかった。単に日々の活動が綴られているだけで、書き手の人格が再び曖昧になったからだ。スーザンは斜め読みし始めた。ハリエットは忙しい日々を過ごしていた。庭に関心を寄せ、彼女が手をかけた自宅の庭は、町の名物スポットになった。〈サムナー・ガーデン・クラブ〉を創設して、初代かつ終身会長に就任した。図書館委員会の一員として働き、一九一〇年には新しい図書館を建設する資金を集める募金運動の責任者を務めた。町の財政審議会初の女性メンバーにもなっている。組合教会では一目置かれる存在となり、一九〇八年、外国伝道協会の会長に選出された。一九一一年には、すでに国内伝道協会の事務局長も兼任していた。一九一四年、新たに牧師を選ばなければならなくなると、ハリエットは選考委員になった。ある候補者について、彼女は次のように記している。「まったく見栄えのしない人物だ。服装もみすぼらしい。緑色の上着は古ぼけていて……」

　色褪《あ》せた手書きの文字に向かってスーザンはそっと話しかけた。「大叔母様ったら、その人に新しい上着を買ってあげればよかったじゃないの」

　戦時中は、彼女の活躍の場がさらに増えた。ベルギー難民、フランスでの戦闘で生まれた孤児、自由公債の勧誘運動、赤十字。スーツに毛皮を羽織り、つば広の帽子をかぶった、こぎれいな五十代の女性を想像してみる。有能な雰囲気をたたえ、美しかった昔の面影が残っていて、次々に会議をこなし、議論をうまくまとめて結果を出していく。「サムナーの議事堂」と、父のドワイトが彼女を称したことがあった。彼女は熱心に働いた。日記の記述は、忙しい日々を簡潔に記録したメモのようになっていった。

　だが一九一八年、脇目もふらずに働いてきたつけが回り、それまで完璧だった健康状態が崩れ始めた。重い風邪が回復しそうにないと日記に書いている。「医者にかかったことなどなかったが、この厄介な風邪は、リーパーさんの民間療法では治らないだろう。今回ばかりは、負けを認めざるを得ないようだ。先日の夜、教会の幹部会議に出席したときに、デューイさんからハートフォードのチョーンシー・ラッシュ医師を勧められた。明日、電話をして予約を取ろう。インフルエンザが流行っているので、これ以上放っておくわけにはいかない」

後日の日記に、ラッシュ医師の精密検査を受けたことが記されていた。数ポンド体重が減り、二度ほど通院をして、ようやく医師から快復を宣言された。

休戦後、戦時下での活動が終わると、ハリエットは〈サムナー市民向上クラブ〉を立ち上げた。すると、女性の選挙権をめぐって政治に興味を抱き、共和党のタウン委員会の一員になった。ハーディングを大統領にするための交渉を終えたばかりのブランデジー上院議員が、食事会に参加した。「魅力的な人だ」全国的なイベントに間近で触れた興奮が伝わってくる。「彼と話していると、もっと早く政治に興味を持っていればよかったと思う……」

実際はタウン委員会止まりで、そこから先へは進まなかった。日記に書いているほどには、本当は政治に関心がなかったからではないかと、スーザンは思った。実のところ、後半の人生の中心となっていたクラブ、教会、市民のための慈善活動といったものに、彼女は心から関心を抱いていたのだろうか。スーザンは懐疑的だった。確かに、そのおかげで彼女は威信と名声と仕事を得た。だが、自分の限界を超えて何かを成し遂げるつもりはなかったような気がする。ただサムナーの町にささやかな居場所を求め、それ以上のものは期待していなかったのではないか。彼女は、自分の力で、自分のためだけに生きたのだ。

とにかく、家族に関心がないのは間違いなかった。一九一九年に自分が生まれたときのことを書いた一行を、スーザンは面白く読んだ。「ドワイトの妻が今日、女の子を産んだ。ドワイトは、まだ外国の病院にいるはずだ」

一九二一年のエドマンドの死、ウォレン一九二二年、クライド一九二七年、ソフィー一九三三年が、なんのコメントもなしに記載されていた。ハリエットはいずれの葬儀にも参列し、贈った花などを書き留めていた。彼らの死に直面してどういう感情が湧いたかには一切触れられていなかった。

だが、一九三五年にフランスでフィリップが死んだ際は、悲しみと埋めようのない喪失感と後悔の念に襲われたようだ。日記には次のように書かれている。「フィリップ……ああ、私の愛しい人！せめてもう一度だけでも会いたかった。今朝、朝食の席で手に取った新聞であなたの死を知って、まるで私たちが婚約していて結婚式の前日にあなたが死んでしまったかのようなショックを受けた。こんなに長い年月——もうすぐ五十年になる——が過ぎたのが嘘のようだ。どういうわけか、死はもちろんのこと、年を取ることも、どんな変化も、あなたと結びつけたことがない。いつだって、思い出すのは若き日のあなたの姿だった。新聞を握り締めてテーブルに座る私の一部が、あなたと一緒に死んでしまった……。

家の中にいるのが耐えられなくなって、外に歩きに出た。あなたと歩いて以来行っていなかった川沿いの小道に向かった。（今でもあまり変わっていないから、あなたもすぐにわかるわ。）私たちの野原と岩はそのままだったけれど、クルミの木立はなくなっていた。岩に腰かけて、隣に座っているあなたが、私が言ったことに笑顔で応えてくれているのを想像しようとしたけれど、できなかった。近頃、あなたの顔がはっきり思い出せない。目、髪の色、口の形は個々に思い出せても、全体像が浮かばない。あなたが死んだことを泣いて悲しみたかったのに、涙も出なかった。私はもう、長いあいだ泣いたことがない。

野原も岩も川も、遠くに見える山々も同じはずがないのに、昔と同じに見えた。自分が劇的に変化していると、昔行った場所に戻ったときに、その景色が変わっていないことに違和感と悲しみを覚えるものだという話を何度か読んだことがある。今朝、それがどんなにほろ苦いものかを身をもって味わった……」

岩に座って五十年前に別れた恋人のために悲しみ、何もない野原を失った時間で埋めようとしている老女……。スーザンは、静けさの中に今でもこだましているその声に耳を傾けるかのように、少し頭をかしげてハリエットの姿を想像した。

日記は続いた。「フィリップ、この半世紀が二度と巡ってこないことを私は神に感謝した。とても長くて、空虚で、無駄な時間だった。それも、もうすぐ終わりを告げる。でも、やっぱり……私たちの岩に座って思った。こんな年月を過ごすことなく、あなたと出会った日に戻って、幸せだったあの数カ月をもう一度味わえたなら……。

ああ、フィリップ、私に会いに来てくれていれば！　三年前に奥さんが亡くなったとき、あなたはこの国の、そんなに遠くないグロスターにいたのに！　もし来てくれていたら、なぜロジャーへの愛があなたとの結婚を阻んだかを話したはず。いや、果たして本当にそうしただろうか。あなたも、私と同じく白髪の老人になっていたのでしょうね。もしかしたら禿げていたのかしら――いいえ、彼が禿げるなんてあり得ない！　たとえ会っても、お互い気がつかなかったかもしれない。これでよかったのだ。頭の中ではわかっているのに、それとは裏腹に、心には昔のつらい想いがよみがえってくる……。

フィリップ、ああ、フィリップ、これが本当に最後のさよならね。あなたが死んでしまった今夜、世界はいっそう憂うつなものになってしまった。もう、この世界にあなたはいないのだから……」

たった一人、浮かない顔で日記に向かい、加齢のためおぼつかなくなった手で、日々、頭に浮かんだことを書き留める老女。長いこと感情を抑えてきた彼女には、ロジャー・デヴィットが自分にとってどういう存在だったかも、いつしか曖昧になっていた。

その後は、ほんの少ししか記述がなかった。行った場所、会った人、その日の行動が書かれているのみで、どんなことを考えたり感じたりしたかは、まったく書かれていない。フィリップの名前も二度と出てこなかった。

最後の記述は、一九三五年十二月十五日だった。

「ここ数日の出来事を記そうと日記を開き、万年筆を手に取ったとたん、意味がないと思った。なぜ、わざわざこんなことをしなくてはならないのか。捌《は》け口を必要とした年齢をとっくに過ぎたのに、どうしていまだに日記を書いているのか。単なる習慣なのだと思う。この数年に起きたことが、書くに値していたからでは決してない。七十五歳にして一人きりで生きている老女にとって、日記などばかげている。

だから、この日記帳はほかの日記と一緒に屋根裏にしまうことにする。近いうち、もう一度取り出して読んだあとで燃やして、過去とつながるものは消してしまおう。そういう思いきったことをするのも大事だ」

（「そうしてくれなくてよかったわ」と、スーザンは思った。）

「日記をつけるのは、ばかげた行為だと、ずっと思っていた。それなのに五十年も書き続けてきたとは！　私の人生につきまとってきた皮肉が集約されている」

第十九章

夜更けになって、家の中が冷えて静まり返っていることに急に気づき、寝静まっている世の中で起きているのは自分だけだという孤独感を覚えたスーザンは、最後の日記帳を閉じて明かりを消した。

横になって、ハリエット・ローデンのことを思った。階下の時計が二時半の鐘を打ち、三時、三時半と時が過ぎた。ハリエットの屋根裏への階段を初めて上った日から数日間で、まるで現在のことのように現実味を帯びた昔の出来事について考えることに疲れたスーザンは、そのあとしばらくして眠りに落ちた。すべてをデイヴィッド小父さんに話して、疑問点をぶつけてみよう……。

午前中にデイヴィッド・オリヴァー弁護士のオフィスに電話してみると、彼はまだフィラデルフィアにいて、あと一日、二日は戻ってこないとのことだった。受話器を置いたスーザンは、もどかしそうにため息をついた。ハリエット・ローデンのことが頭の奥に貼りついていて、二日もじっと待っていられそうにない。

電話は、リビングの出窓を背にした祖母ソフィーの古いマホガニーの両袖机に置かれていた。スーザンは机の前に座って外の芝生を見つめながら、受話器を置いたばかりの左手で、艶のある木の机をいらいらと叩いた。右手でメモ帳と鉛筆を取り出し、何やら書き始めた。それは、どうしても答えを知りたいと感じた質問のリストだった。問題は、どこでその答えを得られるかだ。オリヴァー弁護士が出張中となると、父親しかいない。だが、ドワイトはこれ以上ハリエット大叔母さんの話はしてくれないだろう。となると……「今すぐ誰かとこのことを話さなきゃ」スーザンは声に出して言った。「とにかく、なんとかしなくちゃならないわ」

ドワイトが昼寝をしに部屋へ行くのを見計らって、スーザンは車を出した。オリヴァーの秘書に彼が留守だと聞いた瞬間から、どうするかは決まっていた。それについて、なるべく考えないようにしてメイン・ストリートを走り、やがて通りを曲がって目的地へ向かった。われながら、自分の思いつきに愕然としていたのだ。

五月の陽射しを浴びた〈リバーハウス〉は、六十年前、ハリエットが訪れたときと同じに見えた。レンガの壁を這うツタが厚くなって、周囲の敷地は昔のようには手入れされていないものの、大きく変わってはいなかった。スーザンは私道で車を降り、正面の階段を上がって、自分がしようとしていることを深く考えるのはやめて呼び鈴を力強く押した。

乱れた白髪頭の太った女性が、染みのついたエプロン姿で玄関に現れた。「女だったら、普通はあんなエプロンに一分も耐えられないわ」と思いながら、スーザンは尋ねた。「スピアさんはご在宅ですか」

女性はスーザンを舐めまわすように見た。「スピア少佐は、どなたにもお会いになりません」

スーザンは、気詰まりなこの状況から逃げ出したい気持ちを抑えて明るい笑顔を浮かべ、きっぱりした物言いを装った。「ご迷惑でなければ、ミス・ローデンがお会いしたがっているとお伝えいただけませんか」

「ええと……」女性は渋々ドアを大きく開けて、スーザンを招き入れた。「一応、お伝えしてみましょうかね」期待は持てないし、責任は負わないと言わんばかりの口調だった。女性は重そうに足を引きずって奥に引っ込み、スーザンは一人玄関に残された。気がつくと、彼女はルームシューズを履いていた――真っ昼間にルームシューズだなんて！　思わず頭を振った。きっと、男の人は細かいことは気にしないわ。

階段の出っ張りで、女性がノックしたドアは見えなかった。スーザンの右手のドアが開いていて、西向きの広い部屋が見えた。家具は置かれていない。色褪《あ》せたブルーとシルバーの壁紙が貼られているが、おそらく、ハリエットが魅せられた緑色の客間に違いない。とうとう、ハリエットの過去に足を踏み入れたのだ！　突如、興奮が湧き起こり、何もない壁と床と暖炉に興味津々で見入った。

彼女の応対をした使用人らしき女性の声に交じって、男性が呟く声が聞こえた。自分に会うのを拒否したのだろうか。ローデンという名を出せば効果があると思ったのだが、無意味だったのか？　スーザンは熱くなった頬に冷たい手を押し当てた。私はなんてばかなことをしているのだろう！

女性のものよりしっかりした足音がむき出しの廊下の床に響くのが聞こえて、客間に顔を向けていたスーザンが振り向くと、彼女が意を決して突然会いに来た当の相手が姿を現した。廊下の半分ほどの距離から、二人は互いを見た。

「父親にそっくり――ハリエット大叔母様が書いていたとおりの風貌だわ」というのが、スーザンが抱いた第一印象だった。

父親のフィリップ・スピアに実際に会ったことはないので比べられないが、長身でブロンド、切れ長の青い目が少し吊り上がっているところは、日記に書かれていたフィリップの描写そのままだった。細かな違いを判断する術《すべ》は、スーザンにはない。大叔母が知っていた頃の父親のフィリップよりも大人の顔なのは間違いなかった。その表情には強い意志が感じられる。彼は三十八歳だが、三年間の従軍経験で実年齢より年上に見える、たくましい顔になっていた。鼻から口にかけての皺が深く、顔が細いために高い頬骨が目立って、それがやつれた印象につながっている。どこか疲れた目をしていた。

軍服は着ておらず、スラックスとセーターにモカシンシューズというでたちだった。

スーザンは前に進み出た。「初めまして、スピア少佐。会ってくださってありがとうございます」と、片手を差し出した。「私はスーザン・ローデンといいます。お父様と知り合いだったのは私の大叔母で――」早口で言いかけて、ふと止まった。想像の世界で物語を膨らませてきたために、つい力が入って「お父様と知り合いだったのは私の大叔母」という言葉が唐突に口をついて出たのだった。自分も物語の中の一人になったような気でいた。息子のフィリップは、ハリエットが日記に記していた父親のフィリップと瓜二つで――親子なのだから当然と言えば当然だが、スーザンには心の準備ができていなかった――しかもこの家、あの客間は、物語の舞台となった場所だ。そうした要素と、自分はここで何をしているのだろうという焦りの気持ちが胸の内で複雑に絡み合ううち、スーザンはようやく現実に戻った。過去を調べるのは悪いことではないが、こういう混乱した感情を抱くのはよくない……。

微笑んだフィリップの目が輝いた。「そういうことだろうとは思ったんですがね」少々愉快そうな、それ以上に興味をそそられた様子で彼女を見下ろしていた。スーザンの顔は恥ずかしさにバラ色に紅潮し、深い赤褐色の髪の色と期せずしてコントラストを成している黒い睫毛の下で、グレーの瞳がきらめいていた。ゆっくりと吟味した結果、フィリップ・スピアは、このくらい美人なら、午後の読書を妨げられても男はみんな腹を立てないだろうという結論に至った。「家政婦から若い女性だとは聞いたんですが、それでも、ひょっとして父の知り合いのローデンさんではないかと期待したんです。でも彼女はもう、かなりご高齢のはずですよね――生きていらっしゃればですが」

「大叔母は、数週間前に亡くなりました」スーザンに自信が戻ってきた。彼はハリエット・ローデンのことを知っていて、スーザンの突然の訪問にもさほど驚いた様子が見えない。家に引きこもりがちの生活を送ってきた彼女でも、何人かの男性に言い寄られた経験はあり、彼らは一様に熱い視線や声のトーン、彼女に対する関心の度合いで気を惹こうとしたものだ。そして、この人は……スーザンは慌てて考えを打ち消し、「うぬぼれるのもたいがいにしなさい！」と、自分を戒めた。「彼は昔の話を知っていて、名前に反応しただけなのよ」

「ああ、すみません。中へ入ってお座りになりませんか。といっても」――彼は何もない廊下とその奥の部屋を指した――「キャンプ生活も同然の状態なんですが。でも、わりと居心地のいい部屋が一つだけあるんです。少なくとも椅子はありますから」

彼と並んで階段下の部屋へ向かいながら、スーザンは尋ねた。「スピア少佐、あなたのキャンプ生活では、新聞もお読みになりませんの？」

「そんなことはありません。でも、なぜ……ああ、あなたの大叔母さんの死亡記事のことですか」

「ええ。不思議だったのでお尋ねしたんです」

「それは賢明な考えですね。何かを知りたいと思ったら、率直に尋ねる。この場合」――スーザンの左側にいた彼は、一歩下がって彼女のためにドアを開けた――「僕は日刊紙を二つ取っているんですが、どちらにも目を通さないことが多いんですよ」

「まあ！」スーザンは、彼の言った言葉ではなく、足を踏み入れた部屋に感嘆して声を上げた。西側の壁のほとんどは四角い窓で、そこから山々を背負った川が見渡せる。

「客間からも同じ景色が見えるんです」と、フィリップが言った。「でも、ここのほうが窓の配置の関係で眺めがいいんですよ。どうぞおかけください。何かお飲みになりますか」

革製の椅子は、ふかふかで座り心地がよかった。出てきた飲み物はスコッチの水割りだった。「ソーダが見当たらなくて」グラスに氷を入れながら、フィリップが言い訳した。「どうも、家政婦も僕も、整理整頓が得意じゃないんです」

スーザンはグラスを受け取って水割りをすすりながら、たくさんのノートや分厚い本が積み上げられたこんな大きな机に向かって、彼は何をしているのだろうと興味をそそられた。一冊の本の背表紙のタイトルを逆さに見て「……に関する報告書」という文字は読めたが、角度が悪くてそれ以上はわからなかった。きっと、いろいろな書類仕事か、あるいは何かの研究をしているのだろう。

スーザンの憶測の対象であるスピア少佐は、向かいに座り、足を組んでグラスを持ち上げた。「さて、ローデンさん、あなたの動機が何であるにしろ、ここまでのところ成功していますよ」ひと口で水割りの三分の一が消えた。

こういうことに慣れているかのような飲み方だったが、だからどうだというのだ？　スーザンには関係のないことだ。

すると、スーザンを見て微笑んだ彼の目がまた輝きを帯び、彼女は、父親のほうのフィリップの笑顔とその魅力についてハリエットが日記に書いていたことを思い出した。「私はなにかと影響されやすいんだわ。そこが問題なのよ」と、自分自身に苛立ちを覚えた。

椅子の背もたれに頭を預け、フィリップ・スピアは半ば閉じた瞼《まぶた》の下からスーザンを観察した。

「かなりいいきっかけを差し上げたと思うんですがね。乗らないんですか？」

この人は自分に用件を話させて、早々に切り上げようとしている！　光と空間と自由を感じるこの適度に散らかった部屋に彼と一緒にいることに、不思議なほどリラックスした幸せな気分を感じ始めていただけに、なおさら屈辱的だった。これまで何度も来たことがあるかのようにくつろいで、安らいだ気持ちになっていたのだ。ハリエットの日記には、そんな記述はなかったというのに。

スーザンは持っているグラスを見つめた。部屋はただの部屋だし、目の前の男性は、十五分前に会ったばかりの人だ。そして彼は、さっさと用件を話して終わりにしろと言っている……。

スーザンの考えを感じ取ったのか、フィリップ・スピアがパイプに煙草を詰めながら言った。「急《せ》かしているわけじゃありません。時間はたっぷりあります。ただ」――彼女に向かって微笑みかけた――「なぜ、あなたが私に会いにいらしたのか興味があるんですよ。なんといっても、ハリエット・ローデンは、あなたの――大叔母さんでしたっけ？」

「そうです」スーザンは微笑みを返すと水割りを勢いよく口に含み、さらにもうひと口飲んだ。アルコールで体が温まり、彼の言葉で自信がよみがえった。

「ハリエット大叔母様のことをご存じで、本当によかったですわ。家政婦さんに名前を告げたあと、全然ぴんとこなかったらどうしようかと心配だったんです。そうなったら、私はばかみたいに、これまでと変わらず貧しいまま家に帰るしかなかったし――」まくしたてていた言葉を一瞬切って深呼吸をした。「デイヴィッド小父様がフィラデルフィアから戻るのを二日間も待っていたら死んでしまいそうだと思って」事情をのみ込めない様子の相手を見て、スーザンは付け加えた。「大叔母様の日記について、どうしても誰かと話したかったんです！」

フィリップはパイプに火をつけた。にっこり笑った口元に見えた歯は、とても白かったが歯並びはそれほどよくなかった。「大叔母さんは日記をつけてたのか。だったら、父が彼女と恋に落ちたときのことも書いてあるんですね……」

「もっと前まで遡ります。学生時代から書き始めているんです。もちろん、大事な箇所はお父様と婚約したときと――それから――婚約が解消されたときなんですけど」

「正確には、君の大叔母さんが父を振ったときでしょう」と、フィリップが訂正した。「気を遣ってくださらなくてもいいんですよ、ローデンさん。六十年も前に終わった恋愛の話なんですから」その目から愉快さが消え、彼は首を振った。「きっと、彼女はすべてを書き記しているんでしょうね。父の言ったことも彼女が言ったことも。まったく、女の人っていうのは、どうしてそうやって最も神聖な感情を解体するような真似をするんだろう。病的と言ってもいいくらいだ。黙って男をそっとしておいてくれない。何も残っていなかったら、骨を拾ってばらばらにするに違いない！」

今度はスーザンが愉快がる番だった。きっとフィリップ・スピアの過去には、潔く静かに別れたかったのに、そうさせてくれなかった女性がいたのだろう。

「あの」と、彼女は口を挟んだ。「そんなに私を責めるような目でご覧になる必要はありません。私は日記をつけていませんから」

たちまち機嫌を直して、フィリップが笑いだした。「あなたも、そのうち書きますよ。でなければ、事細かに親友に話すでしょう。でも、もし何か書き残したとしても、ぜひ、死ぬ前に燃やしたほうがいい！」

「大叔母も、そのつもりでした」女性の立場を擁護しようと、スーザンは言った。

グラスの中の氷が融けかけていた。彼女は水割りを飲み干し、そばのテーブルに置いた。そして、ハリエット・ローデンが日記を読み返したら焼くつもりだと書いていたことを話した。「そういうことなんです……」

「君は日記を見つけた──亡き大叔母さんの願いを叶《かな》えて燃やしてあげようと、日記を持ち帰った──そうせずにはいられなかったわけだ」からかうような口調には親しみがこもっていた。

「だって、十四冊もあるんですもの！」

「なんてこった！　年寄りの人生にそんなにたくさん書き留めておくことがあるとは、思いもしなかったな」

「かなりの部分を読み飛ばしましたけど」と、スーザンは説明した。「それと──私は燃やすために持ち帰ったんじゃありません。読もうと思って持って帰ったんです。デイヴィッド小父様が──血のつながった叔父ではなくて、私の名づけ親なんですけど──大叔母の遺言執行者なので、日記を破棄するかどうか決めるのは彼なんです」

「大叔母さんは、かなりの財産を遺されたんですか」

「ええ、相当な額です」何を訊かれても気にはならなかった。パイプのボウルを覆うように持って椅子に深く腰を沈めている彼とのあいだに、心地よい一体感のようなものが生まれていた。頭を背もたれに預けた状態のままなので、相変わらず半開きの瞼の下からこちらを見ている。だが、物憂げに見せている態度の裏に、スーザンは洞察力に満ちた明晰《めいせき》な知性を感じ取っていた。

フィリップの目が彼女の頭上の壁に向けられた。「君は、相続人の一人ではないんですね？」

「ええ……でも……」

「でも、何です？」フィリップは彼女の顔に視線を戻した。

「どうして、ご存じなのかと思って」

パイプにうまく火がつかなかったらしく、もう一本マッチを擦って煙草にかざすと、勢いよくふかした。「おのずから明らかですよ。もし君が相続人なら、彼女の日記に書かれた古い話を気にする必要がありますか？　ところが君は、何かを見つけた——明らかに、父と関わりのあることだ——もしかしたら、それによって状況が変えられるかもしれない」

スーザンは赤面した。彼は簡潔に、彼女がハリエットの日記を読んだ理由を要約してみせたのだ。

フィリップはにっこりして言った。「経済的な面に触れるからといって、そんなふうに、やましいことを抱えた子供のような顔にならなくたっていいんですよ」立ち上がり、スーザンがグラスを置いたテーブルに歩み寄った。「もう一杯作りましょう。そうしたら、腰を落ち着けて話を全部聞かせてください」

「私が、がめついみたいな言い方をしなくたっていいじゃありませんか」と、スーザンは抗議した。

「たとえ実際にそうだとしても。だって、そうならざるを得ないんです。そのお金が必要なんですもの。本当に必要なんです」

「だとしたら、がめつくなることの何が悪いんですか」フィリップはスコッチを注いだ。

「何も」と、スーザンは答えた。「少しも悪くなんかありませんよね。あの日記を見つけたとき、思ったんです。もしかしたら、遺産を受け取るチャンスを得られる何かが書かれているかもしれないって。今も望みは捨てていません。おかしな点があるんです……いくつか書き留めてみたんですけど……」そこで、ふと言葉を切った。「ただ、お金のことは別としても、日記を読み始めてからハリエット大叔母様のことをもっと知りたくなったんです。連載物の物語を読んでいたのに最終回を見逃して、結局どういうことだったのかしら、って戸惑っている感じなんですもの」

フィリップは作った水割りをスーザンに手渡し、向かいに座って励ますように言った。「じゃあ、それを解決できるかどうかやってみましょう」

彼は聞き上手だった。一八七九年にロジャー・デヴィットがフェアヴューを訪れてから、一九四五年四月にハリエット・ローデンが死ぬまでのスーザンの話に、質問もコメントも差し挟むことなくじっくり耳を傾けた。前屈みになって、時折小さな音をたててパイプをふかす。グラスをテーブルに置いたまま、全神経をスーザンに集中させているようだった。

彼女が話をやめると言った。「まだ終わっていませんよ。遺言書について話していない」

「ああ、そうでした」スーザンは遺言書の条項を説明したあと、葬儀と、一族が集まって遺言書の内容を聞いたときの様子を話した。その場の滑稽な要素を強調しながらも、彼女と父にまつわる、やや個人的な事柄を所どころ交えて語った。話の行間から、フィリップにはスーザンの状況がかなり把握できた。金銭面の不足と父親の体調不良が、彼女を縛りつける足かせとなっているようだ……。

黙り込んでいるフィリップを、スーザンは期待を込めて見つめていた。この娘は、わらにもすがろうとしている。だが、とても魅力的で、つい力を貸してあげたくなる。

話を聞き終えると、フィリップは尋ねた。「謎を解明できるとしたら、君は何を証明したいんですか」

スーザンは肩をすくめ、困惑したように額に皺を寄せた。「ええと……よくわかりません。ただ、日記に書かれていることがどうしても気になってしまって。もし、大叔母の精神が長いあいだ健康でなかったとしたら」諦めたかのように両手を放り出した。「ああ、自分でも何を探そうとしているのかわからないわ！　きっと——」と、小さく笑った——「こんなことでお邪魔するなんて、私こそ頭がおかしいとお思いでしょうね」

「そんなことはありません」フィリップは真面目に答えた。「大叔母さんの人生には、考察に値する奇妙な点がいくつもある。一度、父が彼女のことを詳しく話してくれたことがありましてね」と切りだした彼の声は、どこか虚ろだった。意識が過去に遡り、ある晴れた午後の場面を思い出していたのだ……。地中海の熱い砂の上で、父子は並んで寝そべっていた。母はその二年前に亡くなっていて、父は急に若い頃の話を始め、ハリエット・ローデンのことを打ち明けたのだった。その声には、昔受けた心の傷がにじんでいた。父親というより男友達のように話をする父に、最初は戸惑った……。それに、結婚前の恋愛の話を聞くのは、母に対する裏切りのような気もした……。当たり前だと思っていた家族の絆が揺らいでしまう……。だが結局、興味のほうが勝り、一人の男として話に耳を傾けたのだった……。

「父は、どんなに彼女を愛したかを語りました」フィリップの声が再び大きくなった。「彼女に振られたのは、それまでの人生で最悪の打撃だったそうです。しかもその理由は——例のロジャーという人を愛しすぎて、ほかの男と結婚できないというものだった」彼は唇をきゅっと結んだ。「どうして父がそんな戯言《たわごと》を受け入れたのか、理解できない！」

彼の口元に、スーザンは並々ならぬ意志の強さを感じた。彼なら、愛した女性を父親のように手放したりはしないだろう。それは、心躍るうれしい発見だった。

「でも、当時は今のように率直になれる時代じゃなかったのでしょう」と、スーザンは指摘した。

「彼らは紳士淑女だったんですもの。そう考えれば、二人のあいだには、思った以上に堅苦しさや遠慮があったんじゃないかしら」

フィリップは、じれったそうに首を振った。「それはないな。彼らも、僕たちと同じ男と女です」と、スーザンの考えを一蹴した。「こういうことじゃないかと思います。ロジャー・デヴィットに関わりのあることで大叔母さんの人生に何かが起きて、そのために父との結婚は無理だと感じた。婚約したときには、それが明るみに出はしないと考えていたから、二人は結婚式の計画を立てた。ところが、その後、片付いたとばかり思っていた件がぶり返してしまった。心から愛していた男との婚約を破棄するほど重大なことが……」フィリップは少しのあいだ黙り込んだ。「ロジャーとの恋愛のせいというのは嘘だ。もしそうなら、初めから父と婚約したりしないはず……」

フィリップが天井を見つめて、短く刈った髪をゆっくり撫でているあいだ、スーザンは言葉を挟まずに待った。すると、彼がスーザンの顔に視線を戻して訊いた。「ロジャーとのあいだに子供がいたとしたら？　里子に出したものの、結婚直前になって何か手違いが生じたとか」

「それは私も考えました。でも、その可能性はありません。だって、時間的に絶対に無理ですもの」

彼女の説明的な口調にフィリップは苦笑いした。まるで自分に妊娠に関する知識がないと言わんばかりだ。「ええ、わかってます」と応え、パイプの灰を叩いて落とすと、飲まずにテーブルに放ってあったグラスの横に置き、両手を頭の後ろで組んだ。「だとすると……」

スーザンは、急に眠気に襲われた。日記を読むために二晩寝不足だったうえに、暖炉の暖かさとスコッチが効いたのだ。彼女はすっかりリラックスしていた。ハリエット・ローデンについて考えるのは、もうやめよう。フィリップ——すでに頭の中ではファーストネームで呼んでいた——は、怠惰に見せたいらしいが、ハリエット大叔母さんに関して知りたいことをすべて解き明かしてくれる力を持っているのは間違いないと思う。これは、すでに彼の問題になっている。これだけ長く黙り込んでいるのは、この件についてじっくり考えているということだ……。

あくびを噛み殺しているうちに涙が出て、部屋がにじんで見え始めた。向かいに座る長身の人影とその向こうで燃える薪《まき》が混ざり合ってやがて視界から消えた。いつの間にか、スーザンは眠ってしまっていた。

最初、フィリップは目を疑った。立ち上がると、スーザンに近づいて見下ろした。脚を組んで大きな椅子の片側に頭をもたせかけ、彼女は眠り込んでいた。緩やかに波を打って肩にかかる赤褐色の髪を、西日が赤く照らしている。赤らんだ頬と黒い睫毛は陰になっていた。

長く戦地にいて女性から遠ざかっていたフィリップは、自分でもよくわからない優しい衝動に駆られて彼女を見つめた。真っすぐに彼の目を見つめる瞳、時折見せるユーモアのセンス、なぜ彼を訪れたかを率直に話す態度、会話の端々に現れる天真爛漫《らんまん》さ……容貌もさることながら、そういう要素がとても魅力的だった。「要するに」と、フィリップは苦笑した。「彼女は僕の好みのタイプってことか」

彼には珍しく、自分の椅子に戻ってスーザンに目をやった笑顔には、優しさがこもっていた。笑みは含み笑いに変わった。「たいした度胸だ」と、そっと呟く。「謎を抱えてやってきたと思ったら、それを僕に預けて眠り込むとは」

二十分後、瞼を照らす陽射しでスーザンは目覚めた。頭の位置を動かして光を避け、眠い目を開けると、フィリップが再びパイプを吸いながら、穏やかに彼女を見つめていた。

「あら、いやだわ」スーザンは慌てた。

「気にしないで」と、フィリップが言った。「昼寝ほど脳を活性化させるものはありませんからね」

「でも、私――」ここ二日、ほとんど寝ていないことを説明しかけてやめた。彼には、ややこしい謝り方は必要ない。「ごめんなさい」とだけ言って流し、体を起こして髪を整えた。腕時計を見る。「まあ、もうすぐ五時だわ！　父には、どこへ行くか言っていないんです――夕飯の支度を始めなきゃ！」スーザンは弾かれたように立ち上がった。

フィリップの動作は、もっとゆったりしていた。一緒に玄関へ向かいながら、スーザンは遠慮がちに尋ねた。「ひょっとして、ハリエット大叔母様のことで何か思いつきました？」

「いや」ドアノブに手をかけて、フィリップは答えた。「実を言うと、彼女のことはまだあまり考えていないんですよ。君と共犯になってその日記を盗み読むまでは、考えても無駄ですからね。十四冊か」と言ってから、腹立たしげに続けた。「その中に、父がひときわ目立って登場するんだ！　こんな形で、父親の過去を覗き見たくなんかないのに」

スーザンは気が咎《とが》め、「わかります」とは言ったものの、この件から手を引いてもいいとは口にしなかった。

そのことに気づいたフィリップは笑って、諦めたように訊いた。「で、ローデンさん、君の家まで、僕に車でその日記を取りに行ってほしいんですか。お父さんに内緒ということは、こっそり運び出さなくちゃならないのかな？　ところで、君のファーストネームは何ていうの？」

「スーザンです」と、彼女は言った。「それに、どこへも出かける必要はありません。日記は全部、外に停めた私の車に積んでありますから」

第二十章

フィリップの読む速度はスーザンより早かった。四年間の軍隊生活で、基本的な事実を素早くのみ込むよう鍛錬されていたからだ。一冊目は夕食のテーブルに持っていき、食後にコーヒーを三杯飲む頃には読み終わっていた。女学生のハリエットが綴る言葉は、大人になったハリエットとは別世界のものに思えた。少女時代の彼女の印象だけを頭にとどめ、細かな点は読み飛ばした。

二冊目は、ノートと鉛筆を手に机に向かって読んだ。ロジャー・デヴィットが現れた辺りから、日時と気になる情報を書き留めていった。

ロジャーとハリエットが婚約し、ロジャーは前線に戻ってインディアンの銃弾に倒れ、この世を去った……。

日記を置き、暖炉の火をつけた。五月の夜八時は肌寒かった。数日前からずっと火をつけていなかったせいもある。飲み物を作って椅子に戻り、すぐには日記を読まずにグラスを手にしたまま燃え上がる火を見つめた。

魅力的な将校がハリエット・デヴィット老女のもとを訪れた。多感な姪は、すぐさま彼と恋に落ちた。だが、もう一人の少女はどうなったのだ？　孤児で、家族として数に入れられていないローズ・ローデンは？　彼女はロジャーの魅力に免疫があったのだろうか。ローズは裁縫を習っていた。ロジャーがハリエットにプロポーズした舞踏会に行かなかった。ローズ、哀れなローズは、家にとどまった……。

ロジャーに対するローズの態度に触れた記述があった。婚約直後、ハリエットが書いている。「ローズは喜んでくれない気がするけど……」

彼女は単にハリエットの幸運をうらやんだだけなのか、それとも彼女自身、ロジャーに恋していたのか。

苛立ちとともにため息をつき、先ほどまで読んでいた箇所に戻った。ハリエットは自分のロマンスに夢中で、彼の疑問に答えてくれる記述は見つからなかった。ただ一つの例の曖昧なコメントを除いては……。

三冊目、四冊目と読み進める。四冊目は半ばで途切れ、ロジャーの死を告げる母親からの手紙が挟まっていた。

パイプに煙草を詰めて火をつけ、足置き用スツールに踵《かかと》を引っ掛けて引き寄せた。スツールの上に脚を乗せて椅子に深く体を預けると、読んだばかりの日記の内容を頭の中で反芻《はんすう》した。

足を引きずるように歩く家政婦の足音がドアの外を通り、重い体重で階段が軋むのが聞こえて、時計を見なくても時間がわかった。彼女は毎晩、十時きっかりに床に就くのだ。

暖炉の火が消えそうになっていた。フィリップは立ち上がって、火搔き棒でつついて火の勢いをよみがえらせてから、新たに薪《まき》をくべた。椅子に戻ると自分が書いたメモを手に取り、特に日付に注目した。そこから考えると、道ならぬ恋をした形跡はないし、ましてや子供を産んだということはあり得ない。

四冊目の最後の記述には、三人の女性が登場した。年老いたハリエット伯母さんとローズが口論し、若きハリエットは自室で暑い午後の汗を洗い流して、背中の痣《あざ》をロジャーはどう思うだろうと心配しながら、家の中に平和が戻ることを願っていた。おそらく伯母さんは部屋で昼寝をしていて、ローズは不機嫌に荷造りをしていた……その間《かん》にも、ロジャーの死を告げる報せが彼女らのもとへ届こうとしていた。

ハリエットは、ローズに家に残ってくれるよう説得を試みたが失敗した。スーザンの話によれば、ローズは元いたニューヨークの劇団員専用の下宿屋に身を寄せ、数年後、ハリエットが父との婚約を破棄したときに何らかの形で関わったらしい。

人生におけるその重大局面に際し、ハリエットはニューヨークへ行った。二人のあいだには手紙のやり取りがあったと、スーザンが言っていた。もしかすると、日記には書かれていないが、それ以外にもローズを訪ねたことがあったのかもしれない。日記を中断していた四年間に、何度かニューヨークへ行っていてもおかしくない。

その四年が問題だ。青い炎の先端が新しい薪に襲いかかっては後退して揺らめいているさまを見つめながら、彼らが探している答えがその空白の期間に埋もれて見つからないのではないかと不安に駆られた。

フィリップは顔をしかめ、その否定的な考えを振り払った。ハリエットが父と結婚しなかった理由はロジャー・デヴィットと関係がある。彼女は少女時代の日記に最後に記入した翌日にロジャーの死を知った。のちの結婚を阻んだものが何であれ、その頃に答えがあるはずだ……。

「ローズは喜んでくれない気がするけど……」という言葉が、頭から離れない。フィリップは、じれったそうにため息をついた。正体のはっきりしない、このローズという女性の人物像さえつかめれば！

彼女がすべての鍵を握っているという思いが確信めいてきて、フィリップはローズのことに考えを集中させた。フェアヴューにやってきた若き将校に、彼女も恋をした。きっと、そうだ。だが、彼はハリエットと婚約した。ローズは、さぞかし嫉妬したことだろう。だとすれば、どんな行動を取っただろうか。

フィリップは声に出して悪態をついた。何も思いつかない。彼女がどんな人間なのか、知らないのだ。ローズ・ローデンという人物については、何一つわかっていない。

だが彼女は、ハリエットの何かを知っていた。ロジャーとのあいだに起きた何かを。その秘密を知っていたがために、ニューヨークでハリエットの運命を握っていた。父と婚約したハリエットは彼女に会いに行った……秘密を黙っていてくれるよう頼むためか？　運命の糸を切る女神アトロポスの役割を担ったローズが、その懇願をはねつけたのだろうか。

本当に、そんなに単純な話なのか？　ハリエットがロジャーと不謹慎な関係を結び、嫉妬したローズがそのことに気づいて、ロジャーの死後、彼の思い出に忠誠を尽くすよう要求した？　もし、ほかの男と結婚しようとしたら、スキャンダルをぶちまけると脅したというのか？

フィリップは、ゆっくりとかぶりを振った。いくら厳格な時代だったとはいえ、そんな劇の脚本のようなことが実際に起きたとは考えにくい。それに、たとえ一八八〇年代に生きたうぶな娘だったとしても、ハリエットが脅しに屈したとは思えなかった。今日の午後、自分でもスーザンに言ったが、どの時代でも人間というのはそう変わらないと思う。その考えが正しいとしたら、父と愛し合っていたハリエットは、むしろ罪を告白して許しを請うただろう。

次の一冊が、座っている椅子のそばのテーブルに置かれていた。フィリップは渋々それを手に取った。いよいよ、母ではない女性と恋に落ちた若き日の父の話を読むのだ——母よりも、父がずっと深く愛した女性との恋を……。

「なんだって、こんなことに首を突っ込んでしまったんだろう」忌まわしいものでも見るような目つきを革表紙に向けて呟いた。「僕に過去を覗かれるなんて、父さんだって嫌だろう」

いや、本当にそうだろうか。あの日、フランスでハリエット・ローデンの話を息子に打ち明けたときの顔つきと声を思い出す。父は言った。「時々、サムナーに戻って彼女に会ってみたいと思うことがある。二人とも年を取った……。あんなふうに私を拒絶した理由を、今なら話してくれるに違いない。私はいまだに、本当のことを知りたいんだ……」

それに、自分を信頼してこの問題を預け、椅子で眠り込んだスーザン・ローデンがいる。スーザン……ほんの数時間前に会ったばかりなのだと、フィリップは何度も自分に言い聞かせなければならなかった。だが、やがて思った。「時間がなんだというのだ。学校から彼女の本を持ち帰った学生のような気持ち。ヨットに乗せた彼女の、風になびく髪を見て思わずサンタクロースを信じたくなってしまう二十歳の青年のような気持ち……それのどこが悪い？　こんな気持ちになったのは何年ぶりだろう。実にいい気分じゃないか」

フィリップは勢いよく日記を開いた。

一時間半後、ハリエットが父と出会った一八八五年の六月から五十年後の最後の記載まで、関連のありそうな箇所をすべて読み終えた。キッチンへ行ってコーヒーを淹れ、それを持って暖炉脇の椅子に戻った。

参照するメモと入手できたデータを全部、手元に揃えた。

コーヒーは火傷《やけど》するほど熱く、フィリップは慎重にすすった。頭にあるのは四人の人物だった。ハリエット、ローズ、ロジャー、そして父だ。そのうち三人はすでに亡くなり、一人は生きているかもしれないが、かなりの高齢で、居場所もわからない。だがフィリップは、老女になったローズを思い描けない自分に気づいた。脳裏に浮かぶのは黒髪の若い娘で、ハリエットと見た目はよく似ているが、彼女のような快活さと率直さはない。怪しげな演劇界というバックグラウンドで生まれ育っている。考えていることを人に明かさないローズは、腹立たしいほどに彼に正体をつかませない。

思いがけず、スーザンが思考の中に割り込んできた。本人は年を取ってからのハリエットしか知らないので気づいていないかもしれないが、大叔母と彼女は性格的に似ている。気性と振る舞いの傾向において、スーザンと少女時代のハリエットには多くの類似点があるのだ。それに気づいたとたん、急にハリエットに親近感が湧いた。彼女はスーザンを彷彿《ほうふつ》させる。それだけは、はっきりした……。

カップの中のコーヒーが冷えていた。飲み干して脇に置き、頭の後ろで手を組んで、砂の上に寝そべってハリエットの話を父から聞いた午後のことを再び思い出した。

彼女は突然変わったと、父は言った。ある日曜日に兄の家に彼女を訪ね、翌日、彼女はフェアヴューへ行った。フェアヴューから戻った彼女は、いきなり父に婚約指輪を突き返した。日曜に会ったときには特に変わったことも、それまでと違う言動もなかったという……。

フィリップはため息をついた。もちろん、何かがあったはずだ。翌日、ハリエットはフェアヴューではなく、ニューヨークにローズ・ローデンに会いに行った。彼女に――何を頼みに？

彼女はニューヨークに行った……。幸せを守ろうとしたのだと日記には書かれていたが、それは失敗に終わった。ローズが頑として受けつけなかったのだ。いったい何について？

唐突に立ち上がり、もどかしさに頭を掻きむしりながら部屋の中を行ったり来たりした。主だった登場人物たちが、頭の中を同じ軌道でぐるぐると回っていた。そこへ、日記の中身とは関係のないスーザンが入り込んでくる。

スーザンは、なかなか思考から出ていってくれなかった。

そうこうするうち、フィリップはぴたりと足を止めると、険しい顔でしばらく宙を見つめた。スーザン……。

日記を置いたテーブルに大股で歩み寄り、日記帳を選び始めた。目当ての数冊を手に椅子に戻った彼の顔には、先ほどまでとは違う集中した表情が浮かんでいた。新たな仮説を思いついたのだ。その夜、フィリップは夜更けまでその推理と向き合った。


「奥様は、そのことを気になさっていたと思います」と、家政婦のリーパーは答えた。

ハリエット・ローデンの屋敷のリビングで、リーパーは肘掛け椅子に座り、フィリップ・スピアは向かいの長椅子に座っていた。右脚を上にして組んでいたリーパーは脚を組み替えた。剝がれかけていた親指の皮を嚙み切り、肘掛けの糸を引き抜く。まるで自分の部屋のようにリビングに座って初対面の人からの質問に答えているのを見たら、死んだ女主人が怒りそうな気がして、リーパーはそわそわしていた。しかも、その主人のきわめて個人的なことに関する質問なのだ！

「でも、この方のような紳士をキッチンに座らせるわけにはいかなかったんですもの」リーパーは心の中でしきりに言い訳を考えていた。「それに、彼は奥様の例の痣のことをすでに知っていたんだし」

結局、諦めのため息をついて先を続けた。「ご本人は何もおっしゃいませんでしたけど。人から聞いたんです――いつ、誰に聞いたんだったか――ずいぶん昔、このお宅で働くようになった頃だったでしょうか。医者にかかりたがらなかったのは、痣を気になさってのことではないかと、私はいつも思っていました。ここ数年、風邪をこじらすことが増えて、かなり重い症状のときもあったので、お医者様を呼ぶよう勧めたんですけど、どうしても耳を貸してくださいませんでした」

慎み深い家政婦としては、長く喋ったほうだった。これまでの居場所から一歩外に出て、自分の意見を口にしたのだ。長年、考えを心の中に閉じ込めてきただけに、心地よい解放感だった。奥様が聞いたら何と言うだろうと考えると、少し心が曇りはしたが。

「どんな痣だったんですか」と、フィリップは質問した。

「茶色の――ほくろのような痣です。聞いた話では、耳なんかがちゃんとある犬の頭みたいな形で、一ドル銀貨くらいの大きさだったそうです。きっと、とても醜い痣だったんだろうと思いません?」

「そうでしょうね」

「どうやら、奥様が生まれる前にお母様が犬に襲われそうになったらしいんです。そのせいで、そんな痣ができてしまったんですよ」リーパーはそこで言葉を切り、この見解の責任を負うのはやめようと思った。そこで、こう付け足した。「少なくとも、サムナーの人たちはみんなそう言ってました」

もう一つだけ訊いておくことがあった。ハリエット・ローデンの臨終を看取った看護婦の名前と住所だ。それをメモすると、フィリップはリーパーに礼を言い、屋敷を出て最寄りの公衆電話からスーザンに電話をかけた。

「ランチを一緒に食べられないかな」

「まあ、ごめんなさい、それは無理だわ。ちょうど昼食をテーブルに並べたところなんです」

「じゃあ、何時頃なら出てこられそう？」

「父は昼食後すぐに昼寝をするんですけど、洗い物をしなくちゃいけないから……」

「シンクに置いたままでいいじゃないか。急ぎなんだ。四十五分くらいしたら迎えに行くよ」

電話をかけたドラッグストアでサンドイッチとコーヒーを買い、商品や広告に目をやりながら店内を歩きまわったが、実際には見ていなかった。リーパーとの面会では、何も解決しなかった。彼が組み立てた仮説の証拠――あるいは反証――は、ハートフォードにある。

フィリップは、なかなか進まない時計の針を見つめた。電話で言った時間より十分早く、番地を頼りにスーザンの家のある通りを車でゆっくり進んだ。

スーザンは、髪を梳《と》く暇もなく大慌てでコートを羽織って出てきた。

「なんだって、こんなに急がなきゃいけなかったんですか」彼女を乗せて私道をバックするフィリップに向かって、口を尖らせた。「せめて、出かける前にお化粧直しくらいしたかったわ」

フィリップはスーザンの顔をちらっと見た。「君の顔に問題はないよ。午後もずっとそのままで大丈夫だ」

「どこへ行くんです？」

「ハートフォードだ。君のささやかなミステリーに関連して、三カ所訪ねなくちゃならない。だから急いでいるんだ」

「まあ、素晴らしいわ！」と、スーザンは声を上げた。「電話をもらってから、ずっとドキドキしていたんです。日記からきっと何かを見つけてくださると思ってはいたけど、こんなに早いなんて！」

「そう先走らないでくれ」フィリップは、ロータリー交差点でスピードを緩めて別の車を先に行かせ、自分も右に回ってハートフォードへの道へ向かった。「僕が考えているのは、あくまで仮説だ。このあと、目の前で木っ端微塵に打ち砕かれてしまうかもしれない」

「どういう仮説？」

「入れ替わりがあったかもしれないと思うんだ……。ハリエットとローズが入れ替わったっていう説をどう思う？　ローズがハリエットの弱みを握って、無理強いしたとしたら？」


看護婦は、痣についてはっきり証言した。「最終的に私が彼女のお世話をしたんですよ？　亡くなったあと体を洗って、葬儀屋に引き渡す準備をしたんです。一ドル銀貨くらいの大きさっておっしゃいました？　そんなものをどうやって見逃すっていうんです？」

「確かにそうですね」と、フィリップは頷いた。

「私は見逃したりしていません。背中にも肩にも、痣なんてありませんでしたよ——私と同じでね！」

痣を見逃したのではないかとフィリップに訊かれて、看護婦は憤慨していた。「何度でも言いますけどね、痣なんかありませんでした！」

フィリップは、できるだけ感じよく微笑みかけた。自然と、なだめるような口調になった。「その点がはっきりしてよかった。痣はなかったんですね」立ち上がった彼につられて、スーザンも椅子を立った。その瞳は興奮で輝いていた。フィリップは看護婦に礼を言った。「ありがとうございました、ブルーワーさん」

看護婦の家を出ると、スーザンがフィリップの腕を取った。「わくわくしません？　信じられないわ。あなたの仮説は正しかった。なんだか探偵になった気分よ。でもそうなると、結局どういうことなの？」

「あのね」と、フィリップは笑った。「少し落ち着いてくれないかい？　まだほんの手始めだ。あの看護婦の勘違いってこともあり得るしね」

「それはそうだけど――あなただって、勘違いじゃないと思っているんでしょう？」

何年も前にハリエットが診てもらって以来、ラッシュ医師は一般診療をやめていた。待合室に入ってみると、彼が産科の専門医になったのは一目瞭然だった。患者たちは一斉にスーザンをじろじろ見た。

彼女は空いている長椅子にフィリップと並んで腰かけた。互いの症状について和やかにお喋りをしていた一同は、彼が現れたことで無口になってしまった。

四人の女性の怪訝な視線にさらされながら、スーザンは精いっぱいさりげない態度を装おうとした。コートのボタンを外し、手袋を脱ぎ、フィリップに話しかける。「ここ、ずいぶん暑いわね」

「ああ」

「でも確かに今年は、いつもよりかなり寒いけど」

「ああ」フィリップは、この状況を面白がっていた。

向かいに座る女性に指輪をはめていない左手を見つめられているのに気づいて、スーザンはそっと右手を重ねて隠した。フィリップが小さく噴き出した。怒りがこみ上げかけたスーザンも、思わず笑いだした。

内側のドアが開いて看護婦が出てきた。「クロージャーさん」と、元気よく次の患者の名を呼んでから、スーザンたちに気がついた。「何かご用でしょうか」

フィリップは看護婦のもとへ行って、小声で話をした。すると看護婦は中へ引っ込み、一分かそこらで戻ってきた。フィリップは、スーザンを手招きした。二人は看護婦のあとについてドアの中へ入り、カーテンで仕切られたいくつかの個室の前を通って、医師の仕事部屋に通された。

ラッシュ医師は長身で白髪の、六十は優に超えている人物で、親切で寛容そうな茶色い目をしていた。フィリップは、ハリエットの名前と初診日のおおよその日付を教え、痣について質問した。

医師は頭を振って無言で書類棚まで行き、引き出しを開けた。目当てのカルテを捜し出すと、中身に目を通してから元の場所に戻した。

デスクに戻った彼は、ようやく口を開いた。「痣の記録はありませんね。ですが、もし痣があったとしても、必ずしも書き留めたとはかぎりません」

「彼女のことを覚えていらっしゃらないかと思って、こちらへ伺ったんです」と、フィリップは言った。

ラッシュ医師は微笑んだ。「そうは言いましてもね少佐、カルテによれば、私はローデンさんを三十年近くも前にたった四回診察しただけなんですよ！」

「今お話ししたような痣が、すっかり消える可能性はありますか」

「薄くなって消えるというのは聞いたことがありません。もちろん、近頃は切除できますがね。皮膚を移植するんです」

ラッシュ医師から、それ以上の話は引き出せなかった。混雑したダウンタウンの通りをゆっくり走る車内で、スーザンはため息をついた。「これでまた、わからなくなってしまったわね」確信したように、不機嫌に言った。「大叔母様は痣を切除してもらったんだわ」

「あの詳細な日記に、そのことを書かなかったって言うのかい？」

「きっと、どうしても秘密にしたいことには触れなかったのよ」

フィリップは何も言わず、渋滞した道に意識を集中させた。

中心地から数マイル離れた陸空軍基地まで車を走らせると、見張りのMPが立つゲートの近くに停めた。「すぐ戻ってくる」と、フィリップはスーザンに言った。

MPの敬礼に応えた彼は、身分証を見せた。そしてゲートの中へと姿を消した。

十五分後、フィリップは戻ってきて、「これで何とかなる」と言った。「僕の仮説が正しいかどうか、もうすぐわかるはずだ」

サムナーへ戻る道中、彼は基地での用件を説明した。「日記のいくつかのページを航空便で送ろうと思ったんだが、空軍基地では大勢の兵士が任務で飛ぶから、ボストンへ行く人間もいるかもしれないと思いついてね」

「それで何が証明されるの？」

「ボストンにいる筆跡鑑定専門の知り合いに、初期と後期それぞれの日記の一部を送ったんだ。大急ぎで鑑定してくれるよう頼んだから、今夜電話をして結果を聞くつもりだ。今夜はさっさと皿洗いを済ませて早く寝たほうがいい」フィリップは道路から目を離してスーザンに微笑みかけた。「明日の朝、ニューヨーク行きの早朝の列車に乗ることになりそうだからね」

第二十一章

「でも、ハリエットのロジャーへの想いは本物よ！　彼女は彼を愛していたわ。結婚するつもりだったのよ」スーザンは困惑して首を振った。

「だけど、事実なんだ。ボストンの知人が、二人の別の人間が書いたものだと太鼓判を押した。後期のものは、初期の筆跡を巧みに真似てはいるが、別物だそうだ」

食堂車のウエイターがグラスに水を注ぎに来て、フィリップはスクランブルエッグとソーセージを再び食べ始めた。彼は、コーヒーに砂糖を入れてかき混ぜているスーザンを見つめた。彼女は、深い髪の色を際立たせるダークグリーンのスーツに身を包んでいた。白いブラウスは染み一つない。化粧も実にほどよかった。「君は早朝でも、いつもそんなにはつらつとして魅力的なのかい？」と訊いた。

「本当に目が覚めたら、もっと魅力的よ」と、スーザンは請け合った。

トーストを食べながら、フィリップは考え深げに彼女を見つめ続けた。「だったら、日記の件がすべて解決するまで、目覚めないほうがいいかもな」その口調は、半分真剣だった。

話題を変えるタイミングだと思ったのか、スーザンは「全部突き止められそうな言い方ね。たぶん、私たちなら」と言いかけて、すぐに言い直した。「あなたらなら、できると思う」

フィリップは笑った。「スーザン、褒めるんなら、もう少しうまく褒めてほしいな」

スーザンはコーヒーを飲み干し、フィリップに勧められるまま煙草を吸った。「そろそろ、ニューヨークに行って何をするのか、ちゃんと教えてくれる？」

「たぶん、一日中、雲をつかむような探索をすることになるだろう。ゆうべ家に帰ったあと、あらゆる可能性を考えてみた。まず、本物のハリエット・ローデンが今も生きているというわずかな可能性だ。ミセス・キニーだかスピニーだかいう人が経営していたヒューストン・ストリートの下宿屋が手がかりなんだが」と、ぶつぶつ呟いた。「とにかく、その人の名前を思い出さなきゃな。なに、簡単さ。演劇関係の『バラエティー』誌と、ラムという劇団に当たればいい。六十年あまり前にあった下宿屋なんですが……。いいえ、すみません、下宿屋の名前はわからないんです……」

スーザンはうわの空だった。今日やろうとしていることは、今後の彼女の人生が貧しいままか裕福になれるかを決める、とても重要な意味を持っていた。だが、目の前にはフィリップ・スピアがいる。自分を見る目に特別な温かみを感じるのは、希望的観測だろうか……。

『バラエティー』誌の事務所で、フィリップが一八八〇年代の劇場に関係のある昔の俳優の名前を教えてほしいと頼むと、何人かが頭を寄せ合って考え始めた。誰かが劇団〈ラム〉の下宿屋に住んでいたキーガンという人物を思い出し、ありがたいことに、いつ頃だったかも特定できた。これは見込みがありそうだ。すると、別の誰かが「ウェンブリー小母《おば》さんは？」と名前を挙げ、賛同の声が湧き起こった。

ウェンブリー小母さんというのは衣装係だった女性で、生きていれば九十歳くらいになり、当時のことなら何でも知っているという。「彼女に会いに行けばいいわ」と、みんなが口を揃えて言った。「ウェスト・フォーティーズかどこかに部屋を借りているはずよ。住所を調べてあげるわね」

ウェンブリー小母さんは、一階の奥の部屋にいた。確かに九十歳というのが頷ける風貌だった。小柄で腰が曲がり、干からびて骨と皮になった体は絶えず震えていた。鼻と顎がほぼくっつき、かろうじて口とわかる隙間から出てくる言葉は、はっきりしなくて聞き取りにくかった。うまく喋れないのは、歯がないせいだとわかった。「今、歯を入れるから」と、もごもご言って、乱れたソファーベッドの脇のテーブルに置いてある水の入ったグラスから、入れ歯を取り出した。

部屋は暗かった。唯一の窓は陽射しの入らない廊下に面しているうえに、窓ガラスは一度も水拭きされたことがないのだろう。部屋の端に、シンクとガスコンロと食器棚だけの簡易キッチンがあった。そばのテーブルには、ウェンブリー小母さんの朝食の食べ残しがそのままになっている。ジョー・ジェファソンからジャンヌ・イーグルスまで、有名俳優たちの写真が壁じゅうに貼られ、大半がサイン入りだった。こんなに汚く、物が散らかっていて、がらくただらけの部屋は見たことがないと、スーザンは思った。衣装係として働いていた時代に関わった舞台の思い出の品々なのだろうか。箪笥に立てかけてあるあの扇は、何かの芝居で誰かが持っていた小道具かもしれないし、隅に置かれた杖は——ひょっとしたら、シェイクスピア劇で有名なエドウィン・ブースのものだったかもしれない。そういう話が聞けたら、さぞ楽しいだろう。だが、フィリップと自分は別の目的で訪れたのだ、と思い直した。

ウェンブリー小母さんは一つの椅子から新聞の山を、もう一つのほうから衣類の束を取り除いた。

「さあ、どうぞ。お座んなさい」愛想よく笑うと、緑がかった上下の大きな入れ歯が覗いた。自分はソファーベッドに腰を下ろし、汚れて色褪《あ》せた家着の前を手で伸ばした。「で、お名前は何だって?」

まだ名乗ってはいなかった。巧みなやり方に、フィリップは苦笑いした。「僕はフィリップ・スピア、こちらは」――わざと間《ま》をあけてスーザンを指し示した――「ローデンさんです」

ウェンブリー小母さんは、ローデンという名に少しも興味を示さず、にやりとして二人を見た。「てっきり夫婦かと思った。そんな感じに見えたんでね……スピアって言ったかい？　昔、スピア・アンド・コックランっていう曲芸師がいたっけ――もう三十五年か四十年前になるかね。もしかして、あのスピアと関係があるのかい？」金縁眼鏡の奥の目が、値踏みするように二人に交互に向けられた。

「残念ながら違います」フィリップは煙草を取り出し、まずは年上の女性に勧めた。「シンクの横の食器棚にきれいな皿があるよ」と、ウェンブリー小母さんが言った。「灰皿代わりに使ってちょうだいな」煙を深々と吸い込み、フィリップがスーザンの煙草に火をつけているのを見て言った。「煙草を吸うタイプには見えないけどね」

「どうしてですか」と、スーザンは尋ねた。

「さあね」ウェンブリー小母さんは、ひらひらと手を振った。爪が黒ずんでいる。「田舎風の顔立ちをしているからかね。清潔感のある可愛らしい顔だもの」

フィリップは考え込むようにスーザンの顔を見た。「おっしゃるとおりです、ウェンブリーさん。確かに田舎風の顔立ちだ――清潔感のある可愛らしい顔です」

スーザンは身をこわばらせた。

「ほらごらん！」ウェンブリー小母さんが、うれしそうな声を上げた。「このお嬢さんは気に入らないようだよ。どうして可愛い娘さんは、可愛いって言われるのを嫌がるんだろう？　あばずれ女に見えるとでも言ってほしいのかね」

スーザンは言い返した。「女は、顔をきれいに洗っているっていうより、もっと違うことを褒めてもらいたいものです」

「肝に銘じておくよ」と、フィリップは彼女に笑みを見せてから、ウェンブリー小母さんに向き直った。「『バラエティー』の人たちから、あなたに訊けばいいと勧められて伺いました。少々難問なんですが、あなたならわかるかもしれないと言われまして。六十年前に劇団員専用の下宿屋に住んでいた女の子を捜しているんです――ローズ・ローデンといいます。下宿屋はヒューストン・ストリートにあって、経営者の女性はキニーとかスピニーという名で……」

ローズの生い立ち、俳優の父のこと、母親と下宿屋の関係など、フィリップは知っていることをすべて話した。

ウェンブリー小母さんは煙草をもみ消し、裸足で履いているくたびれたスリッパに目を落として頭を振った。「それはまた、ずいぶん昔のことだね!」

スーザンは、信頼を寄せた笑みを見せて小声で言った。「『バラエティー』の方々は、あなたなら劇場関係のことは何でも覚えているはずだとおっしゃってましたわ」

「そりゃそうだよ！　でも、少し思い出す時間をもらわなくちゃ」

もう一本煙草を勧めたのはスーザンだった。フィリップは立ち上がって窓辺に行き、窓枠に寄りかかってウェンブリー小母さんに目を向けていて、スーザンからは横顔しか見えなかった。どことなく控えめなその態度に、スーザンは戸惑っていた。

ウェンブリー小母さんは、ぶつぶつと独り言を呟いていた。「トビン……オクシデンタル・ホテル……いいえ、それはもっとあとだった……とすると……」

スーザンは期待しながら待っていたが、視線はフィリップに注がれていた。彼は、まるで興味がない様子だ。ウェンブリー小母さんに事情を説明したかと思ったら、急に立ち上がって……。「七十年代と八十年代はね」ウェンブリー小母さんが口を開いた。「ほとんどの役者は自分のフラットか、家具付きの部屋に住んでいたんだよ。下宿屋もあるにはあったけどね。そういえば、フィンリーさんってのがいたね――そうだ！」勝ち誇ったような大声になった。「ヒューストン・ストリートで下宿屋をやってたよ！　でも、あんたがキニーって言うから」と、フィリップに向かって言った。

「フィンリーだわ」と、スーザンが声を上げた。「名前を聞いて思い出しました！」

それでも、フィリップは彼女たちの興奮を共有していない様子だった。茶化すようにスーザンを見て言った。「キニー、スピニー――フィンリー。なるほど、近いかもな」窓を離れて椅子に戻ったものの、ウェンブリー小母さんに話の先を促したのはスーザンだった。彼は座ったまま、何やら考え込んでいるようだ。

「ローズ・ローデンはそこに住んでたよ。黒い髪と目をした、とても可愛い子だった。フィンリーの前にそこを運営してたのが母親だったんだ。そのうちに母親が死んでね……。その下宿屋に夫婦が住んでいた――表向きは兄妹の俳優ってことになってたけど、本当は夫婦だった――少なくとも、本人たちはそう言ってたよ」記憶をたどってしきりに顎を引っ張るウェンブリー小母さんの目は、遠くを見るように虚ろだった。「私は、妻のモリー・ドネリーと仲がよかった。私より何歳も年上だったけどね。当時、まだ若かった私は、彼女に憧れて尊敬していた。よくモリーの使い走りをして、衣装を試着させてもらったもんだ。バワリー地区での出来事を何でも私に話してくれた――私とあの女の子に」

突然前のめりになり、大きく息を吐いた。「そうだ、あの子――ローズだ！　たった今、急に」

――指を弾いて言った――「名前を思い出したよ。黒髪の美人で、十二歳くらいだった。将来は女優になるんだって、いつも言ってたっけ。あんたたちが言ってるのは、絶対にあの子だよ」勝ち誇ったように結論づけた。

「ええ、そうです！」スーザンは思わず腰を浮かせかけた。表情たっぷりに両手を広げる。「ウェンブリーさん、素晴らしいわ！　ねえ、フィリップ、そうでしょう？」

「ああ、そうだね」

スーザンは、苛立ちのこもった視線をフィリップに送った。間が抜けたように座ったまま、肉体はそこにあっても心はどこか遠くへ行ってしまっていて、この老女が記憶を呼び起こそうがどうしようが関係ないとでもいうかのようだ……立ち上がって彼の体を揺さぶり、目を覚まさせてやりたい。こんなに役に立たないのなら、コネティカットにいればよかったのに……。

彼とは違い、スーザンは興味津々だった。大事なお金がかかっているのだ。ウェンブリー小母さんから、できるだけの情報を得ておきたい。「問題は、そのあとのことなんです、ウェンブリーさん。ローズはいなくなったけれど、また戻ってきたはずです。数年後、二十一歳になった彼女は、同じ下宿屋に戻って、そこから又従妹と文通していました。その頃の彼女を知りませんか。彼女がどうなったか覚えていらっしゃいません？」

ウェンブリー小母さんは、頭の上でまとめたぼさぼさのお団子から飛び出している黄色がかった白髪を撫でつけ、怪訝そうな目でスーザンを見た。「それは間違いないのかい？」

「ええ、本当です」スーザンは自信を持って答えた。「縫製の仕事をしていました――舞台衣装とかの」

怪訝な目つきがさらに険しくなった。「私はあそこに何年も出入りしていた。当時の経営者はフィンリーさんで、一八九〇年に下宿屋を閉めるまで彼女がずっとやっていたんだが、ローズを見た覚えはないね。戻ったという話も聞いたことがない。舞台衣装を縫ってたって言うけど……私は当時、二度目の結婚をしてヘンリー劇場で衣装係をしていてね。少なくともそのときには、彼女は縫製なんてやっていなかったよ」

スーザンは当惑してフィリップに助けを求めた。「でも――フィリップ、あなたから説明して。ローズは、そこにいたはずなのよ！」スーザンは椅子から跳び上がった。「だって、彼女がニューヨークにいたことはわかってるじゃないの！」

フィリップは、懇願するようなスーザンの目をちらっと見てから、ウェンブリー小母さんに視線を向けた。ポケットに両手を入れ、脚を伸ばして座る姿は、スーザンには腹立たしいほど無関心に思えた。「座って少し落ち着いたらどうだ、スーザン。ウェンブリーさんは、知っていることをちゃんと話してくださっている。当時、彼女はまさにその場にいたんだから」

ウェンブリー小母さんは大きく頷いた。「そのとおり！　当時の劇場に関わった人間はみんな知ってるよ。バワリーや十四丁目でのことは全部、遅かれ早かれ私の耳に届いたもんだ。その頃の知り合いについて本を書きたかったよ。そうしたら、どれだけ稼げたことか！　ヒューストン・ストリートのその下宿屋にはね……」

ウェンブリー小母さんには、長年胸にしまっていた記憶が山ほどあった。次から次に出てくる逸話の中に、ローズ・ローデンの影は完全に埋もれてしまった。小母さんの頭が上下し、笑い声に合わせて曲がった体が揺れた。

フィリップは、実に聞き上手だった。再び腰を下ろしたスーザンは、ひと言も発しなかった。面会の主導権が自分の手を離れてしまったことに落胆し、彼女は泣きたい気分だった。孤独感と絶望感に打ちひしがれた思いがした。そもそもフィリップが言いだして関心を抱いたのが始まりだったのに、今は全然違う方向に話が逸れて、彼はすっかり、このおぞましい老婆――鬼婆《おにばば》と呼ぶほうがぴったりだ――の味方になり、ローズのことを訊こうともしない。老婆の淫らな話に、一緒になって笑っている。思いやりのかけらもない。自分はハリエットの遺産をどうしても必要としているのに、そんなことはおかまいなしだ。

スーザンは、ひどく哀れな気持ちになった。反感を抱いて、冷ややかな視線をフィリップに注いだ。帰り際、彼はウェンブリー小母さんの手に紙幣を握らせ、とても楽しい時間が持ててよかったと言った。外に出たら、派手な口論が勃発するはずだった――が、口論には二人の人間が必要なのに、フィリップはまったく相手になろうとしなかった。黙って考え事をしている様子で、スーザンの憤りを無視した。「一時十五分前だ」と、腕時計を見て言った。「ランチにしよう」

タクシーの車内でスーザンは、フィリップがあんなにあっさりとローズの話題を諦めなかったら、ウェンブリー小母さんからもっと情報を引き出せたかもしれないのに、と文句を言ったが、明らかに彼は聞いていていなかった。レストランに入ると、スーザンは言った。「要するに、あなたはもうこの件に関わるのが嫌になってしまったのね」

メニューを見ていたフィリップが目を上げた。「犠牲者ぶるのは、やめておくんだね。君らしくない」顔には屈託のない笑みが浮かんでいる。「あの婆さんから聞ける重要な話は何もなかったさ。彼女の部屋に入ってすぐに、僕らが間違った線を追っていることに気づいたんだ。だから僕は、わざと話を逸らしたんだよ」

ウエイターがオーダーを取りに来た。注文を終えると、スーザンは尋ねた。「だったら、正しい線って何？」

フィリップは首を振った。「まだ、もう少し考えをまとめなくちゃならない」

二人は、二時五分の列車に間に合うようにランチを食べ終えた。列車がトンネルを抜けて、五月の午後らしい明るい陽射しの中に出たとき、フィリップが言った。「例の肖像画――祖父が描いた彼女の絵だけど――それって、どこにあるって言ったっけ？」

「フェアヴューの屋敷よ」

「いつ頃からそこにあるの？」

「あら、ずっとよ」窓の外を見ていたスーザンがフィリップを見た。「ハリエット・デヴィット伯母様の家ですもの」

「でも、彼女が死んで――屋敷を売ったときには――絵はどうなったんだい？」

「一度も売られていないわ！　日記を読んだでしょう。ハリエット――いえ、ローズかしら――とにかく彼女は、ハリエット・デヴィット伯母様が亡くなったら、板を打ちつけて家をふさいだの」

「ああ、そうだったね。日記を読んだときには、あまり気にしていなかった。のちに売ったのかと思ったんだ」

「いいえ、売らなかったの。屋敷を閉めたまま、何十年も何もしなかったのよ」

フィリップは座席の上で急にスーザンのほうへ体の向きを変えた。なぜ、こんな話題にフィリップが強い関心を示すのか、スーザンは不思議でならなかった。彼は、なおもせっつくような口調で訊いた。「それで、その絵はまだそこに――家の中に飾られたままになっているのかい?」

「ええ。私が知るかぎり、そのはずよ」

フィリップは、再び先ほどまでの気を抜いた姿勢に戻り、それ以上は質問をしなかった。それどころか、残りの道中、ほとんど口をきかなかった。

その晩、夕食のあとで、フィリップはスーザンに電話をかけてきた。「オリヴァー弁護士は、いつ戻ってくるんだい?」

「明日だと思うわ」

「悪いが、彼の自宅に電話して確認してくれないかな」

ほんの一瞬、間があいてから、スーザンが尋ねた。「私が日記を持ち帰って、それをあなたに見せたことを、小父様に言わなければならないの?」

「そこを避けて通る方法が見つからない。僕が何もないところから全部思いついたとでも言わせたいなら別だけど」

「それは……」

「いいかい」フィリップは、きっぱりと言った。「この件の真相について、僕には思い当たることがある。君のデイヴィッド小父さんは遺産管理人だから、どうしても協力が不可欠だ。すぐに連絡して、彼がいつ戻るかわかったら、折り返し電話をくれ」

スーザンは聞こえよがしにため息をつき、「わかったわ」と言って電話を切った。

数分後、彼女はフィリップに電話した。「デイヴィッド小父様は今夜、真夜中の列車でハートフォードに着くんですって。でも、自宅に戻る頃には一時を回ってしまうから、連絡するには遅すぎるわ」

「もちろんだ。だが、明日の朝、朝食時につかまえよう。できれば、九時頃に彼のオフィスで会う約束をしてほしい」

「いいわ」とは言ったものの、スーザンはまた大きなため息をついた。

「君は犯罪人生を生きるのが憂うつなようだね、スーザン・ローデン」と、フィリップは楽しそうに言い、スーザンが答える前に受話器を置いた。


門は、蝶番《ちょうつがい》にかろうじてぶら下がっていた。杭垣には大きな隙間が開いている。芝生の新芽が生えるにはまだ時期が早いので、前年の茶色い芝生が伸びた状態だったが、すでに雑草が所どころ明るい緑を見せていた。ハリエット・デヴィットが玄関の両脇に植えたライラックの木は、戸口を覆い隠すように伸び放題だ。玄関へと続いていた石畳の小道は、今は見る影もなかった。

それでもフィリップは、門を開けてスーザンと弁護士を先に通しながら、家自体の状態はそれほど悪くないと思った。木製の雨戸は窓にしっかりとついていて、屋根は壊れていないし、壁も歪んでいない。

デイヴィッド・オリヴァーが立ち止まり、フィリップが考えていたことを言葉にした。「こういう古い屋敷には、いい木材が使われていてね。栗やオークなどの乾燥材を合わせて使えば、何十年も持つんだよ」

オフィスで会ってからフェアヴューまで一緒に車で来たが、オリヴァーが雑談めいたことを口にしたのは、これが初めてだった。彼はスーザンの行為が気に入らなかったのだ。その気持ちが、フィリップと、この件におけるフィリップの役割にも波及していた。

「ええ、本当に」スーザンは遠慮がちに言った。今朝のスーザンは終始、礼儀正しく振る舞っていた。二人に挟まれて家に向かって歩きながら、彼女はちらっと門を振り返った。ハリエットが寝室からロジャー・デヴィットを見つめていた夜、彼はあそこに立って煙草を吸っていたのだ……。〈リバーハウス〉で襲われたのと同じ戸惑い、今まさに過去に足を踏み入れているという想いが、心の中で膨れ上がる。枯れ葉を踏みしめて階段を上がり、錆びついた南京錠にオリヴァーが鍵を差し込んで開けるのを待ちながら、ここにはそれ以上のものがあるはずだ、とスーザンは思った。この家の中に……いったい何が？　フィリップは教えてくれなかった。でも、彼にはわかっているのだ。口元を引き締めて傍らに立つフィリップからは、緊張と期待感が伝わってくる。

スーザンは灰色の壁と、張り出した庇《ひさし》に守られたドア、わずかに残る白いペンキを見まわした。中に入るのは気が進まなかったが、軋みながらドアが開くと、おのずと足が前に出た。

家の内部は暗くて湿っぽく、腐った木とかびの臭いがし、クモの巣だらけだった。スーザンは顔にまとわりついたクモの巣を必死に振り払い、オリヴァーとフィリップがドアや窓を開け、雨戸を押し開けて空気と日光を屋内に入れるのを玄関で待った。壁のあいだを小さな足音が駆け抜けた。

「ネズミだよ」彼女のところに戻ってきたフィリップが言った。「この家は、ネズミたちと一緒に生きてきたってことだな」軽い口調ではあったが、巧妙に隠している興奮が微妙な声の震えに出ていた。

「ここが客間だ……さあ、座ろう……祖父が描いたハリエットの肖像画を君に見てもらいたい」

埃のヴェールの向こうで、黒い瞳の娘が暖炉の上から彼らを見下ろしていた。アサヘル・スピアが描いたのは、背景のほとんどない、背もたれの高い椅子に座った彼女の半身像だった。片手を椅子の肘掛けに、もう一方を膝の上に置いている。襟ぐりの広い、淡い黄色の薄い生地でできたドレスを着て、ガーネットと思われる赤いブローチで胸元を留めてあった。

スーザンはその場に立ったまま、半信半疑の思いで目を丸くして絵を見上げた。これがハリエット大叔母様。死の床にいた、あの年老いた老女とは。

「こんな……こんなにきれいだったなんて」スーザンは息をのんだ。

「そうなんだよ」部屋に入ってきて隣に立ったオリヴァーが言った。「美人だろう?」

透きとおった象牙色の肌、魅力的な顔立ち、わずかに開いた美しい唇のカーブ、額にふんわり掛かる巻き毛を、アサヘル・スピアは見事にカンヴァスに描き出していた。ただ、目だけは再現できなかったと言っていた。

父にその話を聞いたときのことを思い出してフィリップは目に注目し、祖父はこの絵の瞳の何が気に入らなかったのだろうと思った。大きくて形がよく、少し離れた目。美しいのは確かだが、深く人と愛し合って幸せな未来を手に入れようとしている瞳ではなかった。本来なら、そういう目をしていていいはずだ。祖父は、そんなふうに描きたかったのだろうか。きっとそうだ。なぜなら、息子の結婚相手だったのだから。当然、幸せな結婚を望んだはずだ。

詮索するように見つめるフィリップを、その目は見返してきた。ほかの部分より年上に見え、どこか懐疑的で苦悩を秘めた、やや疲れたような、つかみどころのない瞳。まるで何か重大なことを隠しているかのようだ。

父が亡くなるまで、フィリップは幼い頃から数々の絵画を見せられてきた。ヨーロッパでもアメリカでも、行っていないギャラリーはほとんどない。祖父が描いたこの娘は、彼が見てきた女性の肖像画の中でも群を抜いて美しいと思う。だが、長年の埃で美しさが薄れてしまった多くの肖像画に対して抱く、淡いノスタルジアとは違う何かが、彼の心を掻き乱すのだった。

肖像画の瞳が本当に彼女自身について物語っているのか、それとも、彼女の過去を暴こうとするあまり、自分の想像力が刺激されただけなのか、フィリップは判断に迷った。苛立ちが募り、だしぬけにハンカチで二つの椅子の埃を払って、汚れたハンカチを放り投げると言った。「座りませんか。お二人に、僕がローデン女史について発見したことをお話しします」

スーザンとオリヴァーは椅子に腰かけた。ハンカチを捨ててしまったので、フィリップは立ったまま、ぼろぼろのカーペットの上をゆっくりと行ったり来たりし始めた。

どの窓の両側にも、黄ばんだレースが小さな山を作っていた――窓を開けたときに自然とカーテンが剝がれたのだ。フィリップが話しだすと、そのカーテンと同じように、現在という時が過去の中に溶けるように剝がれ落ちていった。

第二十二章

彼女たちの背後には、かぐわしい果樹園があった。牧草地のスロープを甘い香りが昇ってくる。二人は屋敷と、曲がりくねった道を見下ろした。四分の一マイルほど先の木々の中に、ゲインズ未亡人の家の切妻屋根が覗いている。明るい月光ですべての色が失せ、辺りは白黒のモザイクのようだった。道には人間も動物も、動くものは何もおらず、どちらの家の明かりも消えていた。

「世界中に私たち二人きりね！」と、ハリエットが大声で言った。「今夜は、どんなことでもできるわ！　ローズ」――手をつかんで、黒くそびえる丘のほうへ振り向かせた――「ラウンドローフに登りましょうよ！」

「月の魔力ね」と言いつつも、ローズは手を引かれるままについていった。

「インディアンが出るわよ。今夜は、きっとインディアンが出るわ！　こんな晩に、インディアンがお墓の中で静かに眠っていられるわけがないもの。月明かりにナイフをきらめかせながら、身を屈めて高原を横切ってくるの」ハリエットは、声を落として芝居がかった言い方をした。「こっそり背後から忍び寄ってきて、私たちが耐えられなくなって悲鳴を上げたら――パッ！――とたんに消えていなくなるのよ。ああ、ローズ、楽しいわね！」

「ええ、そうね」

ハリエットはローズの手を放すと、先に走りだし、勾配がきつくなった箇所で立ち止まって、息を切らして笑い声を上げながら彼女を待った。二人の少女は、ラウンドローフを登っていた。数分前に歩いていた牧草地が、果樹園と家と道が織り成すモザイクの一部となってどんどん後ろに遠のいていく。

ローズは黙って、ハリエットの唇から次から次へと楽しそうに出てくるあり得ない話に耳を傾けていた。ハリエットには、お喋りの才能がある。ほんの些細な、なんでもないことでも冒険話に変えてしまう。ハリエットはチャーミングだ。すぐに笑い、簡単に友達をつくる。誰もがあっという間に彼女を好きになり、愛するようにさえなるのだ。ロジャーがそうだったように……。

ハリエットは、陽の光や月明かりに照らされてきらめく小川のようだ。緑に覆われたのどかな大地を縫うように流れる小川。温かな満ち足りた気持ちになって、のんびりとどまっていたくなる、魅惑的で心地よい場所……。

「じゃあ、彼女と比べて私はどうなの？」ローズは自問した。例えられるものは一つしかない。「私は人目につかないところにある、よどんだ水たまりだわ」

彼女はハリエットの後ろを歩いた。ハリエットより、ゆっくりした歩調で。それは、まさに象徴的だった。いつもハリエットは彼女の前にいた。いつだって、ハリエットがいちばんだった。

ラウンドローフが黒々として人を寄せつけないのは、遠くから見ているときだけだ。ここまで来れば、上り坂に影を落とすものはなく、坂道は明るく照らす月まで伸びていくように思える。

勾配が徐々に緩やかになった。頂上にたどり着き、周囲の谷を見渡す。

「美しいわ」ハリエットは深呼吸をした。「まるで……天国みたい」

「インディアンはいないわね」と、ローズが言った。

「ばかね！　まさか、あんな伝説を信じてるわけじゃないでしょう？」

「あなただって信じていたんじゃないの？　下の牧草地にいたとき」

「月の魔法にかかったら、何だって信じられるのよ」と、ハリエットは微笑んだ。

ローズが見守るなか、ハリエットは高原の上でゆっくりと回り始めた。「絶対に今度、こんなふうにロジャーとここへ来るわ」と、肩越しに言う。

「そうね、それがいいわ。ロマンチックですもの。それにしても、インディアンがいないわね！」ローズの笑い声がやけに甲高くなったので、ハリエットが振り向いた。「あら、ローズ、本当に怖がってるのね！」

「そんなわけないじゃない。インディアンの亡霊が見られるかと思って、わくわくしてるのよ！」

「そう……」ハリエットは高原を横切って歩いた。「だったら、こっちへいらっしゃいよ。インディアンは洞穴から出てきて、この断崖を登ってくるのよ——つかまるところなんてないのに——ハエのようにどこからともなく現れて、頂上で狩猟用ナイフを引き抜いて雄叫びを上げるの……」ハリエットは半ば本気で、半ばわざと身震いして後退りした。「もしも、この下で動くものが見えたら、私、死んでしまいそうだわ！」

月明かりに照らされて銀色に光る草の上を歩き、ローズはハリエットのそばに来て真っ暗な崖下を覗いた。

ローズがひざまずいて岩越しに覗き込むと、ハリエットは一歩下がった。ローズの態度に垣間見える緊張感にようやく気づいた彼女は、なんとなく気詰まりになり、とたんに、この散策に飽きてきたのだった。

「もう戻りましょうよ、ローズ」ハリエットは不機嫌な声を出した。「亡霊なんていないのよ。こんなの、ばかげてるわ」

「しっ！　今……」

月の魔法が解け、ラウンドローブへの登山は、もはや楽しいことではなくなっていた。ハリエットのスカートは露でびしょ濡れになり、足も湿って、夜の寒さが身に染みてきた。

ローズは素早く立ち上がり、ハリエットをつかんだ。「今、下で確かに何かが動いたわ！」

彼女の手は冷たかった。その緊張した低い声に抗《あらが》えず、ハリエットは嫌々ながら断崖の縁へ近づいた。迷信からくる恐怖に背筋がぞっとし、「犬か猫よ」と言いつつも、知らず知らずに声がかすれ、忍び足になっていた。彼女のほうを見たローズの目は大きく見開かれ、黒々として、白い月明かりの中で不気味に光っていた。ローズは本当に怖がっているんだわ、とハリエットは思い、彼女の前に進み出た。「何も見えな――キャーッ！」強いひと押しで宙に押し出された悲鳴は、つかむもののないまま崖下の岩に落ちていった。

遠くで犬が吠え始め、それよりさらに遠くで別の犬も加わった。

偶然だ。犬たちが悲鳴を聞きつけたわけがない。聞いたのは、自分ただ一人だ。悲鳴が耳から離れない……いつになったら、やむのだろうか。

ローズは濡れた草の上に顔を伏せ、両手で草をむしったり放したりした。息が苦しくなってきたので仰向けになって月を見上げ、水を飲むかのように冷たい夜気を吸い込んで、からからになった喉を潤した。

このままここに寝そべって動きたくなかった。湿った草の上に横たわり、火照る体を冷やしていたい。月が空を移動するのを見守り、やがて太陽が昇って……日が昇れば、岩のあいだに横たわるハリエットの遺体が見つかってしまう。

ローズは体を起こし、おもむろに立ち上がって、二年前、ロジャーとハリエットが座っていたのを見た丸太へ近づいた。丸太の下には、昨日用意しておいたロープがあった。

ロープを使う計画を実行する必要はないのではないか。崩れるように丸太に腰を下ろして、ハリエットは考えた。家に帰って従伯母《いとこおば》のハリエット――違う、伯母のハリエットだ。今後は一切、従伯母という言葉を口にしてはいけないし、心の中で思ってもいけない。

それが、すべてを決定づけた瞬間だった。彼女は、家に戻ってハリエット・デヴィットに、姪が悲しい事故に遭ったと報告するのは嫌だと思った。自分自身であるローズ・ローデンとしてロジャーの悲しみを和らげるなど、考えたくもなかった。

気弱になっていた気持ちを払いのけ、ローズは決断した。丸太から力強く立ち上がる。自分はハリエットを殺したのだ。その殺人で得た成果を棒に振るわけにはいかない。

二人で登ってきた坂道を下り、ラウンドロープの麓を回り込んでハリエットが横たわる場所へ行くのでは、時間がかかりすぎる。断崖を乗り越えるのに少しでも傾斜が緩そうな場所を見つけて急斜面を這い下り、手を擦りむき、打撲を負い、服を破りながらも、なんとか無事に下までたどり着いた。

ロープは腰に巻いたままだ。

ハリエットは、激突して死んだ突き出した岩の陰に倒れていた。淡いブルーのワンピースが月明かりのせいで白に見える。ほどけた髪が顔を覆い、片腕は、折れていないとあり得ない異様な角度に捻《ね》じれて体の下敷きになっていた。ローズは、ちらっと遺体を見たが、すぐに目を背けた。

近くの藪から、杭とロープで作ってあらかじめ隠しておいた自作の簡素なストレッチャーを引きずり出した。

ハリエットは、気取らず、思いやりがあって、自分に親切に接してくれた、ロジャーが現れるまで仲良しだった又従妹ではない。

自分が排除した邪魔者なのだ。衣服で包まれた、砕けた骨と潰れた肉にすぎない。頭だって捻じ曲がってぶら下がって……。

強い決意とともに、ローズは服に包まれたその荷物をストレッチャーに乗せ、たった一度、頭がぐるりとこちらを向いて、黒くどろっとしたハリエットの顔が見えたときに、喉が絞めつけられたような声を上げげた。

服の上からロープを回して縛ると、ペンナイフで適当な長さに切り、両端を輪にして持ち手を作った。

尖った岩のシルエットが後ろに遠のいていく。ストレッチャーを引きずって丘の麓を回り込み、はるばる牧草地まで来ると、持ち手を放し、息を切らして地面に倒れ込んだ。

月の光は、しゃがんでいるローズも後ろの荷物も、公平に照らしていた……。

すべては前の冬の冗談から始まった。ハリエットがくれた花柄のワンピースをローズが着てみると、「まあ、私たちって、よく似てるわね！」と、ハリエットが嬉々とした声を上げたのだった。「その服を着ると、そっくりだわ」

髪形さえ変えれば……ローズは前髪をハサミで切り、湿らせてハリエットの特徴であるふわっとしたカールを作った。口角を上げるように努め、気難しげな表情を消して、ハリエットと同じように微笑んだ。

恐ろしい計画は、あのときに生まれたのだろうか。それとも、もっとあと、ロジャーへの愛と彼が選んだ婚約者への憎しみに燃え、ベッドの中で眠れずに考え続けていた暗い夜の静寂の中だっただろうか。急に思いついたのか、徐々に膨らんできたものだったのか？

計画がいつ、どのように生まれたのか、今となっては自分でもよくわからない。擦りむいた手をこすり、痛む腰の筋肉を伸ばして、熱い顔を露に濡れた冷たい草に押しつけた。

彼女はハリエットを観察し始めた。動き方、座り方、しぐさや言動の癖――。天性のものまねの才能と、演劇の世界が身近にあった生い立ちが役に立った。自分の部屋の壁に掛けられた姿見の前で、何時間もハリエットになる練習をした。散策に出かけると声に出して喋り、器用に変えられる声でハリエットの声音を会得していった。ハリエットの筆跡を真似るために、さらに時間を費やして机に向かった。

そうして数週間、数カ月と過ぎ、ある日、ローズはハリエットの服を着て彼女になりきった。年老いて耳が遠く、ほとんど目の見えないハリエット伯母さんを騙すのは簡単だった。だが、思いきって彼女は商店街で買い物をし、郵便局へ行き、友人や近所の人たちと言葉を交わした。ハリエットがするように明るい笑い声をたて、前髪のカールをかき上げて……ハリエットにならなければ。彼女になったつもりで感じ、考え、全身でなりきるのだ。

誰にもローズが替え玉だとは気づかれなかった。一人として疑う者はいなかった。ただの一人も。ハリエットは大喜びだった。彼女は、素晴らしく愉快な悪戯《いたずら》だとしか思っていなかったのだ！

ハリエットの机の引き出しを開ける鍵の在り処は知っていた。中には日記と、ロジャーからの手紙が入っている……。

さらに数週間、数カ月が過ぎた。彼女は完璧に役をこなせるようになった。重要なのは、目や髪形といった単なる外見的特徴ではなかった。ハリエットは表現が豊かだった。笑い方、軽やかな歩き方、困惑したときの両手の投げ出し方など、さまざまな特徴があった。服の趣味もはっきりしていた。シールスキンのドルマン、クリスマス用のクロテンの服、畝《うね》織りの綿のワンピース、黄色いヒナギクの飾りがついたボンネット……。

それ以降にも二度、フェアヴューの町で替え玉に成功した。帰宅したローズがそのときの様子を語って聞かせると、ハリエットは笑い転げた。なんて楽しい悪戯かしら、と。

家族のことも忘れるわけにはいかなかった。といっても、スプリングフィールドにいる兄のエドマンドは、幼いとき以来一度会ったきりだし、卒業式に列席したウォレンが妹に会ったのは五年ぶりだった。クライドと妻のソフィーとも、せいぜい年に一度くらいしか互いの家を行き来しない。

問題はロジャーだ。二年離れていたのだから、最後に見た十七歳のハリエットと、いざ結婚する十九歳の彼女に変化があることは想定しているだろう。きっと、多くの違いを覚悟しているはずだ。

だが、それでもなお、彼は最大のリスクだった。

計画を練るなかで、ローズはその危険性を認識しながらも最終的には受け入れた。完全に安全で確かなものなど、存在しない。

ハリエットの痣《あざ》は計算に入れていなかった。誰もそんなことは知らないだろう。

ロジャーと西部へ行ったら、何年もコネティカットに帰ってくることはないと思う。

ハリエットが念入りに計画した結婚式はキャンセルせざるを得ない。何年も毎日彼女とともに過ごした神学校の同級生が大勢招待されているので、リスクが高すぎる。派手な大騒ぎは嫌だから牧師館で静かに結婚式を挙げたいと言えば、きっとロジャーも納得してくれるだろう……。

ローズはよろよろと立ち上がった。これからまだ、恐ろしい荷物を引きずって牧草地と果樹園を抜けなければならない。

屋敷内は暗闇に包まれていた。少しぐらい音をたてても、耳の遠いハリエット伯母さんは気づかないに違いない。家の前面の部屋で寝ているのだから、なおさらだ。

ストレッチャーを足元に置き、裏階段に座って少し休んだ。そこは、家の影でいちだんと闇が濃かった。精神的にも肉体的にも疲れ果てていたが、ここまでやってきた大仕事も、あとほんのひと踏ん張りで完了するところまで来た。ローズは背を丸め、膝に肘をついて両手に顎を乗せた。

疲労で目は虚ろだったが、足元に横たわるものとともに、彼女の目つきも暗闇が隠していた。傍《はた》から見れば、春の夜に裏階段に腰かけ、月明かりに白く照らされる花咲く果樹園を夢見るように眺める若い娘に思えたかもしれない。足元に置かれたものは……別に、何であってもおかしくない。

果樹園のほうから物音がして、ローズは反射的に立ち上がり、絞めつけられそうになる喉を手で押さえた。心臓の鼓動が激しくなる。小さな足音は、木々のあいだに黒い影となって現れ、やがて犬の姿へと変わった。ゲインズ未亡人の飼い犬だった。

ローズは、ほっとして階段に腰を下ろした。「家に帰りなさい！」と、強い調子のささやきで黒い大型犬に命令した。「今すぐ帰って！」

犬は彼女を無視し、好奇心の塊となって真っすぐストレッチャーに寄ってきた。

想定していなかった恐怖だった。ストレッチャーに乗っているものを犬がしきりに嗅いで、喉の奥で哀れっぽい鳴き声を出すのを見たローズは吐き気を覚えた。裏のポーチに掛けてあったモップをつかんで激しく振りまわした。「帰りなさいって言ったでしょ！　行きなさいったら！」

だが、ゲインズ未亡人の犬は果樹園の入り口の辺りまで下がっただけで、その場にうずくまり、彼女を見ながら哀れな声を出し続けた。

思いがけず、うっとうしい傍観者が出現したことで、ローズは大慌てで作業に取りかかった。できるだけのものは事前に用意しておいた。地下貯蔵室にはシャベルを、薪《まき》小屋には古いキルト、ランタン、マッチを置いてある。

ハリエットの遺体とストレッチャーを結わえていたロープを切ると、隣にキルトを広げてストレッチャーを傾け、遺体をキルトに移した。一度も遺体に触れることなくキルトで包んでロープで縛った。ストレッチャーを組み立てていたロープを切って、杭は再び地下貯蔵室の隅に、ロープは雑多なガーデニング用品を入れた箱に戻す。

犬は、目の前で繰り広げられている行為が気に入らなかった。いつも目にしている人間たちの行動と違う。ローズがハリエットの遺体を地下貯蔵室のドアへ向かって引きずり始めると、犬の哀れっぽい鳴き声は低い唸り声に変化した。ゲインズ未亡人の敷地内なら激しく吠えて彼女の行為を糾弾するところだが、ここではモップで追いやられた不法侵入者なので、低く唸ってそれとなく脅すにとどめたのだった。

貯蔵室の両開きのドアを勢いよく開けて、ローズは薪小屋からランタンとマッチを取ってきた。ランタンに火をつけて貯蔵室の床に置くと、石段の上を重いキルトを引きずって中に入れ、ドアを閉めた。

ゲインズ未亡人の犬は、地下貯蔵室の窓から漏れる微かな明かりを見つめていたが、何も新しいことが起きないので興味を失い、再び柔らかい子ウサギを探しに果樹園へ消えていった。

白いダイヤモンドに囲まれたブラウンダイヤのハリエットの婚約指輪は、遺体と一緒に埋めなければ。ハリエットの手は小さくて、ローズの指にははまらなかった。ロジャーには、失くしたと言えばいい。

貯蔵室内の階段の下、窓から離れた場所が、ローズが選んだハリエットの墓場だった。暗いデッドスペースに置いてある二つの空の樽《たる》が目印になる。

貯蔵室の固い床をシャベルで掘るのは、たやすいことではなかった。汗まみれになり、髪を振り乱して、使い慣れていない彼女にはひどく重たいシャベルで、必死に掘った。それでも、穴は少しも深くならないように思える。

背中と肩、腕の筋肉が焼けつくように痛んだ。いったんシャベルを放し、掘り返した土の湿ったかびくさい臭いから逃れるため外に出た。

月は西の空に遠ざかっていた。辺りはまだ暗かったが、夜明け前を予感させるその変化に、ローズは時間が残されていないことをあらためて認識した。それを裏づけるように雄鶏が鳴いた。

急いで地下貯蔵室に引き返すと、彼女の力では精いっぱいだった浅い穴に、キルトに包まれてミイラのように見える硬直の始まった遺体を押し込んだ。気力が回復したローズは一心不乱に土を戻した。時間に追われているので、気味が悪いなどと感じる暇はなかった。土を平らに踏み固めて樽を戻し、ランタンを掲げて出来栄えをチェックする。今夜のところは、これで充分だろう。

貯蔵室の階段のてっぺんで靴を脱ぎ、ランタンを薪小屋へ戻した。

ハリエット伯母さんの部屋の前を忍び足で通っていくあいだ、伯母さんのいびきが途切れることはなかった。

自分の部屋で服を脱ぐと、ベッドの上に開けておいたスーツケースに突っ込んだ。蓋を閉じて鍵を掛け、すでに荷物を詰めてあったもう一つとともに屋根裏への階段を持って上がった。

裸で震えながら、二つのスーツケースを、とりあえずほかのトランクの後ろに隠した。あとでこれも地下貯蔵室に埋めるつもりだ。

西側に面している正面の窓から見える灰色になりかけた空に、丸い月が薄く浮かんでいた。東の窓では、ラウンドローフの背後に広がる地平線にピンクの光が射している。ローズは階段を駆け下りた。

ハリエットの部屋は、ランプをつけなくても作業の汚れを洗い落とすには充分な明るさがあった。

ハリエットのネグリジェを着て姿見の前に立ち、前に替え玉になったときよりもさらに短く前髪を切った。額と耳の周りの髪を濡らして小布《こぎれ》で結わえる。

暖炉の前にひざまずき、切った髪の毛をすべて燃やした。

ハリエットのベッドにもぐり込んだときには、太陽は赤い玉になってラウンドローフの上に昇っていた。これほど疲れた経験は過去に記憶がない。不安材料を振り返る余裕はなかった。それは、あとで考えればいい。今は眠るのが先だ。

「今日は休みましょう」と、彼女は思った。「しっかり休養を取って、気持ちを落ち着かせるのよ。でも明日は何があっても、たとえどんなことが起きようと、あの穴をもっと深く掘らなくちゃ」

ちょうどその頃、ロジャーの死を報せる母親からの手紙が、早朝の列車でフェアヴューに到着しようとしていた。

第二十三章

フィリップは言った。「もちろん、今となっては彼女がどうやったかは知る由もありません。鈍器か毒を用いたかもしれないし、もっと巧妙な方法を取ったかもしれない。撃ち殺した可能性は低いでしょう。銃を手に入れて使い方を覚えるのは、危険すぎますからね。個人的には、鈍器を使ったんじゃないかという気がしています。ハリエットが彼女をなだめるために誘った、例の月夜の散策のときに犯行に及んだのだと思います」

その点は推理の域を出ないと、自分でもわかっていた。だが、一八八一年のあの五月の夜に起きたであろう事件と、そこに至るまでの出来事についてのそれ以外の筋立てには、事実に基づく根拠があった。

最初に口を開いたのはスーザンだった。「かわいそうなハリエット」と、小さく呟いた。しかし、スーザンが信じるかどうかは重要ではなかった。フィリップの狙いはデイヴィッド・オリヴァーだ。

年老いた弁護士は座ったまま動かずに、フィリップの頭上のどこか一点に視線を向け、無表情に黙って話を聞いていた。フィリップには、彼の考えていることが容易に想像できた。亡くなった依頼人が殺人を犯し、死ぬまで被害者になりすましていたと告発されているのだ。殺人によって得た金銭的利益は最終的には相当な額に上り、彼の手で作成した遺言書はすでに検認裁判所に提出されて、審理の日程も決まっている。彼の気持ちはどうあれ、負っている義務ははっきりしていた。殺人容疑が確定するまでは、亡き依頼人の利益を守らなければならない……。

正面の窓から、フィリップが雇った二人の男が軽トラックで辛抱強く待っているのが見えた。「オリヴァーさん、どう思われますか」フィリップは挑むように訊いた。

オリヴァーはわずかに体を動かし、フィリップの顔に視点を合わせた。フィリップの推論が正しかった場合に直面することになる複雑な法的手続きを考えたのか、彼はため息をついた。「驚くべき話で、にわかには信じがたい。だが、無視するわけにいかない根拠が多々あるのは事実だ」再びため息をつく。「この家でその話をしたいと主張したのは、地下貯蔵室を掘り返したかったからだね?」

「証明するには、それしかありません」

「シャベルを持ってきたようには見えなかったが」と、オリヴァーは皮肉っぽく言った。

「ああ、それなら、ちゃんと用意してあります」フィリップは、てきぱきと答えた。「必要な準備はすべて調えました……」

地下貯蔵室の階段は、クモの巣を掻き分けながら進まなければならなかった。階段自体はまだしっかりしている、と、懐中電灯を手に、体重に耐え得るかを確認しながら先に立って歩いていたフィリップは思った。真っ暗な貯蔵室内部に達すると、湿ったかびくさい土に加え、微かではあるが、何十年も前から残されたままの果物や野菜の臭いがした。懐中電灯の光の中に巨大な煙突が姿を現し、そこから上へたどると、いまだに樹皮のついた太い梁が見えた。奥の壁沿いには食品を保存する棚と大きな食器棚が並び、外へ続く階段があった。彼はその階段へ行き、両開きのドアを閉じていた横木を引き剝がして、陽射しの降りそそぐ暖かな乾いた空気の中へ頭を出した。

窓はすべて板でふさがれていた。石段の数フィート先から長方形に射し込む光だけでは、暗闇をせいぜい薄暗い灰色にする程度だった。

地下貯蔵室は予想以上に広かった。L字形のキッチンの下と思われるこちら側の細長いスペースは屋敷の中心部へ向かうにしたがって広くなり、煙突のそばに、彼が連れてきた作業員二人がスーザンとオリヴァーとともに立っていた。その向こうには、反対側の階段と壁がぼんやりと見える。いったい、何平方フィートを掘り返すことになるのだろう？　気が滅入りそうなので見積もるのはやめておいた。それより、すべての古い家屋と、スペースを有効活用しようと思わなかった過去の世代を責めたい気分だった。

フィリップがほかの人たちのもとに戻ると、オリヴァーが言った。「掘るのはいいが、かなりの面積だな」

「ええ」

「埋蔵された宝を探すんですかい？」作業員の一人がおどけた調子で訊いた。

「ある意味ね」と言いながら、フィリップは男をちらっと見て、やはりこの二人は百戦錬磨という印象だな、と思った。この男も相棒も、何があっても驚きそうにない。

彼らは、持ってきたオイルランプに明かりを灯した。

フィリップは期待を抱く一同から離れて、貯蔵室の中をゆっくりと見てまわった。棚、食器棚、野菜を入れる容器、たくさんの黒ずんだ保存瓶が積まれた目の粗い厚板製のテーブル、壁沿いに天井まで積み上げられた薪《まき》。その壁から、階段がさらに下へ降りている……。

貯蔵室の床をすべて掘る必要はないのだ。ローズは、ハリエットをめくらめっぽうに埋めたわけではない。壁際のできるだけ暗い場所に埋めたはずだ。自分が彼女だったら、そうするだろう。

階段の上で立ち止まり、懐中電灯で下を照らした。そこには、板が抜け落ちた樽がぽつんと二つ置かれていた。

スーザンとオリヴァーは上の階で待った。フィリップは男たちが掘削作業をしているそばで階段の手すりに寄りかかって、次々に煙草に火をつけながら見守り、彼が棒で印をつけた区域を三フィート掘り進めた辺りで、ひょっとして自分の推理は間違っていたのだろうかと不安になった。

と、そのとき、作業員の一人が言った。「ちょっと待て……何か当たったぞ！」

フィリップの抱いた印象は正しかった。二人の作業員は、骸骨を見ても冷静だった。彼も手伝って三人で持ち上げて取り出すと、白いダイヤに囲まれたブラウンダイヤモンドの指輪が、肉のない指からフィリップの手の中に落ちた。ハリエットに間違いない。

骨の傍らにひざまずいて、作業員に借りたハンカチで頭蓋骨にこびりついていた泥を拭った。

「なんてこった」と、ハンカチを貸した男が言った。「そいつは旦那にあげますよ。手間賃に加えてもらうってことで」

「どんな人生を送ったって、こうなっちゃ、もう関係ないやな」と、もう一人が言った。

彼らの笑い声は、いやにけたたましかった。自分たちが掘り当てた恐ろしい結果に、本当に平然としていられたわけではなかったらしい。

二人の会話は、フィリップの耳には入っていなかった。前面が砕けた頭蓋骨を見て顔を曇らせていたのだ。まさか、ローズはハリエットを真正面から殴り殺したのか？

フィリップは立ち上がった。今は、それを解き明かしているときではない……。

スーザンが感服したように言った。「フィリップ、あなたは本当に素晴らしかったわ」

彼女は、初めて〈リバーハウス〉を訪ねたときと同じ椅子に座って、あの日と同じように西日で髪をきらめかせていた。

フィリップは、にやりとした。「……公正で博識な判事のようだっただろう！」

「私では、真実に近づくことなんてできなかったわ。何年かかっても無理よ」

手を振って彼女の褒め言葉をかわし、フィリップはグラスの氷を回した。「君は自分を過小評価しているよ、スーザン。僕のところへ相談に来た時点で、すでに君はすべての答えを持っていたんだ。ハリエット・デヴィットが死んだとき、本物のハリエットは三十九歳のはずなのに、彼女は日記に何度も自分のことを四十代だと書いていた。それに、最後に日記を書いた日、本物なら七十三だが、七十五歳とはっきり記している。遅かれ早かれ、君も気づいたはずさ」

「いいえ。だって私、ローズの正確な年齢を知らなかったもの。ハリエットは彼女の年に触れていなかったから」

「それでも……まあ、いいか。とにかく真実がわかったんだから……もう一杯飲むかい？」

「お願い」スーザンはグラスを差し出した。

注ぎ直した自分のグラスを手に、フィリップは西の窓の下にあるクッションを置いた椅子に腰を下ろした。「すごいと思わないか？」スーザンにというより、自分自身に話しているようだった。「一生を他人として生きたなんて。考えようによっては、彼女はハリエットを殺したんじゃない。地下貯蔵室に埋めたのは、ローズ・ローデンという自分自身だった」

スーザンは黙って待った。フィリップは肩をすくめ、感傷を振り払った。「僕を正しい方向に向かわせてくれたのは、君なんだ。日記の初めのほうを読んだとき、ハリエットの印象は、なんとなく君と似ている気がした。どこかこう――悪く取らないでほしいんだが――無邪気というか……」スーザンが眉根を寄せたのを見て、抗議を覚悟してフィリップはにっこり微笑んだが、彼女が何も言わないので続けた。「言動が率直で、じっくり見る前に跳ぶタイプというのかな。ところが、四年後に日記が再開されたときには、君の面影はまったく感じなくなっていた」

フィリップは立ち上がって暖炉へ行き、空になったグラスをマントルピースに置いた。「最初はわからなかった。だが、あれこれ思い悩んで、ローズが一緒に住むようになったときにハリエットが書いていた、役者だったローズの両親のことや演劇に囲まれた生い立ちを考え合わせていくうちに、少しずつ見えてきたんだ」

彼は窓辺の椅子に戻った。「それでも、なかなか推理がまとまらなくて、僕はローズについて考え続けた。彼女は水銀のようにつかみどころがなかった。どうしても人物像がうまく描けない……。ハリエットとロジャーの婚約をあまり喜んでいなかった。彼女に関して最も確かなのはその点で、それが推理の拠《よ》りどころとなる唯一の事実だった……。ロジャーの死を告げる手紙とともに、彼女の存在は消えてしまった。彼女がハリエットと再会した形跡を示すものは見つかっていない。ローズは何通かの手紙を残して、影のような存在となってしまった……」

フィリップは短く刈った頭を撫でて首を振った。「実を言うと、自分でもどうやってすべてを結びつけたのか、よくわからないんだ。ブランクのあったあとの日記からは、ハリエットから君との共通点が感じられなくて、それと同時にローズは姿を消した。その二つが僕の頭の中でつながったんだな」

「でも、手紙が届いたはずよ」と、スーザンが言った。「それは、さすがにごまかせないでしょう」

「例の下宿屋にローズの母親をよく知る人間が住んでいたとしたら、どうだろう。彼女はローズとも顔見知りだった。呑気な人間で、深く考えずに協力したとしよう。ローズは手紙を書き、それを封筒に入れて、サムナーかフェアヴューの住所に転送してくれるようにという指示を添えて送ったかもしれない。理由は、いくらでもでっち上げられる」

「私は一つも思いつかないけど」

「そうだな」——フィリップは、頭に合うように枕を拳で整えた——「親戚たちとうまくいかずに家を出て、ハートフォードで裁縫の仕事を見つけたが、近くに住んでいることを彼らに知られて押しかけてこられるとまずいので、ニューヨークの消印が欲しい、とか。そんな言い訳を考えたんじゃないかな。いずれにしても、それと似たようなことをしたのは確かだ」

「ローズは、ずっと前から計画を練っていたのよね」スーザンは不満げなしぐさを見せた。「毎日ハリエットと一緒にいて食卓を囲みながら、ずっと彼女を殺そうと考えていたなんて、ぞっとするわ」

「しかも、ハリエットがどういうふうにフォークを使ったりカップを持ち上げたりするかも観察しながらね」と、フィリップは淡々と言った。「彼女には天性のものまねの才能があったに違いない……そして、狂おしいほどロジャーに恋をした」

「だけど、全部無駄になったのね。ハリエットを殺した直後、ロジャーが死んだことを知ったんですもの」スーザンは身震いした。「それこそ、気が狂いそうだったでしょうね」

「たぶん、おかしくなっただろうな――多少は」

「ロジャーのお母さんからの手紙を読んで……どうにもならない状況に追い込まれたことを知ったのね。それでもハリエット・ローデンを演じ続けるしかないんだ、って」

少し間《ま》をおいてから、スーザンは続けた。「まさに、がんじがらめの状態だと感じたでしょうね。日記に何度もそう書いてあったわ」

「確かに、がんじがらめだっただろうね。まるで実刑判決を受けたように、残りの人生をハリエットとして生きなければならなかったんだからな。しかも、彼女には痣《あざ》がなかった」

「ローズは、ハリエットの痣のことを知っていたのかしら。同じ屋根の下で向かいの部屋に住んでいた――知っていたと考えるのが妥当よね」

「そうかもしれない。ただ、知っていたとしても、たいしたことだとは思っていなかったんだろう。彼女はロジャーと西部へ行くつもりだったし、ハリエットの痣がサムナーの人たちのあいだでは有名だったことも知らなかった」フィリップはパイプを取り出したが、刻み煙草入れが部屋の向こう側のマントルピースにあることに気づいた。せっかく枕に頭を乗せて落ち着いたのに、わざわざ立ち上がって取りに行くのは億劫《おっくう》だ。

「彼女がとても不幸だと綴ったあの日曜日、父の前で痣の話が出たに違いない。君のお祖父さんかお祖母さんが話したんじゃないかと思う――だから彼女はそれ以来、彼らを忌み嫌ったんだろう。父は、そのとき特に変わったことはなかったと言っていたが、原因は間違いなく痣のことだ。正しい線に向かう推論を思いついてから、日記をあらためて読み直してみた。彼女はハリエット伯母さんに、ニューヨークへ行ったのはローズに会うためではなかったと言った。それは事実だろう。おそらく彼女は、どこかの医者に、そういう痣を取り除くことが可能かどうかを訊きに行ったんだ。それが可能だとしたら、背中を焼くか切るかして傷痕をつくり、こっそり痣を取り除いたのだと言い訳ができる。だが当時、そういう手術は行われていなかった。万事休す、だ。彼女は父との結婚を諦めた。その痣のために、サムナーでは誰とも結婚しようとしなかった。普通の生活を送れる唯一の望みは、ハリエット・デヴィットの遺産を手にして一族から離れることだったが、老女は長生きしすぎた」

やはり、どうしても煙草が吸いたくなって、フィリップは立ち上がった。暖炉の脇に立ち、パイプに煙草を詰めながら言った。「手痛い報いだよな」

スーザンは真顔で言った。「なんてひどい人生でしょう。どんな日々だったか想像すらできないわ。想像しようとすると、すぐに行き詰まってしまうの――例えば、彼女がロジャーのお母さんからの手紙を読んでいるところとか。彼女が本物のハリエットじゃないと知る前に日記を読んだときは想像してみたけれど、事実を知ったら、もっと悲惨よね。そう考えたら、お兄さんたちも気の毒に思えて――本物のハリエットの、ってことよ――ローズ・ローデンを実の妹として嫌ったままだったんですもの。私の祖父もその一人だわ」スーザンは弱々しく微笑んだ。「祖父に教えてあげたかった。ああ、死ぬ前にこの件を解明してあげられていれば！　ハリエットがかわいそうよ。すてきな子だったのに。彼女が書いた日記からは、本当にいい子だったのがわかるわ。みんなの憎しみが、彼女の名前のもとに集まっているなんて」

「もう過ぎてしまったことだよ」と、フィリップは言った。「それに、君のお祖父さん――生きていれば百歳近いんだろう？――彼が残り少ない人生の最期に、妹が六十年前に殺されて、遺体が地下貯蔵室に埋められ、ずっと犯人を妹だと思っていたと知ったら、果たして喜ぶかな。僕の経験で言うと、物事は流れに任せたほうがいいこともあるんだ」

スーザンは頷いた。心の中では、再び年老いたハリエットの手を思い出していた――いや、違う。あれはローズ・ローデンの手だということを忘れてはいけない――ロジャーの母親からの手紙を握り、クチナシの花を握った手……。

彼女は小さく身震いした。この心象を振り払うには、その手が何をしたのかを思い浮かべるしかない。その手は、レンチかハンマーのような鈍器を握ってハリエットを撲殺したのだ。彼女を殺害して貯蔵室に埋めたとき、その手はまだ若く、しなやかで力強かった。そして翌日、その同じ手があの手紙を握った……。

フィリップは窓辺の席に戻った。「君のお祖父さんが疑わなかったのも当然だ。妹とされる人物におかしな点があったとしても、ロジャーの死によるショックのせいだと思っただろうからね。それにしても、ローズの役作りは完璧だった。僕がボストンに送った日記の初期と後期のページを見比べてみても、彼女がいかに念入りにハリエットになりきっていたかがわかる」

「本当にお手数をおかけしてしまったわね」社交辞令のような文句だが、スーザンの口調には心がこもっていた。「あなたには、まったく関係のないことだったのに」その目には、素直に称賛の気持ちが表れている。「しかも、あんなにあっさり解明してしまうなんて、素晴らしいわ」

フィリップは首を振った。「レディーからそんなに直接的な心からのお褒めの言葉をもらったら、どう応えればいいんだろう。なんだか気恥ずかしいな」

スーザンは少し考えてから言った。「普通に『ありがとう』って言えばいいのよ」

「そうか。ありがとう。だが、一つ言わせてもらえば、この件はとても興味深い事案だった。外部要因もあったし……」

フィリップは続けた。「実際には、正しい方向に推理を向けたら自然と謎が解けていったんだ。問題は、二つの筆跡と例の痣だった。ローズは、最初から弱みを抱えていた」と、瞑想に耽《ふけ》るように言う。「彼女の正体を疑う声が一つでも上がったらアウトだ。彼女には痣がないんだからね。それに、フェアヴューの屋敷を閉じたことで、ハリエットを埋めた場所をおのずと示していた。どう見ても明らかだ。だって、金銭的価値があって状態のいい屋敷なら容易に貸したり売ったりできたはずなのに、彼女は四十年以上も税金を払い続け、家が劣化するままにして金を無駄にしてきたんだから……」

いったん言葉を切ってから、弁解めいた口調で言った。「赤子の手をひねるみたいに易々と答えにたどり着いたように聞こえないといいんだが」パイプを置いて、指先を確認し始めた。「まず、ローズがハリエットになりかわったのではないかという考えが浮かんだ。だが、それを踏まえて日記を読み進めても、なかなか確証が得られなかった。しばらくすると、ロジャーに関する記述が気になり始めた。父と結婚できなかった理由として何度も彼の名を挙げていたんだ。ロジャーが彼女の幸福の前に立ちはだかっているんだってね。それが僕には理解できなかった」

「だって、彼を愛したために、ハリエットを殺したんですもの。自分が罪を犯したのは彼が原因なんだって責める気持ちが芽生えたんじゃないかしら。あまりにもひどいことをしたから、誰かのせいにしたかったのよ、きっと」

フィリップは頷いた。「それに、たとえ誰にも読まれないとわかっていても、父との結婚を阻んでいるのがハリエットだとは書けなかった。常にハリエットとして物を考え、日記をつけなければならなかった。それが安全策だったんだな。

そう考えて見直すと、たくさんヒントが見つかった。ハリエットがつけていた日記を引き継いだとき、日記をつけるなんて子供じみていると思っていたと書いていた――だが、四年前まで自分が書き続けていた日記については何も言及していない。それと、父に関する記述――あれには、正真正銘の初恋のようなニュアンスが感じられた」

「それは、私も読んだときに感じたわ」と、スーザンが言った。「初恋はすでにロジャーと経験していたのに、二度目の恋でもこんなに夢中になれるのかしらって、驚いたの」

フィリップは同意するしぐさを見せた。「そういういくつもの点をつなぎ合わせて、僕はなりすましを疑うようになった。僕らは、それを証明したんだ。昨日、ニューヨークの『バラエティー』誌のオフィスへ行って、ウェンブリー小母さんを無駄に訪問するまで、その推理はまだ頭の中でまとまっていなかった。日記の中からは確証がつかめなくてね。とても楽しい人生を歩んでいて、愛する人と結婚目前だったハリエットがいた。ローズが無理やり彼女にそれをすべて諦めさせたとは、どうしても思えなかった。だから、なんとしても真相にたどり着くしかなかったんだ。そのあとで、君からフェアヴューの屋敷の話を聞いて、ハリエットの遺体は地下貯蔵室に埋まっているに違いないと確信した。そうしたら、そのとおりだったわけだ」フィリップは最後に言った。「ローズは罪を逃れて、それ以降、地獄の人生を送ったんだ」

ポケットに手を入れてマッチを探すフィリップを、スーザンは感慨深く見つめた。ローズ・ローデンは、もしかしたら彼の母親になっていたかもしれない。もちろん、彼もそれを考えたはずだ。物事は流れに任せたほうがいいこともある、と言ったとき、きっと彼はそのことを考えていたに違いない……。

「お金はどうなるの？」と、スーザンは訊いた。「彼女のものではなかったのよね」

フィリップは笑って首を振った。「スーザン、まったく君ときたら、どうしてそんなに性急に核心を突きたがるんだろう！　大叔母さんの骨が貯蔵室から掘り出されるまで待つデリカシーはないのかい？」

「だって、知りたいんですもの」

「そりゃあ、そうだろうな。僕もそうだった。それで、オリヴァー弁護士に訊いてみた。彼の見解では、ローズ・ローデンが本当のハリエットが受け継ぐはずだった財産を何十年も所有していたのは法的に認められるのではないかというんだ。遺言は今、検認の手続き中だが、ブレイク牧師は、そういう血塗られた金を教会のためにもらおうとはしないだろうとも言っていた」

「まあ」スーザンが言った。「法律って不思議」

「同感だね。だけど、最終的には君たち家族のいいようになると思うよ」フィリップはつい、法的根拠のない私見を口にした。すると、スーザンは顔を輝かせて、うれしそうに言ったのだった。「あなたがそう言ってくれるのなら、間違いないわ！」

こうしてフィリップは、いとも簡単に彼女の福音書のような存在に祭り上げられてしまった。これはまずい。今ここで、自分が絶対的に信頼できる人間ではないと指摘すべきだろうか。

いや、やめておこう。少しずつ幻滅させていけばいい。これから、本当の自分をたくさん見てもらうことになる。そのうち、彼女自身が気づくだろう……。

訳者あとがき

本書『黒き瞳の肖像画《ポートレート》』は、一九四六年にアメリカで発表されたドリス・マイルズ・ディズニーの長編小説、*Who Rides a Tiger*を翻訳したものである。イギリスでは、*Sow the Wind*というタイトルで一九四八年に出版された。

Who Rides a Tiger
(1946,Ace Books,Inc)

物語は、コネティカット州の小さな町に住む裕福な老女の死から始まる。生涯、独身を貫き、親族を毛嫌いして孤独に暮らした大叔母ハリエット・ローデンの葬儀後、屋根裏部屋を片付けていたスーザンは、彼女が記した十四冊の日記を見つけ、その過去に興味を抱く。ここから、ハリエットが青春時代を過ごした一八〇〇年代後半と、スーザンが日記を読んでいる一九四五年とが混在しながら話が進んでいく。過去と現在を行ったり来たりするこうした手法はディズニーが得意とするところで、*Dark Lady*（一九六〇）、*At Some Forgotten Door*（一九六六）などでも用いられている。本作では、サスペンスのプロットもさることながら、女性の視点で捉えた時代背景の違いが非常に面白い。ハリエットが十五歳で日記をつけ始めたのは十九世紀後半の一八七七年だが、すでにそれまでの時代とは異なる点がいくつも見られる。「南部美人《サザン・ベル》」

が上流階級の女性の理想像とされた南北戦争（一八六一〜六五）前の社会通念が変化し、フェミニストの理想を体現する「新しい女《ニュー・ウーマン》」と呼ばれる女性たちが台頭してきた。ある日曜日の礼拝での一場面がある。

その朝の牧師は、近頃の風潮に不満そうだった。説教壇に立ち、ダンス、特にワルツを踊るのには反対だと強く主張した。古き良き規範は、今や破られつつある。その元凶である新しい自由の中に、美徳と価値は見いだせない――。

一方で若きハリエットは、日記にこう記している。

「伯母様は現代的な女の子にあきれている――そういうふりをしているだけかもしれないけど――でも私は、今のような自由と率直さの時代のほうがずっといい！」

その言葉どおり、彼女は舞踏会で大いにワルツを楽しんでいる。

視点をスーザンに移した二十世紀に入ってからは、女性像の描写に、さらなる変化が見られる。付き添いなしで男女が二人きりで歩いても変な目で見られなくなっただけでなく、男性の手を借りて馬車に乗っていたハリエットとは対照的に、スーザンは自分で車を運転し、喫煙もする。そうした時代の変遷を踏まえながらも、時を超えて共通する人間の本質が描かれている点は、いかにもディズニーらしい。

また、ディズニーは、登場人物たちの背景に巧みに史実を取り入れている。ハリエットの屋敷を訪ねてきた騎兵隊の若者ロジャーは、ジョージ・アームストロング・カスター将軍と、彼の下で最高位の士官だったマーカス・リノが苦戦を強いられた結果、カスター将軍が戦死した、リトルビッグホーンの戦い（一八七六）を思い返し、北米原住民《インディアン》討伐の際の残虐さに言及している。ハリエットの兄とロジャーの会話の中では、同年の米大統領選で共和党のラザフォード・バーチャード・ヘイズに一票差で敗れた民主党候補、サミュエル・ジョーンズ・ティルデンにも触れられている。のちには、政治に関心を持ったハリエットが、実在したフランク・ボズワース・ブランデジー上院議員と遭遇するシーンが描かれている。

休戦後、戦時下での活動が終わると、ハリエットは〈サムナー市民向上クラブ〉を立ち上げた。すると、女性の選挙権をめぐって政治に興味を抱き、共和党のタウン委員会の一員になった。ハーディングを大統領にするための交渉を終えたばかりのブランデジー上院議員が、食事会に参加した。「魅力的な人だ」全国的なイベントに間近で触れた興奮が伝わってくる。

実際にあった歴史上の出来事と登場人物とのあいだに接点を設けることで、彼らがどういう時代に生きていたのかが生き生きと伝わり、物語に真実味と現実感が加えられているのである。中心となるサスペンスの縦糸と、人間ドラマの描写というバックグラウンドの横糸が絶妙に折り重なって、深みのある見事な作品を織り上げている。

ドリス・マイルズ・ディズニーは、一九〇七年十二月二十二日、コネティカット州グラストンベリーに生まれた。一九三六年、ジョージ・J・ディズニーと結婚し、長女エリザベスを出産した年に処女作 *A Compound for Death*（一九四三）を発表して、それ以降、三十三年にわたる作家生活で四十七冊の長編小説を書き、その多くがベストセラーとなった。映画やテレビドラマ化されたものも少なくない。

多作家で、プロットとキャラクター設定の両方がしっかりしている点に定評がある。一人一人の登場人物が丁寧に描かれており、綿密なキャラクター設定が会話から計り知れる。普通の人の日常を扱いながら、その関係性や動機が複雑なプロットを生み出しているのが特徴だ。特に本作は、日記という媒体によって人物の心の機微が綴られていて、読む者を独特な緊迫感に引き込み、巧みにサスペンスを構築している。読み終わったあとで、もう一度目を通すと、最初に読んだとき頭に引っかかった言葉や登場人物のセリフがすべて納得でき、この作品を本当の意味で理解していただけると思う。

ディズニーは一九七六年三月九日、ヴァージニア州フレデリックスバーグでこの世を去った。六十八歳だった。

この度、『ずれた銃声』（論創社、二〇一九）に続き、訳し応えのあるディズニー作品に出合えたことに心から感謝したい。

二〇二一年六月

友田　葉子

〔著者〕
ドリス・マイルズ・ディズニー
1907年、アメリカ、コネティカット州グラストンベリー生まれ。保険会社などでの勤務を経て、1943年に“A Compound for Death”で作家デビュー。1976年死去。

〔訳者〕
友田葉子（ともだ・ようこ）
津田塾大学英文学科卒業。非常勤講師として英語教育に携わりながら、2001年、『指先にふれた罪』（DHC）で出版翻訳家としてデビュー。その後も多彩な分野の翻訳を手がけ、『極北×13＋1』（柏艪舎）、『カクテルパーティー』『ミドル・テンプルの殺人』『血染めの鍵』（いずれも論創社）、『ショーペンハウアー 大切な教え』（イースト・プレス）など、多数の訳書・共訳書がある。

黒《くろ》き瞳《ひとみ》の肖像画《ポートレート》
——論創海外ミステリ 271

2021年8月10日　初版第1刷印刷
2021年8月20日　初版第1刷発行

著　者　ドリス・マイルズ・ディズニー
訳　者　友田葉子
装　丁　奥定泰之
発行人　森下紀夫
発行所　論 創 社
〒101-0051 東京都千代田区神田神保町2-23 北井ビル
TEL:03-3264-5254 FAX:03-3264-5232 振替口座 00160-1-155266
WEB:https://www.ronso.co.jp

組版　フレックスアート
印刷・製本　中央精版印刷

ISBN978-4-8460-2046-0
落丁・乱丁本はお取り替えいたします